KB065988

달달 읽고 **곰곰** 생각하는

달곰한
문해력

초등 독해

달콤한 문해력 초등 독해
교과 연계 필독 도서를 수록했어요

📖 1단계

도서	출판사	교과 연계
안데르센 동화집 2	시공주니어	과학 3-1 동물의 한살이
책이 사라진 날	한솔수북	국어 1-2 소중한 책을 소개해요
또박또박 반갑게 인사해요	상상스쿨	국어 1-1 다정하게 인사해요
내가 하는 말이 왜 나빠?	리틀씨앤톡	국어 1-1 고운 말을 해요
말놀이 동시집	비룡소	국어 1-2 재미있게 ㄱㄴㄷ
광개토 대왕	비룡소	국어 2-2 인물의 마음을 짐작해요
허난설헌	비룡소	사회 3-2 시대마다 다른 삶의 모습

📖 2단계

도서	출판사	교과 연계
춘향전	보리	국어 3-1 내 마음을 편지에 담아
멋지다! 얀별 가족	노루궁뎅이	사회 3-2 가족의 구성과 역할 변화
빨간 머리 앤	시공주니어	도덕 3 친구는 왜 소중할까요
아홉 살 마음 사전	창비	국어 2-1 마음을 나타내는 말
큰 기와집의 오래된 소원	키위북스	사회 3-2 시대마다 다른 삶의 모습
선덕 여왕	비룡소	국어 2-2 인물의 마음을 짐작해요
이순신	비룡소	국어 2-2 인물의 마음을 짐작해요
내일도 발레	별숲	체육 3 건강 활동

📖 3단계 Ⓐ, Ⓑ

도서	출판사	교과 연계
간서치 형제의 책 읽는 집	개암나무	국어 4-2 독서 감상문을 써요
엉뚱이 소피의 못 말리는 패션	비룡소	도덕 4 아름다운 사람이 되는 길
어린이를 위한 슬기로운 미디어 생활	우리학교	국어 5-2 여러 가지 매체
꼴찌 없는 운동회	내인생의책	도덕 4-2 힘과 마음을 모아서
우리 동네 별별 가족	아르볼	사회 4-2 사회 변화와 문화의 다양성
날씬해지고 말 거야!	팜파스	도덕 4-1 아름다운 사람이 되는 길
세상을 바꾼 착한 부자들	상상의집	국어 2-2 자세하게 소개해요
옛날 관청과 공공시설	주니어중앙	사회 5-2 옛사람들의 삶과 문화
단추 마녀의 수상한 식당	키다리	체육 4 건강 활동
생각하는 올림픽 교과서	천개의바람	체육 4 경쟁
내 용돈, 다 어디 갔어?	팜파스	사회 4-2 필요한 것의 생산과 교환
거인 부벨라와 지렁이 친구	주니어RHK	도덕 3 나와 너, 우리 함께
이중섭	시공주니어	미술 3 미술가와 작품 이야기
행복한 왕자	비룡소	국어 3-1 문학의 향기
모차르트	비룡소	음악 5 음악으로 만드는 어울림
따끔따끔 우리가 전기에 중독되었다고?	영수책방	과학 3-1 물질이 성질
김홍도	주니어RHK	미술 4 다양한 미술과의 만남
존댓말을 잡아라	파란정원	국어 3-1 알맞은 높임 표현
풀리처 선생님네 방송반	주니어김영사	국어 이 어떤 내용일까
알면 보물 모르면 고물, 지도	아르볼	사회 4-1 지역의 위치와 특성
지역 이기주의 님비 현상	뭉치	사회 4-1 지역의 공공기관과 주민 참여
다른 게 틀린 건 아니잖아?	양철북	사회 4-2 사회 변화와 문화의 다양성
조선 선비 유길준의 세계 여행	비룡소	사회 4-2 사회 변화와 문화의 다양성
자석 총각, 끌리스	해와나무	과학 3-1 자석의 이용
그해 유월은	스푼북	사회 5-2 사회의 새로운 변화와 오늘날의 우리
경국대전을 펼쳐라	책과함께어린이	사회 5-2 옛사람들의 삶과 문화

📖 4단계 Ⓐ, Ⓑ

도서	출판사	교과 연계
애덤 스미스 아저씨네 경제 문구점	주니어김영사	사회 4-2 필요한 것의 생산과 교환
코피 아난 아저씨네 푸드 트럭	주니어김영사	사회 5-2 사회의 새로운 변화와 오늘날의 우리
과학관으로 온 엉뚱한 질문들	정은문고	과학 5-2 생물과 환경
어린이를 위한 슬기로운 미디어 생활	우리학교	도덕 5 밝고 건전한 사이버 생활
은하마을 수비대의 꿈꾸는 도시 연구소	주니어김영사	사회 4-2 촌락과 도시의 생활 모습
똥 묻은 세계사	다림	사회 5-2 함께 살아가는 지구촌
조선의 여걸 박씨부인	한겨레아이들	사회 5-2 옛사람들의 삶과 문화
뺑이오, 뺑	문학동네	도덕 5 갈등을 해결하는 지혜
사자와 마녀와 옷장	시공주니어	국어 4-2 이야기 속 세상
모모	비룡소	도덕 3 아껴 쓰는 우리
악플 바이러스	좋은꿈	도덕 5 밝고 건전한 사이버 생활
후설	한국고전번역원 승정원일기번역팀	사회 5-2 옛사람들의 삶과 문화

📖 4단계 Ⓐ, Ⓑ

도서	출판사	교과 연계
칠 대 독자 동넷개	창비	국어 5-2 함께 연극을 즐겨요
오즈의 마법사	비룡소	과학 6-2 우리 몸의 구조와 기능
이모와 함께 도란도란 음악 여행	토토북	음악 4 음악, 모락모락 사랑
로봇 박사 데니스 홍의 꿈 설계도	샘터	과학 5-2 생물과 환경
좋은 돈, 나쁜 돈, 이상한 돈	창비	사회 4-2 필요한 것의 생산과 교환
팔만대장경과 불타는 사자	리틀씨앤톡	사회 5-2 옛사람들의 삶과 문화
프린들 주세요	사계절	국어 4-1 사전은 내 친구
한국사편지 1	책과함께어린이	사회 5-2 옛사람들의 삶과 문화
안네의 일기	효리원	도덕 5 갈등을 해결하는 지혜

📖 5단계 Ⓐ, Ⓑ

도서	출판사	교과 연계
모로 박사의 섬	-	도덕 3 생명을 존중하는 우리
몬스터 차일드	사계절	도덕 5 인권을 존중하며 함께 사는 우리
담배 피우는 엄마	시공주니어	국어활동 4 수록 도서
맛의 과학	처음북스	과학 6-2 연소와 소화
우리 문화 박물지	디자인하우스	미술 5 아름다운 전통 미술
잘못 뽑은 반장	주니어김영사	사회 6-1 우리나라의 정치 발전
내가 사랑한 서양 고전	연암서가	국어 5-1 작품을 감상해요
허생전	-	사회 6-1 우리나라의 경제 발전
레 미제라블	비룡소	국어 5-1 작품을 감상해요
너의 운명은	푸른숲주니어	사회 5-2 사회의 새로운 변화와 오늘날의 우리
청소년을 위한 삼국유사	서해문집	사회 5-2 옛사람들의 삶과 문화
내가 사랑한 동양 고전	연암서가	국어 5-1 작품을 감상해요
내 이름을 들려줄게	단비어린이	사회 5-1 인권 존중과 정의로운 사회
과학관으로 온 엉뚱한 질문들	정은문고	도덕 5 긍정적인 생활
인형의 집	비룡소	국어 5-1 작품을 감상해요
우리 학교가 사라진대요!	마음이음	사회 5-2 사회의 새로운 변화와 오늘날의 우리
외로우니까 사람이다	창비	국어 5-1 작품을 감상해요
파브르 곤충기	현암사	과학 5-1 다양한 생물과 우리 생활
우리말 모으기 대작전 말모이	푸른숲주니어	국어 5-2 우리말 지킴이
왕자와 거지	시공주니어	국어 5-1 작품을 감상해요
톰 아저씨의 오두막집	효리원	도덕 5 인권을 존중하며 함께 사는 우리
101가지 세계사 질문사전 2	북멘토	사회 5-1 인권 존중과 정의로운 사회
사피엔스	김영사	과학 5-2 생물과 환경
변신	푸른숲주니어	국어 5-1 주인공이 되어
유토피아	-	사회 6-2 세계 여러 나라의 자연과 문화
베니스의 상인	-	도덕 5 갈등을 해결하는 지혜
그리스 로마 신화	-	국어 5-1 작품을 감상해요

📖 6단계 Ⓐ, Ⓑ

도서	출판사	교과 연계
돈키호테	비룡소	사회 5-2 옛사람들의 삶과 문화
사피엔스	김영사	도덕 5 내 안의 소중한 친구
아이, 로봇	우리교육	실과 6 발명과 로봇
가자에 띄운 편지	바람의아이들	사회 6-2 통일 한국의 미래와 지구촌의 평화
동물 농장	비룡소	사회 6-1 우리나라의 정치 발전
위대한 철학 고전 30권을 1권으로 읽는 책	빅피시	사회 6-1 우리나라의 정치 발전
101가지 세계사 질문사전 2	북멘토	사회 6-2 통일 한국의 미래와 지구촌의 평화
이기적 유전자	을유문화사	과학 5-1 다양한 생물과 우리 생활
내가 사랑한 동양 고전	연암서가	국어 6-1 비유하는 표현
5번 레인	문학동네	도덕 5 갈등을 해결하는 지혜
모럴 컴뱃	스타비즈	도덕 5 밝고 건전한 사이버 생활
너의 운명은	푸른숲주니어	사회 5-2 사회의 새로운 변화와 오늘날의 우리
담을 넘은 아이	비룡소	사회 5-2 옛사람들의 삶과 문화
셰익스피어 이야기	비룡소	국어 6-2 함께 연극을 즐겨요
왕자와 거지	시공주니어	사회 5-1 인권 존중과 정의로운 사회
참을 수 없는 존재의 MBTI	디페랑스	도덕 4 함께 꿈꾸는 무지개 세상
체르노빌의 아이들	프로메테우스	사회 6-2 통일 한국의 미래와 지구촌의 평화
체리새우: 비밀글입니다	문학동네	도덕 5 내 안의 소중한 친구
우리 문화 박물지	디자인하우스	사회 5-2 옛사람들의 삶과 문화
프랑켄슈타인	-	도덕 5-1 인권 존중과 정의로운 사회
진달래꽃	-	국어 6-1 비유하는 표현
내가 사랑한 서양 고전	연암서가	국어 6-1 인물의 삶을 찾아서

책을 많이 읽으면 문해력이 저절로 높아질까요?

독해 교재를 여러 권 풀어 보면 해결될까요?

'달곰한 문해력'이 방법을 알려 줄게요.

흥미로운 생각주제로 연결된 두 개의 글을 읽어 보세요.

재미난 문학 글을 먼저 읽고~ 비문학 글을 읽으며 정리해 보세요.

우리에게 필요한 생각과 지식이 차곡차곡 쌓입니다.

달달 읽고 곰곰 생각하는 힘!

이제 '달곰한 문해력'으로 길러 볼까요?

이 책의
구성과 특장

❶ 생각주제

질문형으로 주제를 제시하여 읽을 글에 대한
호기심을 가질 수 있어요.

❷ 주제 연결 독해

하나의 주제로 연결된 2개의 글 읽기로 생각
하는 힘이 자라요.

❸ 생각글 1

생각주제에 관한 문학, 고전, 사회 현상 등의
다양한 글을 읽어요.

❹ 생각글 2

생각주제와 관련된 꼭 알아야 할 개념을 읽고
생각을 넓혀요.

❺ 내용 요약

생각글의 중심 내용을 정리하고 핵심 어휘를
익혀요.

❻ 독해 문제 학습

내용 이해, 글의 구조 파악, 적용, 추론 등 독해
활동 문제를 풀어요.

❼ 주제 문해력 학습

2개의 생각글을 바탕으로 생각주제를 정리
하고, 문제를 풀며 문해력을 키워요.

❽ 주제 어휘 학습

생각글에 나온 주제 어휘만 모아서 뜻을 익히고
활용해 보아요

생각주제 02 혐오 표현은 왜 문제가 될까?

몬스터 차일드

몬스터 차일드
글 이재문
사계절

나와 산들이는 MCS 환자다. 뮤턴트 캔서로스 신드롬(Muta
Syndrome). 우리말로 '돌연변이' 종양 증후군'. 하지만 사람들은 이
으로 바꾸어 부른다. 몬스터 차일드 신드롬(Monster Child Syndron
증후군'이라고.

보통 다섯 살에서   에 증상이 시작된다고 해서 붙은 별명
상은 제각각이다.   병을 앓기도 하고, 장애 문제가 생긴
을 누는 아이도 있다.   가 마침내는 한 가지 공통된 증상을 보인다. 별
다음, 온몸에 털이 나고 몸집이 커지는 '변이'가 일어난다. 힘도 몇 배나
나와 산들이가 발작을 일으킬 때마다 엄마는 학교를 옮기게 했다. 처
도 전학 말고 다른 방법을 찾으려 했다. 우선 선생님을 자주 만나고, 반으
렸다. 학부모 모임에도 빠짐없이 참석하고.
그런데도 나는

생각주제 02 혐오 표현은 왜 문제가 될까?

혐오 표현의 문제점

어휘사전

* **혐오**(嫌 싫어할 혐, 惡 미워할 오) 싫어하고 미워하는 것.
* **인종**(人 사람 인, 種 씨 종) 사람을 지역과 신체적 특성에 따라 구분한 종류.
* **비하**(卑 낮을 비, 下 아래 하) 남을 하찮게 여기거나 낮보다 낮게 보는 것.
* **편견**(偏 시우칠 편, 見 볼 견) 공정하지 못하고 한쪽으로 치우친 생각.
* **차별**(差 어그러질 차, 別 다를 별) 둘 이상의 대상을 수준, 등급 등의 차이를 두어서 구별함.
* **익명성**(匿 숨길 익, 名 이름 명, 性 성품 성) 어떤 일을 한 사람이 누구인지 드러나지 않은 특성.

'잼민이', '꼰대'라는 말을 들어본 적 있는가? '잼민이'는 민폐를 끼치는 초등학생
을, '꼰대'는 권위적인 사고를 가진 기성세대를 뜻한다. 이 단어들의 공통점은 혐오
표현이라는 것이다. 국가인권위원회에 따르면 **혐오** 표현이란 성별, 장애, 종교, 나
이, 출신 지역, **인종** 등을 이유로 개인이나 집단에 대하여 모욕, **비하**, 위협하는 표
현을 말한다. 이러한 혐오 표현은 **편견**과 **차별**로부터 기인한다. 최근에는 특정 집
단에 대한 혐오 표현이 사회 문제로 ㉠불거지고 있다.

그 예로 첫째, ㉡성별 간 혐오 문제가 있다. 예전에는 취업할 때 군대를 다녀온 남
자에게만 가산점을 주었는데, 여성에 대한 차별이라는 여론이 커지자 사라지게 되
었다. 이렇듯 성별 간 혐   자라는 이유로, 또는 여자라는 이유로 차별이
나 혜택을 받았다고 생각   는 현상이다.

둘째, ㉢세대 간 문   하다. 특히 우리나라는 급속한 경제 발전을 겪
었기 때문에 세대 간 경험의 차이가 매우 크다. 노년층은 자신들이 경제 성장에
㉣기여했기에 지하철 무임 승차와 같은 복지가 필요하다고 생각한다. 하지만 청년
층은 지하철 기본 요금 인상 원인이 노년층의 지하철 무임 승차 때문이라 생각한다.
이런 여러 가지 이유로 세대 간 갈등이 발생하고 있다.

셋째, ㉤인종 간 혐오가 전 세계적으로 문제가 되고 있다. 우리나라에는 ㉥상대적
으로 임금이 낮은 외국인 근로자들이 많이 들어와 있다. 사람들은 외국인 근로자가
많이 사는 동네는 위험하다는 편견을 가지고 있으며, 일부 사람들은 서양에서 온 외
국인에 비해 이들을 더 ⓐ무시한다. 한편 국제적으로는 중국에서 발생한 코로나19
가 전 세계로 ⓑ확산되자 동양인에 대한 차별이 혐오 범죄가 증가하기도 했다.

혐오 표현이 많아진 이유 중 하나로 SNS의 발달을 들 수 있다. **익명성**이라는 특징
때문에 SNS에서는 다른 사람을 향한 혐오 표현이 쉽게 쓰인다. 더 나은 사회를 위해
각자가 서로 다른 지역, 성별, 세대에 대해 좀 더 열린 마음으로 받아들이는 자세가
필요하다.

내용요약
글의 중심 내용을 생각하며
빈칸의 낱말을 써 보세요.

| ㅎ | ㅇ | 표현은 인종, 나이, 성별 등을 이유로 개인이나 집
혐오 말하는

자란다 문해력

생각주제 02

주제 정리

1 생각주제와 관련한 앞의 두 글을 읽고 내용을 정리해 보세요.

| ㅎ | ㅇ | 표현의 의미 |

성별, 장애, 종교, 나이, 출신 지역, 인종 등을 이유로 개인이나 집단에 대하여 모욕, 비
하, 위협하는 표현을 말한다.

혐오 표현의 사례

「몬   에서 병(혹은 장애)을 가지고 있다는 이유로 친구들
'나   을 서슴없이 한다.

혐오 표현의 문제점

성별 간 혐오, 세대 간 혐오, 인종 간 혐오 등 특정 ㅈ ㄷ 에 대한
표현이 증가하고 있다.

2 혐오 표현과 관련해 「몬스터 차일드」에 나오는 '나'의 친구들에게 해 줄 말로
않은 것에 ◯표 하세요.

(1) 너한테 피해를 줄지 모르니 상대방
에게 싫다고 표현하는 건 괜찮아.

(2) 병이 있다고 해서 차별ㅎ
하면 안 돼.

(3) 가짜 뉴스를 보고 생닭을 사물함에
넣는 행동은 잘못된 거야.

(4) 서로 다른 특징을 가진 친
하는 마음가짐을 가졌으면

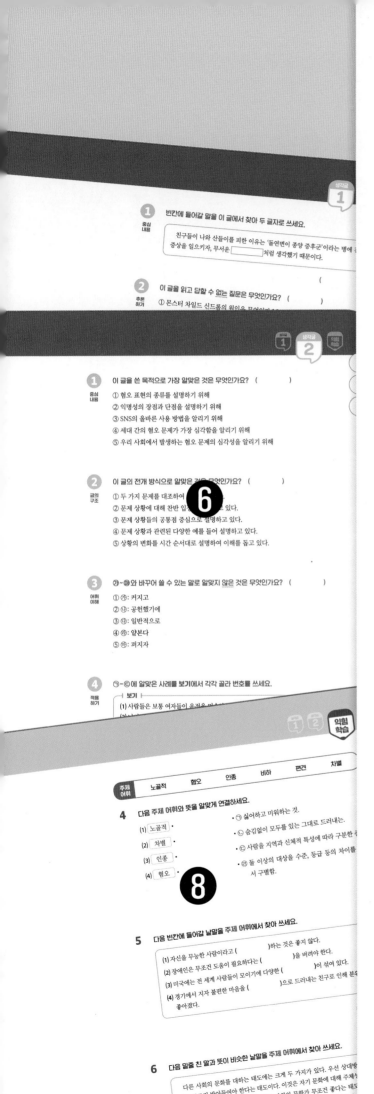

하나의 주제로 연결된 2개의 글 읽기로 진짜 문해력을 키워 보세요~!

Q '주제 연결 독해'란 무엇인가요?

초등학교 교과 과정의 주요 주제를 바탕으로 연결된 2개의 글을 읽고 문제를 푸는 독해 학습 방법이에요.

Q '주제 연결 독해'의 학습 효과는 무엇인가요?

주제 연결 독해를 반복하면 생각하는 힘이 길러지고, 이를 통해 진정한 문해력을 키울 수 있답니다.

Q 왜 문학과 비문학을 함께 수록했나요?

초등 과정에서는 문학, 현상, 개념 등의 다양한 글을 읽음으로써 지식을 쌓는 연습이 필요해요.

Q '생각주제'가 질문형인 이유는 무엇인가요?

질문형 주제를 보면 주제에 대한 흥미가 생기고, 주제에 대한 답을 찾는다는 목적을 가지고 글을 읽으면 집중도가 높아집니다.

Q 짧은 글 읽기로도 문해력이 길러지나요?

주제별 2개의 글을 읽고 익힘 학습으로 두 글을 정리하면 생각하고 표현하는 힘, 즉 '문해력'이 길러집니다.

이 책의 활용법

독해 **성취 수준**과 **학습 방법**에 따라
자신만의 **학습 계획**을 세워 공부할 수 있어요.

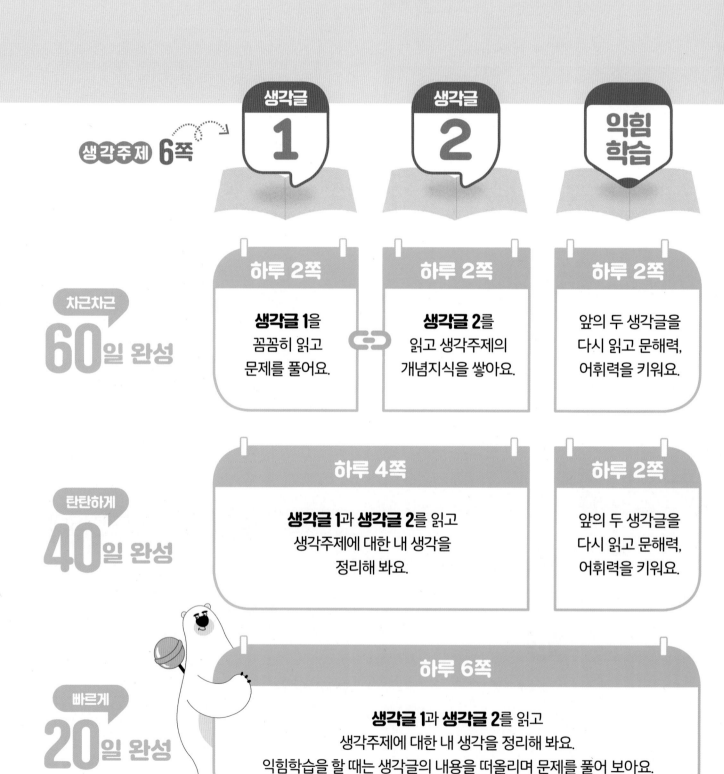

생각주제 **6쪽**

생각글 1

생각글 2

익힘 학습

차근차근 **60**일 완성

하루 2쪽
생각글 1을
꼼꼼히 읽고
문제를 풀어요.

하루 2쪽
생각글 2를
읽고 생각주제의
개념지식을 쌓아요.

하루 2쪽
앞의 두 생각글을
다시 읽고 문해력,
어휘력을 키워요.

탄탄하게 **40**일 완성

하루 4쪽
생각글 1과 **생각글 2**를 읽고
생각주제에 대한 내 생각을
정리해 봐요.

하루 2쪽
앞의 두 생각글을
다시 읽고 문해력,
어휘력을 키워요.

빠르게 **20**일 완성

하루 6쪽
생각글 1과 **생각글 2**를 읽고
생각주제에 대한 내 생각을 정리해 봐요.
익힘학습을 할 때는 생각글의 내용을 떠올리며 문제를 풀어 보아요.

이 책을 만든
사람들

초등 국어 **교과서 기획위원**과 **현직 초등교사**가 만들었어요.

기획진

● **방은수 교수님**   서울교육대학교 국어교육과 교수 | 초등 국어 교과서 기획위원

● **김차명 선생님**   광명서초등학교 교사 | 참쌤스쿨 대표 | 경기실천교육교사모임 회장 | (전) 경기도교육청 장학사

● **김택수 교수님**   경희사이버대학교 한국어문화학부 교수 | 경인교육대학교 유아교육과 강사 | 전국교사교육마술연구회 스텝매직 대표
                 | (전) 초등학교 교사

● **정미선 선생님**   서울시교육청 자문관 (독서토론 분야) | (전) 중학교 국어 교사

● **최고봉 선생님**   인제남초등학교 교사 | 독서교육 전문가 | Yes24 한 학기 한 권 읽기 선정위원

집필진

● **강서희 선생님**   서울신흥초등학교 교사 | 한국교원대학교 국어교육 학사, 석사, 박사 | 2015, 2022 개정교육과정 국어 교과서 집필

● **공은혜 선생님**   서울보라매초등학교 교사 | 서울교육대학교 국어교육 학사, 서울교육대학교 초등국어교육 석사 | 2009 개정교육과정 국어 교과서 집필

● **김경애 선생님**   서울목동초등학교 교사 | 서울교육대학교 국어교육 학사, 서울교육대학교 초등국어교육 석사 | 2015 개정교육과정 국어 교과서 집필

● **김나영 선생님**   대전반석초등학교 교사 | 목원대학교 음악교육 학사, 한국교원대학교 음악교육 석사, 서울교육대학교 초등음악교육 박사 과정

● **김성은 선생님**   서울역촌초등학교 교사 | 서울교육대학교 국어교육 학사, 서울교육대학교 초등국어교육 석사

● **김일두 선생님**   용인백암초수정분교장 교사 | 한국교원대학교 초등교육 학사, 한국교원대학교 초등사회과교육 석사

● **박다빈 선생님**   서울연은초등학교 교사 | 서울교육대학교 초등교육 학사, 서울교육대학교 인공지능교육 석사

● **신다솔 선생님**   숙명여자대학교 국어국문학 학사, 서울대학교 국어교육 석사, 박사 과정

● **양수영 선생님**   서울계남초등학교 교사 | 서울교육대학교 국어교육 학사, 서울교육대학교 초등국어교육 석사 | KERIS 초등국어교육 영상콘텐츠 제작

● **윤주경 선생님**   서울삼릉초등학교 교사 | 경인교육대학교 영어교육 학사, 서울교육대학교 초등사회과교육 석사

● **윤혜원 선생님**   서울대명초등학교 교사 | 서울교육대학교 초등교육 학사 | 2019~2022년 전국 기초학력평가 국어과 문항 검토위원 팀장

● **이지윤 선생님**   대구새론초등학교 교사 | 한국교원대학교 초등교육 학사, 한국교원대학교 문학교육 석사 | 2022 개정교육과정 국어 교과서 집필

● **이지현 선생님**   서울석관초등학교 교사 | 서울교육대학교 초등교육 학사, 서울교육대학교 초등국어교육 석사
                 | 2015, 2022 개정교육과정 국어 교과서 집필

● **이혜경 선생님**   군산초등학교 교사 | 서울교육대학교 과학교육 학사

● **이희송 선생님**   서울명원초등학교 교사 | 서울교육대학교 초등교육 학사, 서울교육대학교 초등교육행정 석사

● **정혜린 선생님**   서울구룡초등학교 교사 | 서울교육대학교 국어교육 학사, 서울교육대학교 초등국어교육 석사
                 | 2015 개정교육과정 부록 '순화어 지도 자료' 집필, 2022 개정교육과정 국어 교과서 집필

● **진   솔 선생님**   청주금천초등학교 교사 | 한국교원대학교 국어교육 학사, 한국교원대학교 초등국어교육 석사, 박사
                 | 2022 개정교육과정 국어 교과서 집필

이 책의 **차례**

2개의 글을 연결해 재미있게 읽어요~

모로 박사의 섬

모로
박사의
섬

글 허버트
조지 웰스

프렌딕은 레이디베인이라는 배를 타고 **항해**[*] 중이었다. 그러던 어느 날 배가 장애물에 부딪혀 침몰하고, 프렌딕은 구명보트로 몸을 피한다. 구명보트를 타고 정처 없이 떠돌다가 정신을 잃을 때 쯤, 프렌딕은 스쿠너선에 타고 있던 몽고메리에 의해 구조된다. 스쿠너선은 몽고메리와 동물들을 어떤 섬에 내려 주기 위해 항해하던 중이었다. 몽고메리와 프렌딕은 섬에 도착해 함께 내리게 된다.

프렌딕은 섬에 살고 있는 모로 박사를 만난다. 그리고 섬에 사는 사람들을 보게 되는데, 그들의 외모와 몸동작이 굉장히 이상하다고 생각한다. ㉠프렌딕은 섬사람들의 얼굴을 보면 **기이한**[*] 역겨움이 들었다. 모로 박사와 몽고메리를 제외한 섬 속 사람들은 몸통이 비정상적으로 길고, 귀의 모양도 이상했으며, 팔다리와 손발을 천으로 꽁꽁 감싸고 있었다.

프렌딕은 모로 박사가 동물을 상대로 끔찍한 **실험**[*]을 하다가 비판적인 여론에 떠밀려 나라를 떠나게 되었음을 떠올린다. 그리고 이 섬에서도 박사가 동물 실험을 계속하고 있음을 알게 된다. 섬을 살피던 프렌딕은 산속에서 서로 이야기를 나누는 사람들을 발견한다. 그리고 그 사람들이 잠시 네발로 서는 모습을 본 뒤, 이들이 사람과 달리 **동물성**[*]을 가지고 있음을 깨닫는다.

프렌딕은 모로 박사가 사람을 동물로 만드는 실험을 한다고 생각하고, 두려움을 느껴 도망간다. 하지만 모로 박사 자신은 동물을 사람으로 만들고 싶어서 실험한 것뿐이고, 이후 동물들에게 사람처럼 교육했다고 주장한다. 모로 박사는 여러 동물을 이어 붙이고 뇌를 수술하며, 언어를 가르쳐 동물을 사람과 같이 만든 것이다. 그리고 동물의 본능을 억누르고 인간처럼 행동하도록 **세뇌**[*]했다.

그럼에도 불구하고 동물 인간들은 계속 원래 동물이었던 자신의 모습으로 돌아가려 한다. 그러던 중 실험 과정에서 탈출한 동물로 인해 모로 박사가 사망한다. 이에 모로 박사를 신처럼 생각하던 동물 인간들은 이전처럼 인간을 두려워하지 않게 된다. 그리고 동물적인 공격성마저 띠게 되자 프렌딕은 위험에 처한다. 프렌딕은 섬에 떠밀려 온 배를 타고 간신히 섬을 탈출하고 사람들에게 자신의 경험을 이야기하지만, 누구도 프렌딕의 말을 믿어 주지 않는다.

어휘사전

* **항해**(航 배 항, 海 바다 해) 배를 타고 바다 위를 다니는 것.
* **기이**(奇 괴상할 기, 異 다를 이)**하다** 보통과 다르게 이상하다.
* **실험**(實 열매 실, 驗 시험 험) 과학에서, 이론이나 현상을 관찰하고 측정함.
* **동물성**(動 움직일 동, 物 만물 물, 性 성품 성) 동물 같은 성질.
* **세뇌**(洗 씻을 세, 腦 뇌 뇌) 남의 머릿속에 생각을 억지로 넣는 일.

1 이 글의 내용과 일치하지 <u>않는</u> 것은 무엇인가요? (   )

내용 이해

① 프렌딕은 모로 박사의 동물 실험에 찬성했다.

② 프렌딕은 섬의 일꾼들의 외모와 몸동작이 이상하다고 생각한다.

③ 프렌딕은 결국 섬에 떠밀려 온 배를 타고 섬을 탈출하는 데 성공한다.

④ 모로 박사는 동물을 상대로 끔찍한 실험을 하다가 나라를 떠난 사람이었다.

⑤ 모로 박사는 동물을 사람으로 만드는 실험을 하고 동물을 사람처럼 교육했다.

2 프렌딕이 밑줄 친 ㉠과 같이 느낀 이유는 무엇인가요? (   )

감상 하기

① 사람들이 자신을 무시했기 때문에

② 섬사람들에게 고약한 냄새가 났기 때문에

③ 동물 실험으로 만들어진 기괴한 인간이었기 때문에

④ 프렌딕이 오랜 항해 후, 몸이 회복되지 않은 상태였기 때문에

⑤ 자신이 싫어하는 모로 박사를 위해 일하는 사람들이었기 때문에

3 다음 보기를 바탕으로 글쓴이가 전하고 싶은 의미는 무엇인가요? (   )

중심 내용

┤ 보기 ├

「모로 박사의 섬」은 출간 이후 많은 논란을 일으킨 작품이다. 영국의 과학자들은 모로 박사가 동물 실험을 한 것에 주목하며 그에 대한 의견을 활발하게 주고받았다. 그 결과 「모로 박사의 섬」이 출판된 지 2년 후 '영국 생체 해부 금지 협회(BUAV)'가 생기게 된다. 이 단체는 현재까지도 동물들의 권리를 위해 활발히 활동하고 있다.

① 위기에 처한 사람을 도와주어야 한다는 교훈을 전달했다.

② 동물을 사람처럼 만들 수 있다는 과학 기술의 발전을 보여 주었다.

③ 잔인한 동물 실험을 줄이고 동물의 권리를 높여야 함을 알려 주었다.

④ 프렌딕이 기괴한 동물의 섬에서 탈출한 모험담을 생생하게 전달했다.

⑤ 실험을 통해 동물들의 본능을 효과적으로 억누를 수 있다는 것을 보여 주었다.

동물권의 탄생

과거에 동물은 사람들에게 이용되는 대상으로 여겨졌다. 인간의 이익을 위해서 동물을 착취*하는 것은 당연했고, 동물이 학살*되거나 잔인하게 다루어져도 문제로 생각하지 않았다. 하지만 동물에게도 권리가 있다는 인식*이 생기면서 동물을 대하는 방식이 달라지기 시작했다.

첫 번째 변화로 '동물 보호 운동'이 일어났다. 동물을 학살하는 것은 생태계를 파괴하고 결과적으로 동물과 인간 모두에게 고통을 안겨 준다. 따라서 동물의 생명을 적극 보호하고 자연을 지켜야 한다는 것이다. 다음으로 '동물 복지*' 개념이 등장한다. 동물 보호에서 한 발 더 나아가 동물들이 좀 더 편안한 환경에서 생활해야 한다는 개념이다.

오늘날에는 '동물권' 개념까지 탄생하였다. 동물권은 동물도 인간처럼 권리*를 가지고 있으며, 그 권리를 존중받아야 한다는 것이다. 이는 동물 보호와 동물 복지를 모두 포함하는 개념으로, 더 적극적으로 동물의 권리를 생각한다.

이를 토대로 영국에서는 동물의 5대 자유를 발표했는데, 그 내용은 다음과 같다.

> 첫째, 동물은 배고픔, 목마름으로부터 자유로워야 한다. 동물의 종류와 상황에 맞게 적절한 음식이 제공되고, 동물은 이를 먹을 자유가 있어야 한다.
>
> 둘째, 동물은 불편함을 겪지 않을 자유가 있다. 동물은 편안한 공간과 환경에서 생활할 수 있어야 한다.
>
> 셋째, 동물은 통증, 부상*, 질병으로부터 자유로워야 한다. 동물이 아프면 바로 치료받을 수 있고, 병에 걸리지 않도록 예방하는 환경이 갖춰져야 한다.
>
> 넷째, 동물은 정상적인 행동을 표현할 자유가 있다. 살기에 적합한 환경에서 고유한 습성대로 자유롭게 살 수 있어야 한다.
>
> 다섯째, 고통으로부터의 자유가 있어야 한다. 동물도 사람처럼 정신적인 고통을 겪으므로 신체적으로도, 정신적으로도 건강한 생활을 할 수 있어야 한다.

이 5대 자유는 야생 동물이 아닌 사람이 기르거나 함께 사는 동물에 대한 것으로, 우리나라 동물보호법의 기초가 되었다.

어휘사전
* **착취**(搾 짤 착, 取 취할 취) 일한 대가를 주지 않고 마구 부리는 것.
* **학살**(虐 사나울 학, 殺 죽일 살) 잔인하게 마구 죽이는 것.
* **인식**(認 알 인, 識 알 식) 깨달아 아는 것.
* **복지**(福 복 복, 祉 복 지) 행복한 삶.
* **권리**(權 권세 권, 利 이로울 리) 어떤 일을 뜻대로 할 수 있는 힘이나 자격.
* **부상**(負 짐질 부, 傷 상처 상) 몸에 상처를 입음.

내용요약
글의 중심 내용을 생각하며 빈칸의 낱말을 써 보세요.

동물에 대한 사람들의 인식이 달라지면서 '동물 보호 운동'이 일어났고, '동물 복지' 개념이 등장했다. 그리고 오늘날에는 ㄷㅁㄱ 까지 탄생했다.

1 이 글에 대한 설명으로 알맞지 <u>않은</u> 것은 무엇인가요? (   )

내용
이해

① 동물을 학살하는 것은 동물과 인간 모두에게 고통을 안기는 일이다.

② 동물권을 시작으로 동물 복지, 동물 보호의 개념이 차례로 등장했다.

③ 동물에 대한 인식이 바뀌면서 사람들이 동물을 대하는 방식도 변화했다.

④ 영국이 발표한 동물의 5대 자유는 우리나라 동물보호법의 기초가 되었다.

⑤ 동물의 5대 자유는 야생 동물이 아닌 사람이 기르거나 함께 사는 동물에 대한 것이다.

2 다음 중 동물권을 지킨 사례로 알맞은 것을 골라 ○표 하세요.

적용
하기

(1) 강아지를 더 귀엽게 만들기 위해서 꼬리를 자르는 수술을 했다. (   )

(2) 동물 실험으로 만든 화장품은 세계적으로 판매되지 않는 추세이다. (   )

(3) 동물원에 동물을 많이 전시하려고 생활 공간 크기를 최소화하였다. (   )

3 다음 보기에 대한 반응으로 적절하지 <u>못한</u> 것은 무엇인가요? (   )

비판
하기

┤ 보기 ├

　옛날에는 닭을 층층이 쌓인 좁은 철장에서 키웠다. 한정된 공간에서 더 많은 닭을 키우기 위해서였다. 철장은 매우 비좁아 닭들이 움직일 수조차 없었다. 그런데 좁은 곳에서 스트레스를 받고 자란 닭이 낳은 달걀이 사람에게도 안 좋을 것이라는 인식이 생기자, 사람들은 닭을 키우는 환경을 바꾸기 시작했다. 이렇게 개선된 환경 속에서 키운 닭이 낳은 계란은 '동물 복지 계란'이라 불린다.

① 옛날에는 닭의 동물권이 보장되지 못했다니 안타까워.

② 좋지 못한 환경에서 달걀을 낳는 것은 닭에게 괴로운 일이야.

③ 나도 닭이 좀 더 좋은 환경에서 낳은 동물 복지 계란을 구매해야겠어.

④ 동물 복지 계란은 과거보다 편안한 환경에서 자란 닭이 낳은 계란이야.

⑤ 더 많은 닭을 키워서 더 많은 계란을 생산하는 농장이 동물 복지를 지키는 것이야.

4 다음 보기에서 설명하는 개념을 이 글에서 찾아 세 글자로 쓰세요.

추론
하기

┤ 보기 ├

　이 개념은 동물 보호와 동물 복지를 모두 포함한 개념이다. 특히 동물도 인간처럼 권리를 가지고 있으며 그 권리를 존중해야 한다는 뜻을 담고 있다.

(   )

자란다 문해력

주제 정리 **1** 생각주제와 관련된 앞의 두 글을 읽고 내용을 정리해 보세요.

동물권

동물도 인간처럼 ㄱ ㄹ 를 가진다는 개념.

모로 박사의 섬

모로 박사가 동물을 사람처럼 만드는 잔인한 실험을 한다. 작가는 이 작품을 통해 동물의 권리를 보호해야 한다는 경고를 하고 있다.

동물권의 탄생

동물에 대한 사람들의 인식이 높아지며 동물을 대하는 방식도 변화했다. 가장 먼저 등장한 동물 보호 개념에 이어, 동물 복지와 ㄷ ㅁ ㄱ 의 개념이 생겼다.

2 다음 보기의 두 가지 법이 공통적으로 담고 있는 생각을 골라 ○표 하세요.

┤ 보기 ├

호주 반려동물법

– 야생에서 동물을 데려와 키울 수 없다. 반려동물을 4마리 이상 키울 시 나라의 허가를 받아야 한다.

뉴질랜드 동물보호법

– 동물들끼리 싸움을 붙이거나 이를 구경하는 경우 처벌을 받는다.

(1) 동물도 인간처럼 권리를 보장받아야 한다고 보고 있어.

(2) 더 나은 생활을 위해 적극적으로 동물을 이용해야 한다고 보고 있어.

3 동물권을 지키기 위한 방법에 대해 자신의 생각을 써 보세요.

주제 어휘	항해	실험	세뇌	착취	복지	권리

4 다음 주제 어휘와 뜻을 알맞게 연결하세요.

(1) 항해 •

(2) 착취 •

(3) 권리 •

(4) 세뇌 •

• ㉠ 배를 타고 바다 위를 다니는 것.

• ㉡ 일한 대가를 주지 않고 마구 부리는 것.

• ㉢ 남의 머릿속에 생각을 억지로 넣는 일.

• ㉣ 어떤 일을 뜻대로 할 수 있는 힘이나 자격.

5 다음 빈칸에 들어갈 낱말을 주제 어휘에서 찾아 쓰세요.

(1) 회사는 직원의 (   ) 향상을 위해 노력해야 한다.

(2) 그 나라는 식민지를 (   )하여 막대한 이익을 얻었다.

(3) 콜럼버스는 긴 (   ) 끝에 마침내 아메리카 대륙을 밟았다.

(4) 약의 효과를 증명하기 위해 여러 사람을 대상으로 (   )을 하기로 한다.

6 다음 보기에서 빈칸에 들어갈 낱말을 주제 어휘에서 찾아 쓰세요.

┤ 보기 ├

　A씨는 어린 시절 팬카페에 가입하여 활동했던 글을 지우고 싶었지만, 이미 카페를 탈퇴한 뒤라 글을 삭제할 권한이 없었다. 이처럼 A씨와 같이 과거 자신이 디지털 공간에 올린 게시물을 삭제하고 싶으나 어려움을 겪는 사람들이 많이 있다. 이들에게도 과거 자신의 기록을 지우고, 디지털 공간에서 잊힐 □□□□□가 있다.

(   )

몬스터 차일드

몬스터 차일드
글 이재문
사계절

나와 산들이는 MCS 환자다. 뮤턴트 캔서로스 신드롬(Mutant Cancerous Syndrome). 우리말로 '**돌연변이*** 종양 증후군'. 하지만 사람들은 이 병을 다른 이름으로 바꾸어 부른다. 몬스터 차일드 신드롬(Monster Child Syndrome), '괴물 아이 증후군'이라고.

보통 다섯 살에서 일곱 살 사이에 증상이 시작된다고 해서 붙은 별명이다. 처음 증상은 제각각이다. 어떤 아이는 열병을 앓기도 하고, 장에 문제가 생긴 것처럼 **혈변***을 누는 아이도 있다. 하지만 마침내는 한 가지 공통된 증상을 보인다. 발작을 일으킨다음, 온몸에 털이 나고 몸집이 커지는 '**변이***'가 일어난다. 힘도 몇 배나 강해진다.

나와 산들이가 발작을 일으킬 때마다 엄마는 학교를 옮기게 했다. 처음에는 엄마도 전학 말고 다른 방법을 찾으려 했다. 우선 선생님을 자주 만났고, 반에 간식도 돌렸다. 학부모 모임에도 빠짐없이 참석하고.

그런데도 나는 친구가 없었다. **노골적***으로 괴롭히는 아이들도 있었지만, 대부분은 내 등 뒤에서 들으라는 듯 수군거리거나 슬슬 피했다. 징그럽다고, 끔찍하다고. 몬스터, 괴물 같다고.

같은 반 아이들이 부모님한테 전학 보내 달라고 떼를 썼다는 얘기도 들었다. 돌연변이 괴물과는 같은 반을 할 수 없다고. 그래도 엄마는 꿋꿋하게 버텼다. 내가 더 잘하면 된다고, 내 마음을 알아주는 친구가 생길 거라고 했다. 나도 그렇게 생각했다. 그런데 도저히 참을 수 없는 일이 일어났다.

3학년 때 누군가 내 사물함에 생닭을 넣어 놓았다. 사물함을 열어 본 나는 충격을 받아 까무러칠 뻔했다. 나를 더 놀라게 한 건 같은 반 아이들의 반응이었다.

"왜? 징그러워? 이상하다. 너 같은 MCS는 그런 거 좋아한다던데, 아니야?"

한 아이가 비아냥거리듯 말했다.

"그런 거……? 그게 뭔데?"

내가 눈물을 참으며 묻자, 아이는 **새삼스럽다***는 듯 대꾸했다.

"그런 거, 막 호랑이나 사자가 먹는 빨간 고기."

㉠날고기를 말하고 싶었던 모양인데, 그건 가짜 뉴스다. 나는 날고기를 먹지 않는다. 사실 그게 중요한 건 아니다. 아이들이 이미 날 '빨간 고기' 먹는 괴물로 본다는게 중요했지.

어휘사전

* **돌연변이**(突 부딪칠 돌, 然 그럴 연, 變 변할 변, 異 다를 이) 생물체에서 이전에 없던 새로운 모양과 성질이 나타나는 현상.

* **혈변**(血 피 혈, 便 똥오줌 변) 피가 섞여 나오는 똥.

* **변이**(變 변할 변, 異 다를 이) 같은 종류의 생명체에서 모양과 성질이 달라지는 현상.

* **노골적**(露 드러낼 노, 骨 뼈 골, 的 과녁 적) 숨김없이 모두를 있는 그대로 드러내는 것.

* **새삼스럽다** 마치 모르는 것을 대하는 듯 느낌이 새롭다.

1

중심
내용

빈칸에 들어갈 말을 이 글에서 찾아 두 글자로 쓰세요.

> 친구들이 나와 산들이를 피한 이유는 '돌연변이 종양 증후군'이라는 병에 걸려서 변이 증상을 일으키자, 무서운 [   ]처럼 생각했기 때문이다.

(   )

2

추론
하기

이 글을 읽고 답할 수 <u>없는</u> 질문은 무엇인가요? (   )

① 몬스터 차일드 신드롬의 원인은 무엇인가요?

② 몬스터 차일드 신드롬 증상은 언제 시작되나요?

③ 친구들이 나와 산들이를 피한 이유는 무엇인가요?

④ 왜 괴물 아이 증후군이란 이름으로 불리게 되었나요?

⑤ 친구들이 내 사물함에 생닭을 넣어 놓은 이유는 무엇인가요?

3

어휘
이해

㉠과 뜻이 비슷한 사자성어를 찾아 ○표 하세요.

(1) 감탄고토(甘呑苦吐): 달면 삼키고 쓰면 뱉는다. (   )

(2) 유언비어(流言蜚語): 아무 근거 없이 널리 퍼진 소문. (   )

(3) 교언영색(巧言令色): 남에게 잘 보이려고 하는 말과 행동. (   )

4

적용
하기

㉮, ㉯와 같은 주장을 표현하는 데 알맞은 용어를 **보기**에서 각각 찾아 번호를 쓰세요.

> 산들이가 창밖을 내다보고 있었다. 나도 그쪽으로 눈길이 갔다. 읍사무소 앞에 꽤 많은 사람들이 모여 있었다. 맨 앞에 선 사람이 확성기에 대고 외치자 사람들이 북을 두드리며 따라 했다.
>
> ㉮"MCS 치료 센터 건립, 반대한다. 반대한다!" / "반대한다. 반대한다!"
>
> 산들이가 움츠러든 얼굴로 한 곳을 가리켰다. / "누나, 저거 봐."
>
> ㉯'주민들에게 약속했던 첨단 과학 산업 센터, 유치하라!'
>
> '주민 동의 없는 MCS 치료 센터 건립, 결사 반대!'

┤ 보기 ├

(1) 님비 현상: 'Not In My BackYard(내 뒷마당에는 안 된다.)'의 줄임말. 내가 속한 지역에 이익이 되지 않는 일을 반대하는 행동.

(2) 핌피 현상: 'Please In My Front Yard(내 앞마당에 된다.)'의 줄임말. 내가 속한 지역에 이익이 되는 시설을 유치하려는 행동.

㉮ (   ), ㉯ (   )

혐오 표현의 문제점

어휘사전

＊**혐오**(嫌 싫어할 혐, 惡 미워할 오) 싫어하고 미워하는 것.

＊**인종**(人 사람 인, 種 씨 종) 사람을 지역과 신체적 특성에 따라 구분한 종류.

＊**비하**(卑 낮을 비, 下 아래 하) 남을 하찮게 여기거나 나보다 낮게 보는 것.

＊**편견**(偏 치우칠 편, 見 볼 견) 공정하지 못하고 한쪽으로 치우친 생각.

＊**차별**(差 어그러질 차, 別 다를 별) 둘 이상의 대상을 수준, 등급 등의 차이를 두어서 구별함.

＊**익명성**(匿 숨길 익, 名 이름 명, 性 성품 성) 어떤 일을 한 사람이 누구인지 드러나지 않은 특성.

'잼민이', '꼰대'라는 말을 들어본 적 있는가? '잼민이'는 민폐를 끼치는 초등학생을, '꼰대'는 권위적인 사고를 가진 기성세대를 뜻한다. 이 단어들의 공통점은 혐오 표현이라는 것이다. 국가인권위원회에 따르면 **혐오**＊ 표현이란 성별, 장애, 종교, 나이, 출신 지역, **인종**＊ 등을 이유로 개인이나 집단에 대하여 모욕, **비하**＊, 위협하는 표현을 말한다. 이러한 혐오 표현은 **편견**＊과 **차별**＊로부터 기인한다. 최근에는 특정 집단에 대한 혐오 표현이 사회 문제로 ㉮불거지고 있다.

그 예로 첫째, ㉠성별 간 혐오 문제가 있다. 예전에는 취업할 때 군대를 다녀온 남자에게만 가산점을 주었는데, 여성에 대한 차별이라는 여론이 커지자 사라지게 되었다. 이렇듯 성별 간 혐오 문제는 남자라는 이유로, 또는 여자라는 이유로 차별이나 혜택을 받았다고 생각해서 나타나는 현상이다.

둘째, ㉡세대 간 혐오 문제가 심각하다. 특히 우리나라는 급속한 경제 발전을 겪었기 때문에 세대 간 경험의 차이가 매우 크다. 노년층은 자신들이 경제 성장에 ㉯기여했기에 지하철 무임 승차와 같은 복지가 필요하다고 생각한다. 하지만 청년층은 지하철 기본 요금 인상 원인이 노년층의 지하철 무임 승차 때문이라 생각한다. 이런 여러 가지 이유로 세대 간 갈등이 발생하고 있다.

셋째, ㉢인종 간 혐오가 전 세계적으로 문제가 되고 있다. 우리나라에는 ㉰상대적으로 임금이 낮은 외국인 근로자들이 많이 들어와 있다. 사람들은 외국인 근로자가 많이 사는 동네는 위험하다는 편견을 가지고 있으며, 일부 사람들은 서양에서 온 외국인에 비해 이들을 더 ㉱무시한다. 한편 국제적으로는 중국에서 발생한 코로나19가 전 세계로 ㉲확산되자 동양인에 대한 차별과 혐오 범죄가 증가하기도 했다.

혐오 표현이 많아진 이유 중 하나로 SNS의 발달을 들 수 있다. **익명성**＊이라는 특징 때문에 SNS에서는 다른 사람을 향한 혐오 표현이 쉽게 쓰인다. 더 나은 사회를 위해 각자가 서로 다른 지역, 성별, 세대에 대해 좀 더 열린 마음으로 받아들이는 자세가 필요하다.

내용요약

글의 중심 내용을 생각하며 빈칸의 낱말을 써 보세요.

| ㅎ | ㅇ | 표현은 인종, 나이, 성별 등을 이유로 개인이나 집단을 모욕, 비하, 위협하는 표현을 말한다. 최근 성별, 세대, 인종 간 혐오가 사회적으로 큰 문제가 되고 있다.

1

중심
내용

이 글을 쓴 목적으로 가장 알맞은 것은 무엇인가요? (   )

① 혐오 표현의 종류를 설명하기 위해

② 익명성의 장점과 단점을 설명하기 위해

③ SNS의 올바른 사용 방법을 알리기 위해

④ 세대 간의 혐오 문제가 가장 심각함을 알리기 위해

⑤ 우리 사회에서 발생하는 혐오 문제의 심각성을 알리기 위해

2

글의
구조

이 글의 전개 방식으로 알맞은 것은 무엇인가요? (   )

① 두 가지 문제를 대조하여 설명하고 있다.

② 문제 상황에 대해 찬반 입장을 제시하고 있다.

③ 문제 상황들의 공통점 중심으로 설명하고 있다.

④ 문제 상황과 관련된 다양한 예를 들어 설명하고 있다.

⑤ 상황의 변화를 시간 순서대로 설명하여 이해를 돕고 있다.

3

어휘
이해

㉮~㉺와 바꾸어 쓸 수 있는 말로 알맞지 <u>않은</u> 것은 무엇인가요? (   )

① ㉮: 커지고

② ㉯: 공헌했기에

③ ㉰: 일반적으로

④ ㉱: 얕본다

⑤ ㉲: 퍼지자

4

적용
하기

㉠~㉢에 알맞은 사례를 보기에서 각각 골라 번호를 쓰세요.

┤ **보기** ├

(1) 사람들은 보통 여자들이 운전을 미숙하게 한다고 생각한다.

(2) 나이 많은 사람의 출입을 금지하는 노시니어존이 생기고 있다.

(3) 미국의 한 커피 가게 직원이 동양인 주문자의 컵에 이름 대신 찢어진 눈을 그렸다.

㉠ 성별 간 혐오	㉡ 세대 간 혐오	㉢ 인종 간 혐오

주제 정리 1 생각주제와 관련된 앞의 두 글을 읽고 내용을 정리해 보세요.

> ### ㅎ ㅇ 표현의 의미
>
> 성별, 장애, 종교, 나이, 출신 지역, 인종 등을 이유로 개인이나 집단에 대하여 모욕, 비하, 위협하는 표현을 말한다.

> #### 혐오 표현의 사례
>
> 「몬스터 차일드」에서 병(혹은 장애)을 가지고 있다는 이유로 친구들은 '나'에게 혐오 표현을 서슴없이 한다.

> #### 혐오 표현의 문제점
>
> 성별 간 혐오, 세대 간 혐오, 인종 간 혐오 등 특정 ㅈ ㄷ 에 대한 혐오 표현이 증가하고 있다.

2 혐오 표현과 관련해 「몬스터 차일드」에 나오는 '나'의 친구들에게 해 줄 말로 적절하지 <u>않은</u> 것에 ○표 하세요.

(1) 너한테 피해를 줄지 모르니 상대방에게 싫다고 표현하는 건 괜찮아.

(2) 병이 있다고 해서 차별하거나 모욕하면 안 돼.

(3) 가짜 뉴스를 보고 생닭을 사물함에 넣는 행동은 잘못된 거야.

(4) 서로 다른 특징을 가진 존재를 존중하는 마음가짐을 가졌으면 해.

3 혐오 표현이 왜 문제가 되는지에 대해 자신의 생각을 써 보세요.

✎ _____

_____

_____

주제 어휘	노골적	혐오	인종	비하	편견	차별

4 다음 주제 어휘와 뜻을 알맞게 연결하세요.

(1) 노골적 •
(2) 차별 •
(3) 인종 •
(4) 혐오 •

• ㉠ 싫어하고 미워하는 것.

• ㉡ 숨김없이 모두를 있는 그대로 드러내는 것.

• ㉢ 사람을 지역과 신체적 특성에 따라 구분한 종류.

• ㉣ 둘 이상의 대상을 수준, 등급 등의 차이를 두어서 구별함.

5 다음 빈칸에 들어갈 낱말을 주제 어휘에서 찾아 쓰세요.

(1) 자신을 무능한 사람이라고 (   )하는 것은 좋지 않다.

(2) 장애인은 무조건 도움이 필요하다는 (   )을 버려야 한다.

(3) 미국에는 전 세계 사람들이 모이기에 다양한 (   )이 섞여 있다.

(4) 경기에서 지자 불편한 마음을 (   )으로 드러내는 친구로 인해 분위기가 안 좋아졌다.

6 다음 밑줄 친 말과 뜻이 비슷한 낱말을 주제 어휘에서 찾아 쓰세요.

다른 사회의 문화를 대하는 태도에는 크게 두 가지가 있다. 우선 상대방의 문화는 좋기에 무조건 받아들여야 한다는 태도이다. 이것은 자기 문화에 대해 주체성을 가지지 못한 태도이다. 이와 반대로 자신이 속한 사회의 문화가 무조건 좋다는 태도가 있다. 이는 자기 문화에 대한 우월성에 빠져 다른 문화를 부정적으로 보는 태도이다. 이렇게 <u>색안경</u>을 쓴 채 다른 문화를 바라보는 것은 옳지 못한 방식이다. 서로의 다름을 인정하고 존중하는 자세로 다른 문화를 대해야 한다.

(   )

아빠는 피디님

담배 피우는 엄마
글 류호선
시공주니어

아빠는 아무 일도 없다는 듯, 등에 짊어진 보따리를 주섬주섬 풀어 놓기 시작했다.

"아빠! 이게 다 뭐예요?"

"아빠가 산속에서 도둑질해 온 ㉠보물 보따리지."

그러고는 아빠가 산속을 헤매서 캐고, 따고, 얻어 온 보물이 아닌 **나물***을 보면서 각종 나물에 얽힌 이야기들을 들어야만 했다.

학교가 끝나고 예정대로 아이들과 우리 집에 갔다.

아빠는 아이들에게 이것저것 물어보기도 하고, 우리가 숙제를 하는 내내 이 참견 저 참견을 다 했다.

"너희들 배고프지? 아저씨가 이 보물들로 **요리*** 실력 발휘 한번 해 볼까?"

아빠는 **아토피***가 있는 재상이의 팔을 보더니. 이런 ㉡나물들을 먹어야 낫는다고 했다. 아빠는 직접 캐 온 ㉢이상한 산나물들을 부엌에 한가득 풀어 놓고는, 이것저 것 설명도 해 주면서 요리를 시작했다.

"자, 냄새 맡아 봐라! 향긋하지?"

"정말 향긋해요!"

"이게 냉이란다. 이걸 요렇게 조물조물 무치면……. 자, 네가 한번 해 봐."

아빠는 나물에 대해 이것저것 설명해 주었다. 취재하는 동안 나물 박사가 된 모양 이다. ㉣돌나물, 두릅, 머위, 냉이, 비름……. 이름도 처음 들어 보는 ㉤써런 풀들이 튀김에, 전에, 무침에, 여러 가지로 변신을 하고 있었다.

드디어 아빠의 요리가 나왔다. 처음 시작은 두릅 튀김이었다.

아이들은 한 입씩 먹고 나더니, 맛있다고 난리가 났다.

'얘들이 괜히 우리 아빠 기분 좋으라고 그러는 거 아니야?'

나도 조심스럽게 한 입 베어 먹었다. 야들야들하면서도 부드럽기도 한 맛이, 파란 향기와 함께 입 안에 사르르 감돌았다. 정확히 표현하지 못하겠지만 정말 신기한 맛 이 났다. 튀김 안에 들어 있는 두릅의 독특한 맛이 입 안에 싸하게 퍼졌다. 더 먹고 싶 었지만 아빠는 귀한 거라고 하면서 딱 하나씩만 주었다. 입 안에 침이 살살 고였다.

어휘사전

* **나물** 사람이 먹을 수 있는 풀이나 채 소.

* **요리**(料 헤아릴 요, 理 다스릴 리) 여 러 조리 과정을 거쳐 음식을 만듦. 또는 그 음식.

* **아토피**(atopy) 피부가 까칠해지고 가려운 증세를 보이는 피부병.

1 중심 내용

빈칸에 들어갈 말을 이 글에서 찾아 두 글자로 쓰세요.

> 아빠가 산에서 [   ]이라며 나물을 잔뜩 캐 오셨다. 나와 친구들은 우리 집에 모여 숙제를 하다가 아빠의 요리들을 맛보았다. 우리는 처음으로 나물의 여러 가지 맛을 느꼈다.

(   )

2 내용 이해

이 글의 내용과 일치하지 <u>않는</u> 것은 무엇인가요? (   )

① 아빠는 나물을 산에서 직접 구해 왔다.
② 아빠는 나물로 여러 가지 요리를 만들었다.
③ '나'는 평소에 나물을 좋아하고 즐겨 먹는다.
④ 아빠가 처음으로 해 준 요리는 두릅 튀김이다.
⑤ 아빠는 나물을 먹으면 아토피가 나을 거라고 말했다.

3 어휘 이해

㉠~㉤ 중에 의미하는 범위가 가장 좁은 것은 무엇인가요? (   )

① ㉠ 보물 보따리
② ㉡ 나물들
③ ㉢ 이상한 산나물들
④ ㉣ 돌나물
⑤ ㉤ 퍼런 풀들

4 추론 하기

나물 요리의 맛을 묘사한 표현으로 알맞지 <u>않은</u> 것은 무엇인가요? (   )

① 정말 신기한 맛이 났다.
② 이걸 요렇게 조물조물 무치면
③ 야들야들하면서 부드럽기도 한 맛
④ 독특한 맛이 입 안에 싸하게 퍼졌다.
⑤ 파란 향기와 함께 입 안에 사르르 감돌았다.

맛의 과학

맛의 과학
글 밥 홈즈
처음북스

맛을 인식하는 것은 인간의 특별한 능력 중 하나다. 잡식 동물로서 먹을 수 있는 것과 못 먹는 것을 판단할 필요가 있었던 우리 조상은 그 판단의 도구로 맛을 이용했다. 그 능력은 우리 진화 유산의 일부다. 맛을 연구하는 심리학자 폴 브레슬린은 "모든 인간이 얼굴을 구별하는 전문가이듯, 맛에 대해서도 전문가입니다. 맛은 문자 그대로 삶과 죽음의 문제를 다룹니다. 나쁜 걸 먹는다면 죽게 될 것이기 때문이죠." 라고 말한다. 우리가 딸기나 파인애플, 녹두의 맛을 대번에 무슨 맛이라고 말할 수는 없어도 그 맛을 느낄 수 있는 것만큼은 분명하다.

사실 **맛감각***은 인간을 하나의 종족으로 묶는 데 큰 역할을 하였다. 인류학자 리처드 랭햄은 인류가 요리라는 방식으로 쉽게 칼로리를 섭취할 수 없었다면 신비스럽기 짝이 없는 우리의 두뇌는 결코 발전할 수 없었을 것이라 말하였다. 우리의 사촌인 침팬지는 매일 날것을 씹어 에너지를 추출하느라 많은 시간을 소비한다. 그에 비해 인간은 에너지와 시간을 훨씬 효율적으로 사용한다.

인간은 약초와 **양념*** 같은 향이 강한 재료를 이용해 음식에 간을 하는 유일한 종족이다. 양념의 맛이 진화의 근원이 되었다는 말도 틀린 게 아니다. 태국 음식의 마늘과 후추, 인도의 생강과 고수, 멕시코의 칠리고추를 생각해 보면 ㉠강한 양념을 사용하는 문화가 **박테리아*** 로 인한 오염이 문제가 되는 더운 기후의 나라로부터 전파되었음을 알 수 있다.

▲ 향이 강한 후추

사람들에게 매일의 식사를 요리하는 행위는 창조적이며 보람 있는 경험이다. 우리는 요리책을 읽으며, 흥미롭고 새로운 **레시피***를 인터넷에 게시하고, 메뉴를 차츰 늘려 간다. 아직도 많은 가정 요리사들이 계획 없이 맛을 낸다. 레시피가 알려 주는 대로, 해 왔던 대로 음식을 만들기도 한다.

향미는 사실 맛과 냄새만이 아닌 그 이상의 것을 포함한다. 우리가 맛을 느끼는 데에는 미각, 후각, 촉각, 청각, 시각의 **오감*** 모두가 다 나름의 역할을 한다. 맛을 가장 잘 알려면 음식이 입에 들어왔을 때 우리가 소유한 이 모든 감각을 모조리 **동원*** 해야 한다. 그러면 놀라운 일이 벌어진다. 요리를 하고 음식을 먹는 것이 일상적인 기쁨의 근원이라는 것은 더 이상 말할 필요도 없는 사실이다.

어휘사전

* **맛감각**(感 느낄 감, 覺 깨달을 각) 맛을 느끼는 감각으로 닷맛, 짠맛, 신맛, 쓴맛의 네 가지 기본 미각이 있음.

* **양념** 음식 맛을 돋우기 위해 쓰이는 재료.

* **박테리아**(bacteria) 땅, 공기, 생명체 등의 속에 살면서 병을 일으키기도 하는 작은 생물.

* **레시피**(recipe) 음식을 만드는 방법.

* **오감**(五 다섯 오, 感 느낄 감) 우리 몸의 다섯 가지 감각.

* **동원**(動 움직일 동, 員 관원 원) 어떤 목적을 이루려고 사람을 모으거나 물건, 수단, 방법 등을 집중함.

내용요약

글의 중심 내용을 생각하며 빈칸의 낱말을 써 보세요.

| ㅁ | 을 인식하는 것은 인간의 특별한 능력 중 하나이다. 인류의 두뇌는 날것을 익히고 요리해서 먹는 방식을 통해 발전할 수 있었다. 또한 우리가 음식의 맛을 느끼는 데는 | ㅇ | ㄱ | 모두가 나름의 역할을 한다.

1 이 글의 내용과 일치하지 <u>않는</u> 것은 무엇인가요? (   )

내용
이해

① 침팬지는 날것을 씹느라 많은 시간을 소비한다.

② 맛을 인식하는 것은 인간만의 특별한 능력은 아니다.

③ 인류는 요리를 통해 칼로리를 쉽게 섭취할 수 있었다.

④ 인간만이 향이 강한 재료를 이용해 음식에 간을 한다.

⑤ 조상들은 먹을 수 있는 것과 없는 것을 판단할 때 맛을 이용했다.

2 밑줄 친 ㉠의 예로 알맞은 것을 골라 ○표 하세요.

적용
하기

(1) 북유럽에서 고기를 장기 보관하기 위해 소금에 절여서 먹는다. (   )

(2) 날씨가 더운 태국은 대체로 양념이나 소스가 맵고, 짠맛이 강하다. (   )

(3) 프랑스에서는 요리의 맛을 극대화하기 위해 향신료를 많이 사용한다. (   )

3 이 글의 내용을 올바르게 이해하지 <u>못한</u> 사람을 찾아 번호를 쓰세요. (   )

비판
하기

(1)

음식을 익혀 먹으면 생으로 먹는 것보다 칼로리 섭취가 쉬워.

(2)

음식 문화는 그 지역의 기후의 영향을 받아서 발전하기도 해.

(3)

한번 정해진 요리 과정과 레시피를 그대로 지키는 것이 중요해.

4 다음 **보기**의 '먹방(먹는 방송)'을 보고 느낄 수 <u>없는</u> 감각을 찾아 번호를 쓰세요.

적용
하기
(   )

┤ 보기 ├

(1) 시각

(2) 청각

(3) 후각

주제 정리

1 생각주제와 관련된 앞의 두 글을 읽고 내용을 정리해 보세요.

아빠는 피디님
1 아빠는 산속에서 각종 ㄴ ㅁ 을 가져왔다.
2 친구들과 집에서 숙제를 하는데 아빠는 나물에 대한 설명을 하면서 ㅇ ㄹ 를 하기 시작했다.
3 나는 아빠의 나물 요리를 먹으며 나물의 신기한 ㅁ 을 느낄 수 있었다.

맛의 과학
1 맛을 느끼는 것은 인간의 특별한 능력 중 하나이다.
2 요리라는 방식으로 쉽게 칼로리를 섭취했기에 인류의 두뇌는 발전할 수 있었다.
3 강한 양념은 박테리아로 인한 오염이 문제가 되는 더운 나라로부터 전파되었다.
4 요리는 창조적이며 보람 있는 경험이다.
5 향미는 맛과 냄새 이상의 것을 포함한다. 맛을 잘 알려면 우리는 모든 ㄱ ㄱ 을 동원해야 한다.

2 다음 그림에서 공통적으로 설명하는 것은 무엇인지 골라 ○표 하세요.

보기 좋은 떡이 맛도 좋은 법이지!

코가 막혀서 냄새를 맡을 수 없으니까 아무 맛이 안 나.

(1) 맛을 느낄 때는 오감 중에 미각만 그 역할을 한다.

(2) 맛을 느낄 때는 오감이 모두 나름의 역할을 한다.

3 인간이 맛을 느끼는 원리에 대해 자신의 생각을 정리하여 써 보세요.

✏

| 주제 어휘 | 나물 | 요리 | 맛감각 | 양념 | 오감 | 동원 |

4 다음 주제 어휘와 뜻을 알맞게 연결하세요.

(1) [맛감각] •　　　　　• ㉠ 우리 몸의 다섯 가지 감각.

(2) [양념] •　　　　　• ㉡ 음식 맛을 돋우기 위해 쓰는 재료.

(3) [오감] •　　　　　• ㉢ 사람이 먹을 수 있는 풀이나 채소.

(4) [나물] •　　　　　• ㉣ 맛을 느끼는 감각으로 단맛, 짠맛, 신맛, 쓴맛의 네 가지 기본 미각이 있음.

5 다음 빈칸에 들어갈 낱말을 주제 어휘에서 찾아 쓰세요.

(1) 산에서 캐 온 (　　　　　)을 잘 손질하여 햇빛에 말려 두었다.

(2) 영화에 대한 입소문이 퍼지면서 관객 (　　　　　)에도 성공했다.

(3) 미국에서 오는 손님에게 대접할 특별한 (　　　　　)를 준비했다.

(4) 여러 가지 (　　　　　)을 발라서 구운 돼지고기는 정말 맛있었다.

6 다음 밑줄 친 '이것'이 뜻하는 낱말을 주제 어휘에서 찾아 쓰세요.

인간은 세상 여러 가지 것들을 인식하고 받아들이는 데 감각을 사용한다. 눈을 통해 자극을 받아들이는 시각, 피부에 닿아 느끼는 촉각, 냄새를 맡는 후각이 있다. 그리고 소리를 듣는 청각, 입안에서 들어온 음식의 맛을 느끼는 미각이 있다. 이 다섯 가지 감각을 '이것'이라 부른다.

(　　　　　　　　)

수저, 짝의 사상

우리 문화 박물지
글 이어령
디자인하우스

어휘사전

* **용구**(用 쓸 용, 具 갓출 구) 무엇을 하거나 만드는 데 사용하는 도구.

* **개인주의**(個 낱 개, 人 사람 인, 主 주인 주, 義 옳을 의) 나라나 사회보다 개인의 자유와 권리가 더 중요하다는 생각.

* **수저** 숟가락과 젓가락.

* **균형**(均 고를 균, 衡 저울대 형) 어느 한쪽으로 기울거나 치우치지 않고 고른 상태.

* **융합**(融 녹을 융, 合 합할 합) 여럿이 섞여 하나로 합치는 일.

* **음양**(陰 응달 음, 陽 볕 양) 우주를 만들어 내는 서로 반대인 두 기운인 음과 양을 아울러 이르는 말.

젓가락은 한국, 중국, 일본 등 동양 3국의 문화를 상징하는 식사 **용구***다. 왜 서양 사람들은 포크와 나이프로 식사를 하는데 동양 3국에서는(베트남에서도 젓가락을 쓴다) 젓가락을 사용하는가? 보는 시각에 따라 각기 다른 대답이 나올 수 있지만 우선 분명한 것은 서양에서는 요리가 덩어리째 나오고 동양에서는 미리 썰어져 나온다는 차이 때문이라고 할 수 있다. 만약 같은 비프스테이크라도 우리나라 불고기처럼 미리 잘게 썰어서 재운 것이라면 포크나 나이프는 필요치 않을 것이다. 자기가 먹을 것을 자기가 알아서 썰어 먹는다면 우리라 해도 별수 없이 전쟁터에 나가는 사람들처럼 식탁에서도 삼지창(포크)과 칼로 무장을 하지 않을 수 없었을 것이다.

양식 앞에 나서면 네가 알아서 먹으라는 식이다. 양념도 간도 미리 맞춰 주지 않는 것이 서양의 음식이다. 소금도 드레싱도 다 자기가 알아서 친다. 서양 음식에는 결국 어머니적인 요소가 부족하다는 이야기이기도 하다. 음식을 만든 사람과 그것을 먹는 사람이 따로따로 노는 서양에서 **개인주의***가 일찍 생겨난 것도 당연한 일이다.

인간 최초의 식사는 바로 어머니 품에 안겨 어머니가 먹여 주는 젖이다. 음식의 근본 원리는 이렇게 먹여 주는 모자 커뮤니케이션의 형태를 띠고 있다. 그것을 확대하면 제 손으로 썰어 먹는 것이 아니라 남이 썰어 준 것을 집어먹는 그 젓가락이 된다. 더구나 젓가락 자체의 형태와 구조가 짝으로 되어 있어서 너와 나의 상호적 의미를 지니고 있다. 혼자서는, 즉 젓가락 하나만으로는 아무것도 집을 수 없다.

젓가락 문화는 바로 짝의 문화라고 할 수 있다. 젓가락의 아름다움이 있다면 그것은 짝으로 되어 있는 평행 구조에서 비롯되는 것이다. 그런데 이 젓가락이 지니고 있는 짝의 문화를 한층 더 완성된 상태로 끌어올린 것이 바로 한국의 **수저*** 문화다. 중국도 일본도 젓가락을 주로 사용하고 있지만 한국만이 젓가락 옆에 다시 그와 짝을 이루는 숟가락을 놓는다.

우리는 수저가 다 함께 있어야 밥을 먹을 수가 있다. 왜냐하면 음식 자체가 국물과 건더기로 **균형***을 이루고 **융합***되어 있기 때문이다. 모든 사물에는 빛과 그늘의 양면이 있듯이 김치 깍두기를 비롯한 한국의 음식은 서양 샐러드나 일본의 단무지와는 달리 건더기와 국물의 **음양***으로 되어 있다.

1 이 글의 내용과 일치하지 <u>않는</u> 것은 무엇인가요? (   )

내용
이해

① 서양과 동양은 식사할 때 쓰는 도구가 다르다.

② 서양은 음식이 큰 덩어리로 나오는 경우가 많다.

③ 서양의 음식 문화는 서양의 개인주의에 영향을 미쳤다.

④ 젓가락을 사용하는 문화는 전 세계에서 한국이 유일하다.

⑤ 한국의 수저 문화는 젓가락이 지닌 짝의 문화를 완성된 상태로 끌어올린 것이다.

2 이 글에서 **보기**의 설명과 관계 깊은 중심 소재를 찾아 세 글자로 쓰세요.

중심
내용

┤ **보기** ├

　동양 3국의 음식 문화를 상징하는 도구이다. 짝으로 되어 있는 평행 구조에서 아름다움을 찾을 수 있으며, 우리나라는 이것과 짝을 이루는 숟가락을 함께 사용한다.

(   )

3 이 글을 바탕으로 **보기**를 알맞게 해석한 것을 찾아 번호를 쓰세요. (   )

적용
하기

┤ **보기** ├

동양: 고기를 잘게 잘라 요리한다.

서양: 고기 요리가 덩어리째 나온다.

(1) 동양의 식사 문화가 서양의 식사 문화보다 더 복잡할 거야.

(2) 서양 사람보다 동양 사람이 고기를 더 많이 먹을 수 있을 거야.

(3) 동양의 식사 도구는 젓가락이, 서양의 식사 도구는 포크와 나이프가 알맞을 거야.

동아시아 3국의 수저 문화

▲ 한국의 놋그릇과 놋수저

어휘사전

* **발전**(發 필 발, 展 펼 전) 더 낫고 좋은 상태나 더 높은 단계로 나아감.

* **차이**(差 어그러질 차, 異 다를 이) 서로 같지 않고 다른 것.

* **찰기** 곡식으로 만든 음식에 있는 끈끈한 성질.

* **놋그릇** 누런 쇠로 만든 그릇.

* **스테인리스**(stainless) '스테인리스강'을 일상적으로 부르는 말로, 녹이 슬지 않는 강철.

동아시아 3국인 한국, 중국, 일본은 예전부터 서로 영향을 주고받으며 각자 ㉠독자적인 문화를 **발전**＊시켰다. 음식 역시 이름이나 모양이 비슷해도 각자 특징이 있다. 예를 들어 세 나라 모두 다양한 면 요리가 있지만, 국물이나 면의 모양 등에 있어서 완전히 다른 음식이다. 세 나라의 식사 문화 또한 서로 비슷하면서도 다르다.

세 나라의 서로 다른 식사 방식과 예절부터 살펴보자. 한국에서는 밥그릇을 들고 먹는 것을 예의 없는 행동이라 여긴다. 하지만 중국과 일본에서는 보통 밥그릇을 들고 먹는다. 왜 이런 **차이**＊가 발생한 것일까? 중국 쌀은 **찰기**＊가 적어 잘 흩어져서 흘리지 않으려고 밥그릇을 입 가까이 들고 먹는다. 일본은 고개를 숙이고 밥 먹는 것을 동물과 비슷하다고 생각한다. 그래서 그릇을 들고 등을 편 채 식사한다. 또한 일본은 그릇을 주로 나무로 만드는데, 유리나 금속보다 가볍고 열을 잘 전달하지 않아 들고 먹기 쉽다. 반면 우리나라는 열이 잘 전달되는 **놋그릇**＊에 뜨거운 밥과 국을 담아 상에 놓고 먹었다. 그리고 숟가락을 사용해 국도 떠먹었기에 그릇을 들고 먹을 필요가 없었다.

세 나라 모두 숟가락을 사용하지만, 사용 빈도는 한국이 가장 높고 숟가락 모양도 조금씩 다르다. 우리나라 숟가락은 길쭉한 막대기 모양의 손잡이에 밥을 뜨기 좋게 넓적한 모양으로 된 부분이 있다. 그래서 국과 밥을 함께 먹기에 편리하다. 중국과 일본은 국물을 떠먹는 정도로만 사용하기에 숟가락 모양이 더 깊고 각져 있다.

젓가락의 모양과 재질도 다르다. 한국은 보통 **스테인리스**＊ 재질로 된 쇠젓가락을 많이 사용한다. 일본은 개인 반찬을 따로 먹기에 젓가락 길이가 가장 짧고, 생선을 많이 먹기 때문에 끝이 뾰족하고 얇다. 중국은 주로 기름으로 볶은 음식을 중앙에 두고 같이 먹는다. 그래서 멀리 있거나 기름에 볶은 미끄러운 음식도 쉽게 집기 위해 길고 두꺼운 젓가락을 사용한다.

내용요약

글의 중심 내용을 생각하며 빈칸의 낱말을 써 보세요.

한국, 중국, 일본은 식사를 할 때 모두 숟가락, | ㅈ | ㄱ | ㄹ | 을 사용하지만, 서로 다른 식사 문화로 인해 그 모양과 용도는 서로 다르다.

1 이 글의 내용과 일치하지 <u>않는</u> 것은 무엇인가요? (   )

내용
이해

① 중국은 밥을 먹을 때 밥그릇을 들고 먹는다.

② 일본의 밥그릇은 우리나라 밥그릇보다 가볍다.

③ 중국은 숟가락을 주로 국물을 먹을 때만 사용한다.

④ 일본에서는 예의 있게 고개와 등을 숙이고 밥을 먹는다.

⑤ 우리나라의 숟가락은 국과 밥을 함께 먹을 수 있는 모양이다.

2 이 글과 보기를 이해한 것으로 알맞은 것을 찾아 번호를 쓰세요. (   )

추론
하기

┤ 보기 ├

(가) ▬▬▬▬▬▬

(나) ▬▬▬▬▬▬

(다) ▬▬▬▬▬▬▬

(1) 쇠 재질로 만들어진 것을 보니 (나)는 일본에서 사용하는 젓가락이야.

(2) 길이가 짧고 끝이 뾰족한 것을 보니 (가)는 한국에서 사용하는 젓가락이야.

(3) 한국, 중국, 일본은 식사 문화가 달라서 모양이 다른 젓가락을 사용하게 되었어.

(4) (가), (나)보다 길이가 길고 두꺼운 것을 보니 (다)는 일본에서 사용하는 젓가락이야.

3 밑줄 친 ㉠과 바꾸어 쓸 수 있는 낱말은 무엇인가요? (   )

어휘
이해

① 상대적

② 의존적

③ 개별적

④ 종합적

⑤ 공통적

4 이 글을 바탕으로 다음 중 중국의 숟가락을 찾아 번호를 쓰세요. (   )

적용
하기

(1)
(2)

주제 정리 1 생각주제와 관련된 앞의 두 글을 읽고 내용을 정리해 보세요.

서양의 식사 도구	음식이 덩어리째 나와서 포크, 나이프가 필요하다. 양념과 간을 미리 맞춰 주지 않는다.

동양의 식사 도구	음식이 미리 썰어져 나오기 때문에 숟가락, 젓가락으로 먹을 수 있다.

ㅎㄱ	열이 잘 전달되는 놋그릇을 주로 사용하기에 그릇을 상에 올려 두고 밥을 먹는다. 숟가락과 젓가락을 함께 사용한다.
ㅈㄱ	밥을 흘리지 않기 위해 그릇을 들고 먹는다. 국물을 먹을 때만 숟가락을 사용하고 보통은 젓가락만 사용한다. 세 나라 중 젓가락이 가장 길고 두껍다.
ㅇㅂ	나무로 만든 가벼운 그릇을 사용하기에 밥과 국을 모두 들고 먹으며, 숟가락은 거의 사용하지 않는다. 개인 반찬을 따로 먹기에 젓가락 길이는 짧으며 생선을 많이 먹기 때문에 젓가락 끝이 뾰족하다.

2 다음 그림에서 공통적으로 설명하고 있는 것을 찾아 ○표 하세요.

일본의 라면(라멘)

중국의 라면(라미엔)

한국의 라면

(1) 한국, 중국, 일본의 음식은 서로의 영향을 전혀 받지 않고 독자적으로 발전했어.

(2) 한국, 중국, 일본은 서로 영향을 끼치며 독자적인 음식 문화를 발전시켰어.

3 나라마다 음식 문화가 다른 것에 대해 자신의 생각을 써 보세요.

| 주제 어휘 | 개인주의 | 수저 | 균형 | 융합 | 발전 | 차이 |

4 다음 뜻에 알맞은 **주제 어휘**를 찾아 ○표 하세요.

(1) 숟가락과 젓가락.　　　　　　　　　　　　　　　　　국자　　수저

(2) 서로 같지 않고 다른 것.　　　　　　　　　　　　　　차별　　차이

(3) 여럿이 섞여 하나로 합치는 일.　　　　　　　　　　　융합　　분리

(4) 나라나 사회보다 개인의 자유와 권리가 더 중요하다는 생각.　민주주의　개인주의

5 다음 빈칸에 들어갈 낱말을 **주제 어휘**에서 찾아 쓰세요.

(1) 음식이 나오기 전 식탁 위에 (　　　　　)를 놓았다.

(2) 동생은 자전거를 타다가 (　　　　　)을 잃고 넘어졌다.

(3) 나와 동생은 생각의 (　　　　　)가 많이 나서 자주 다툰다.

(4) 경제가 (　　　　　)하면서 국민의 생활 수준이 더 나아졌다.

6 다음 **보기**의 빈칸에 들어갈 낱말을 **주제 어휘**에서 찾아 쓰세요.

┤ 보기 ├

　　10대 중반부터 20대 초중반대 나이의 사람을 흔히 MZ세대라고 부른다. 이들은 물건을 하나 사더라도 남과 다름을 추구하며, 자신의 취향을 적극적으로 소비한다. 이들이 가장 중요하게 생각하는 것은 바로 나 자신을 돌보는 것이다. 또한 국가나 사회보다 개인의 존재를 더 중요하게 여긴다. 이런 [　　　　　]가 MZ세대의 특징이라 볼 수 있다.

(　　　　　　　　　　)

인공 지능 (AI)

1956년 존 매카시가 처음 사용한 '**인공 지능***(Artificial Intelligence)'이라는 용어는 영문 표기의 앞 글자를 따서 AI로 불린다. 이는 컴퓨터가 인간처럼 **인지***하고 판단하고 추론할 수 있도록 만드는 기술이다. 즉, 단순한 계산이나 **제어***를 넘어 인간의 고유 능력인 '생각하는 것'을 컴퓨터로 구현한 것이다.

인공 지능은 크게 두 종류로 나눌 수 있다. 첫 번째는 '강 인공 지능(Strong AI)'이다. 영화 「아이언맨」에서 자비스는 사람과 대화하며 요청을 들어주고, 인간처럼 생각하고 판단한다. 강 인공 지능은 사람과 구분하기 어려우며 스스로 생각할 수 있다. 두 번째는 '약 인공 지능(Weak AI)'이다. 우리가 생활 속에서 흔히 볼 수 있는 삼성의 빅스비, 애플의 시리, 테슬라의 자율 주행 기술처럼 인간의 일을 도와주는 시스템이다. 또한 특정 분야에서 간단한 명령을 수행하거나 인간의 판단을 보조하는 역할도 한다.

인공 지능과 함께 많이 언급되는 용어 중 머신 러닝(Machine Learning)과 딥 러닝(Deep Learning)이 있다. 이 둘은 인공 지능이 학습하는 방법이다. 머신 러닝은 인간이 데이터와 답을 넣어 주면 인공 지능이 그 속에서 **패턴***을 **분석***하여 규칙을 찾는 방법이다. 반면 딥 러닝은 인공 지능이 스스로 데이터를 조합하고 분석하여 그 결과를 토대로 학습한다.

인공 시능은 이미 다양하게 활용되고 있다. 기계 작동 소리를 분석하여 문제점을 알려 주고, 소비자의 소비 패턴을 분석하여 딱 맞는 제품을 추천한다. 가전제품이나 휴대폰의 음성 인식 비서는 "날씨를 알려 줘."와 같은 인간의 간단한 요청을 수행한다. 자율 주행 자동차는 운전자의 조작 없이도 이미지, 소리 등의 다양한 데이터를 수집하여 차를 운전한다. 인공 지능 **튜터***는 학생의 오답을 분석하여 취약한 부분을 파악한 후 추가 학습을 제공하기도 한다. 이렇듯 인공 지능은 생활 속 다양한 분야에서 인간에게 도움을 주고 있다.

어휘사전

* **인공 지능**(人 사람 인, 工 장인 공, 知 알 지, 能 능할 능) 인간처럼 배우고 생각하는 기능을 갖춘 컴퓨터 시스템.
* **인지**(認 알 인, 知 알 지) 어떠한 사실을 분명하게 아는 것.
* **제어**(制 억제할 제, 御 다스릴 어) 기계를 알맞게 움직이게 조절함.
* **패턴**(pattern) 일정한 형태나 유형.
* **분석**(分 나눌 분, 析 가를 석) 복잡한 것을 풀어 여러 부분으로 나눔.
* **튜터**(tutor) 개인 지도 교사.

내용요약

글의 중심 내용을 생각하며 빈칸의 낱말을 써 보세요.

[ㅇ ㄱ ㅈ ㄴ] 은 컴퓨터가 인간처럼 생각하도록 만드는 기술이다. 인공 지능은 음성 인식 비서, 자율 주행 자동차 등 우리의 생활에서 다양하게 활용도고 있다.

1 인공 지능에 대한 설명과 일치하지 <u>않는</u> 것은 무엇인가요? (   )

내용
이해

① 인공 지능에는 강 인공 지능과 약 인공 지능이 있다.

② 강 인공 지능은 인간처럼 스스로 생각하거나 판단할 수 있다.

③ 이미 우리는 일상생활에서 인공 지능을 다양하게 활용하고 있다.

④ 인공 지능이라는 용어는 컴퓨터가 발달한 2000년대에 들어서부터 사용되었다.

⑤ 데이터와 답을 분석하여 규칙을 찾는 머신 러닝은 인공 지능의 학습 방법 중 하나이다.

2 이 글을 읽고 알 수 있는 내용으로 알맞지 <u>않은</u> 것은 무엇인가요? (   )

내용
이해

① 인공 지능의 종류

② 인공 지능의 정의

③ 인공 지능 활용 사례

④ 인공 지능의 학습 방법

⑤ 현재까지 인공 지능의 발전사

3 다음 보기는 이 글에 나온 용어 중 무엇을 설명한 것인가요? (   )

적용
하기

┤ 보기 ├

　　우리가 유튜브를 보는 중 추천 영상으로 내가 구독하지 않은 영상이 뜨기도 한다. 보통 추천 영상은 기존에 본 영상과 비슷한 종류의 영상이다. 이는 유튜브 인공 지능이 나의 시청 기록 데이터의 패턴을 분석하여 영상을 추천하는 방식이다.

① 딥 러닝

② 머신 러닝

③ 인공 지능 튜터

④ 음성 인식 비서

⑤ 자율 주행 자동차

인공 지능의 다양한 문제들

과학 기술과 사회의 빠른 변화 속도를 기존의 제도나 가치관이 좇아가지 못하는 현상을 문화 **지체**[*]라고 한다. 자율 주행 자동차가 개발되어 보급되었지만, 관련된 법 등이 제대로 정비되지 않은 사례가 이에 해당한다. 이와 비슷하게 인공 지능도 빠르게 발전하면서 <u>㉠인공 지능과 관련된 다양한 논란</u>이 일고 있다.

첫째, 인공 지능과 관련하여 **저작권**[*] 문제가 발생하고 있다. 미국의 한 디지털 미술 대회에서 인공 지능으로 그린 그림이 1등을 차지했다. 기존의 다양한 그림을 학습하여 새로운 작품으로 탄생시킨 이 그림의 저작권은 과연 누구에게 있을까? 또한 대화 전문 인공 지능을 활용하여 **논문**[*]이나 과제를 작성하는 경우도 늘고 있다. 앞으로도 인공 지능의 저작권 문제는 계속해서 발생할 수밖에 없다.

둘째, 인공 지능을 **악용**[*]한 문제들이 발생하고 있다. 진짜가 아닌 사진을 합성하여 인터넷 상에서 퍼뜨리는 경우가 이에 해당한다. 이러한 문제는 인공 지능을 통해 가짜 제작물을 만들어 내는 '딥 페이크' 기술과 연관이 있는데, 실제로 미국 대통령 선거에서 다른 후보자의 얼굴을 넣은 영상을 악용한 사례가 있었다. 또한 다른 사람의 사진을 합성하여 **유포**[*]하는 디지털 범죄도 사회적으로 큰 문제가 되고 있다.

셋째, 인공 지능으로 인해 사고가 발생했을 때 그 책임 문제가 있다. 의료계에서 인공 지능 진료 시스템을 도입하고 있는데, 만약 인공 지능으로 인해 의료 사고가 발생했을 때 누구에게 책임을 물어야 하는지 논란이 되고 있다.

이와 같은 문제들을 해결하기 위해 전 세계는 인공 지능 사용에 대한 제한과 적절한 윤리 원칙을 세워 가고 있다. 첨단 기술이 인권이나 인간의 기본적 자유를 침해하지 않도록 하기 위함이다. 실제로 윤리, 도덕 같은 인간의 가치를 인공 지능에게 학습시키자는 주장도 힘을 얻고 있다. 인간이 어떻게 활용하는지에 따라 최고의 기술이 될 수도 있고, 최악의 기술이 될 수도 있는 인공 지능은 양날의 검이다.

어휘사전

* **지체**(遲 더딜 지, 滯 막힐 체) 때를 늦추거나 질질 끎.

* **저작권**(著 나타날 저, 作 지을 작, 權 권세 권) 창작물을 만든 사람이 법적으로 보호받는 권리.

* **논문**(論 논의할 논, 文 글월 문) 연구 결과나 업적을 체계적으로 쓴 글.

* **악용**(惡 악할 악, 用 쓸 용) 알맞지 않게 쓰거나 나쁜 일에 씀.

* **유포**(流 흐를 유, 布 베 포) 세상에 널리 퍼짐.

내용요약

글의 중심 내용을 생각하며 빈칸의 낱말을 써 보세요.

> 인공 지능과 관련된 다양한 논란이 일고 있다. 인공 지능은 인간이 어떻게 사용하는지에 따라 최고 또는 최악의 | ㄱ | ㅅ |이 될 수도 있다.

1 내용 이해

이 글의 내용과 일치하지 <u>않는</u> 것은 무엇인가요? (　　　)

① 인공 지능을 활용하여 글을 쓸 경우 저작권 문제가 발생할 수 있다.

② 딥 페이크 기술을 사용한 디지털 범죄가 사회적으로 문제가 되고 있다.

③ 미술 대회에서 인공 지능이 그린 그림이 1등을 하여 수상이 취소되었다.

④ 전 세계에서 인공 지능 사용 제한 및 인공 지능 윤리 원칙을 세워 가고 있다.

⑤ 인공 지능 기술의 발전에 비해 관련된 제도가 미비하여 문제가 발생하고 있다.

2 적용 하기

밑줄 친 ㉠의 예시에 해당하지 <u>않는</u> 것의 번호를 쓰세요. (　　　)

(1) A씨는 최근 SNS를 보다가 깜짝 놀랐다. 자신이 가지 않은 장소에 간 것처럼 합성된 사진이 SNS에 올려져 있었기 때문이다.

(2) B씨는 인공 지능을 활용하여 노래를 만들어 큰 인기를 얻었다. 그런데 기존에 있던 다른 노래와 비슷하다며 표절 논란에 휩싸였다.

(3) C씨는 어머니로부터 큰돈이 필요하다는 메시지를 받았다. 이상해서 어머니에게 전화를 한 결과, 어머니가 아니라 사기를 치는 일당이 보낸 메시지였다.

3 추론 하기

이 글과 보기를 바탕으로 알맞게 생각한 것은 무엇인가요? (　　　)

| 보기 |

공정한 경기를 위해 각종 스포츠 경기에서 인공 지능을 활용한 판정 기술을 사용하고 있다. 2022년 카타르월드컵에서는 인공 지능을 활용하여 오프사이드를 판독했다. 2023년 우리나라 고교 야구 대회에는 로봇 심판이 투입되기도 했다.

① 인공 지능은 늘 올바른 판단만 내릴 거야.

② 앞으로 인공 지능이 대체하는 직업이 더 많아질 거야.

③ 인공 지능이 바른 판단을 내리려면 경기 데이터를 주면 안 돼.

④ 인공 지능이 판단을 잘못할 수 있으므로 심판은 사람만이 해야 해.

⑤ 지금은 경기 심판에 인공 지능이 이용되지만 앞으로 점점 사라질 거야.

4 적용 하기

다음 보기의 현상과 관련된 말은 무엇인가요? (　　　)

| 보기 |

최근 공유 전동 킥보드 이용자 수가 빠르게 증가하고 있다. 하지만 이용자 대부분이 안전 수칙을 지키지 않고 있으며, 전동 킥보드 진입이 금지된 곳에서도 이용하는 경우를 볼 수 있다.

① 자율 주행　② 딥 페이크　③ 문화 지체　④ 양날의 검　⑤ 디지털 범죄

 1 생각주제와 관련된 앞의 두 글을 읽고 내용을 정리해 보세요.

인공 지능(AI)		인공 지능의 다양한 문제들	
1	컴퓨터가 인간처럼 인지하고 판단하고 추론할 수 있도록 만드는 기술을 ㅇ ㄱ ㅈ ㄴ 이라고 한다.	**1**	인공 지능이 만든 창작물에 대한 ㅈ ㅈ ㄱ 문제가 발생하고 있다.
2	인공 지능은 크게 강 인공 지능과 약 인공 지능으로 나뉜다.	**2**	딥 페이크 기술을 악용하는 사례가 발생하고 있다.
3	인공 지능의 학습 방법으로는 머신 러닝과 딥 러닝이 있다.	**3**	인공 지능으로 인한 사고 발생 시 책임이 누구에게 있는지 논란이 되고 있다.
4	현재 우리 생활 속 다양한 분야에서 인공 지능이 활용되고 있다.	**4**	전 세계에서 인공 지능 사용에 대한 윤리 원칙을 세워 가고 있다.

2 다음 글을 읽고 떠올릴 수 있는 생각으로 적절한 것을 골라 ○표 하세요.

인공 지능은 스스로 학습하며 성장한다. 언젠가는 인공 지능의 능력이 인류를 넘어서는 시점이 올 수 있는데, 이를 '특이점'이라고 부른다. 많은 학자들은 이 시기를 2035년경이라고 예측한다. 특이점이 오면 인공 지능은 인류가 이뤄 낸 발전보다 더 비약적인 발전을 이루어 낼 것이다.

(1) 인공 지능으로 인해 인류는 더 큰 발전을 할 수 있을 거야. 단, 인공 지능과 인간이 공존하기 위해서 다양한 윤리 원칙을 마련할 필요가 있어.

(2) 인공 지능은 인간이 입력해 준 데이터를 통해서만 학습하고 성장할 수 있기 때문에 '특이점'이 오면 인공 지능 기술이 완전히 사라지게 될 거야.

3 인간이 인공 지능을 잘 활용하기 위한 방법에 대해 자신의 생각을 써 보세요.

✎ _____

_____

_____

4 다음 주제 어휘와 뜻을 알맞게 연결하세요.

(1) 제어 •　　　　　• ㉠ 기계를 알맞게 움직이게 조절함.

(2) 유포 •　　　　　• ㉡ 복잡한 것을 풀어 여러 부분으로 나눔.

(3) 분석 •　　　　　• ㉢ 세상에 널리 퍼짐.

(4) 저작권 •　　　　• ㉣ 창작물을 만든 사람이 법적으로 보호받는 권리.

5 다음 빈칸에 들어갈 낱말을 주제 어휘에서 찾아 쓰세요.

(1) 과거의 경제 흐름을 (　　　　　)하여 미래를 전망한다.

(2) 인터넷의 익명성을 (　　　　　)하는 사례가 점점 늘고 있다.

(3) 농장에는 (　　　　　　) 센서가 있어서 자동으로 식물에 물을 준다.

(4) (　　　　　)에 대한 인식이 부족해서 다른 사람의 창작물을 허락 없이 사용한다.

6 다음 문장의 밑줄 친 말과 바꾸어 쓸 수 있는 낱말에 ○표 하세요.

(1) 이 장치가 있어야 자동차의 속도를 <u>통제</u>할 수 있다.　→　제어 ｜ 지체

(2) 이 사건의 원인에 대한 <u>해석</u>은 사람마다 차이가 있다.　→　비판 ｜ 분석

2장

2개의 글을 연결해
재미있게 읽어요~

'너무 예쁘다'는 표현

표준어의 변화

어휘사전

＊**소통**(疏 틀일 소, 通 통할 통) 뜻이 서로 통하여 오해가 없음.

＊**언어**(言 말씀 언, 語 말씀 어) 생각이나 감정을 표현하고 사람과 소통하기 위한 소리나 문자 같은 도구.

＊**규범**(規 법 규, 範 법 범) 사람이 행동할 때 지켜야 할 판단 기준.

＊**반려**(伴 짝 반, 侶 짝 려) 짝이 되는 동무.

＊**애완**(愛 사랑 애, 玩 희롱할 완) 가까이 두고 보면서 귀여워함.

한 나라의 사람들이 서로 다른 말을 쓰면 어떻게 될까? 아마 서로 **소통**＊하는 데 어려움이 생길 것이다. 그래서 나라마다 같은 **언어**＊를 쓰고, 공식적으로 따라야 하는 언어 **규범**＊을 정해 놓는다. 이 규범에 따라 다 같이 사용하는 표준 언어로 정해진 말을 '표준어'라고 한다. 그러면 표준어는 20년 전이나 지금이나 항상 똑같을까? 그렇지 않다. 전에 없던 새로운 어휘가 생기거나 어떤 말을 점점 많이 쓰게 되면, 표준어 규정도 그에 맞게 바뀐다.

한 예로 '너무 예쁘다'라는 표현이 있다. 사전에서 '너무'를 찾으면 '일정한 정도나 한계를 훨씬 넘어선 상태로'라고 나온다. 예전에는 이 풀이에 따라 '지나치게'라는 의미가 있는 '너무'는 '너무 힘들다', '너무 속상하다'처럼 부정적인 상황에만 써야 했다. 그러나 이후 많은 사람들이 '너무'를 긍정적인 상황에도 쓰게 되면서 '너무'의 의미가 확대되어 '매우', '무척'과 같은 뜻으로 사용되었다. 그러자 2015년에 표준어 규범이 그에 맞게 바뀌었다. 이제 '너무'라는 말은 긍정적이거나 부정적인 상황 모두에 사용할 수 있는 말이 되었다.

'자장면'과 '짜장면'도 예로 들 수 있다. 예전에는 '자장면'이 표준어였고, ㉠'짜장면'은 표준어가 아니었다. 그러나 대부분 사람들이 '짜장면'이라는 말을 더 자연스럽게 사용하고, 오히려 '자장면'을 사용할 때 어색해했다. 그래서 2011년, '짜장면'과 '자장면' 둘 다 표준어로 인정하게 되었다. 또 다른 예로 ㉡'**반려**＊동물'이 있다. 예전에는 인간과 함께 사는 동물을 부르는 표준어는 '**애완**＊동물'이었다. 그러나 '애완'이라는 말에 '좋아하고 귀여워하면서 기른다.'는 뜻이 있어, 동물을 동등한 생명으로 보지 않는 표현이라는 비판이 일었다. 그래서 '정서적으로 의지하고자 가까이 두고 기르는 동물.'이란 뜻을 담은 '반려동물'이라는 말이 표준어가 되었다.

이처럼 표준어 규범도 사람들이 많이 사용하거나, 새롭게 사용하는 말이 나타나면 바뀐다. 그래서 표준어는 시대에 따라 달라진다.

내용요약

글의 중심 내용을 생각하며 빈칸의 낱말을 써 보세요.

표준어는 언어 ⬜ㄱ ⬜ㅂ 에 따라 다 같이 쓰도록 정해진 말을 의미한다. 사람들이 어떤 언어를 많이 사용하거나 새로운 언어가 나타나면 표준어는 바뀔 수 있다.

1

내용
이해

이 글의 내용과 일치하지 <u>않는</u> 것은 무엇인가요?　(　　　　)

① 나라마다 서로 잘 소통하기 위해 표준어를 정한다.

② 표준어는 시간이 흐르고 사회가 변하면서 달라질 수 있다.

③ 사람들이 많이 쓰는 말이 달라지면 표준어도 변할 수 있다.

④ 현재 '너무 예쁘다'는 말은 표준어 규범에 맞지 않는 표현이다.

⑤ 2010년에 '짜장면'은 사전에도 없고 표준어도 아닌 표현이었다.

2

중심
내용

이 글의 주제로 알맞은 것은 무엇인가요?　(　　　　)

① 언어 규범은 바꿀 수 없다.

② 시대에 따라 표준어는 변한다.

③ 표준어의 가치를 알려야 한다.

④ 표준어는 20년을 주기로 바뀐다.

⑤ 사전에 등재된 말만 사용해야 한다.

3

적용
하기

㉠, ㉡과 유사한 사례를 보기에서 각각 골라 번호를 쓰세요.

┤ 보기 ├

(1) 어떤 달의 몇 번째 날을 이르는 표준어는 '며칠'로, '몇 일'은 표준어가 아니다.

(2) 동그라미를 늘어놓은 무늬를 이르는 '땡땡이'는 일본에서 들어온 말로, '물방울무늬'가 옳은 표현이다.

(3) '유모차'는 엄마만 아이를 돌봐야 한다는 생각이 담긴 표현이라는 비판 때문에 '유아차'라는 말이 표준어가 되었다.

(4) 발목에 둥글게 튀어나온 뼈를 '복사뼈'라고만 부르다가, '복숭아뼈'를 많은 사람들이 사용하자 둘 다 표준어가 되었다.

㉠에 해당하는 사례	㉡에 해당하는 사례

언어의 역사성

언어는 여러 가지 **특성***이 있다. 우선 언어는 내용과 형식으로 이루어진다. 예를 들어 내가 어떤 사람에게 '빨갛고 아삭아삭한 과일'에 대해 이야기하고 싶다고 하자. 이렇게 전달하려는 의미를 '내용'이라고 한다. 이 내용을 다른 사람에게 전달하려면 '사과'라고 말하거나 글자로 써야 한다. 이렇게 내용을 가리키는 말이나 글자를 '형식'이라고 한다. 이렇듯 모든 언어는 '내용'과 '형식'으로 이루어져 있다.

그렇다면 언어를 구성하는 내용과 형식은 늘 같은 모습일까? 물론 아니다. 어떤 의미(내용)를 가리키는 말이나 글자(형식)는 시간이 지나면서 **변화***한다. 이것을 언어의 '역사성'이라고 한다. 언어도 마치 생명이 있는 것처럼 시간이 지나면서 쓰지 않는 말이 사라지기도 하고, 사회가 변하면서 새로운 말이 생겨나기도 한다. 때로는 글자 모양은 그대로지만 의미가 바뀌기도 한다.

우선 과거에 사용했지만 현재는 사라진 말부터 살펴보자. '㉠가람'은 물이 흐르는 강을 가리키는 말이었다. '온'과 '즈믄'은 각각 숫자 백(100)과 천(1,000)을 가리키는 말이었지만 이제는 사용하지 않는다.

새로 생겨난 말은 컴퓨터나 디지털 관련 용어가 대표적이며, 기술의 발달로 생겨난 새로운 물건을 부르는 말들이 많다. '㉡이모티콘'이라는 말은 온라인 대화가 **일상화***되면서 나타난 말이다. 또 '냉장고', '리모컨', '인터넷', '스마트폰' 같은 말은 과거에는 없던 새로운 물건이 등장하면서 생겨난 말이다.

같은 말이라도 시간이 흐르면서 의미가 바뀌기도 한다. 의미가 더 확장되거나 축소되기도 하고, 완전히 달라지기도 한다. 본래 가진 의미보다 더 확장된 대표적인 것이 '㉢다리'이다. 예전에는 생물의 신체에만 쓰였지만, 이제는 '책상 다리'라는 말도 사용하게 되었다. 의미가 축소된 예로 '㉣언니'가 있다. '언니'는 예전에 남성과 여성 **손윗사람*** 모두를 가리켰지만 이제는 여성 손윗사람만 지칭한다. 전혀 다른 의미를 갖게 된 예로 '㉤어리다'가 있다. 과거에는 '어리석다'라는 뜻이었는데 오늘날에는 '나이가 어리다'는 뜻으로 사용한다. 만약 시간을 거슬러 가 조선 시대에서 나이가 어린 사람을 만났을 때, "너는 어리구나."라고 말하면 **오해***를 부를 것이다.

어휘사전

* **특성**(特 특별할 특, 性 성품 성) 일정한 사물에만 있는 고유한 성질.
* **변화**(變 변할 변, 化 될 화) 사물의 모양, 형태, 성질이 바뀌어 달라짐.
* **일상화**(日 날 일, 常 항상 상, 化 될 화) 날마다 늘 있는 일이 됨.
* **손윗사람** 나이가 나보다 위인 사람.
* **오해**(誤 그릇할 오, 解 풀 해) 사실과 다르게 해석하거나 이해함.

내용요약
글의 중심 내용을 생각하며 빈칸의 낱말을 써 보세요.

> 언어는 내용과 형식으로 이루어져 있다. 시간이 흐르면서 언어의 내용과 형식은 변하는데 이를 언어의 [ㅇ] [ㅅ] [ㅅ] 이라 한다.

1

글의
구조

이 글의 내용 전개 방식으로 알맞은 것은 무엇인가요? (   )

① 속담을 인용하여 설명하고 있다.

② 다양한 예시를 들어 설명하고 있다.

③ 다양한 통계 자료를 통해 설명하고 있다.

④ 공간의 이동과 시간 순서대로 설명하고 있다.

⑤ 두 가지 비슷한 사례를 비교하면서 설명하고 있다.

2

적용
하기

'언어의 역사성'의 예로 알맞은 것을 찾아 번호를 쓰세요. (   )

(1) 한국에서 '손'을 '팔'이라고 부르면 서로 말이 통하기 어렵다.

(2) 사회가 발달하고 혼자 사는 사람이 늘어나면서 '1인 가구'라는 말이 생겨났다.

(3) '자신을 낳아 준 여자'를 부를 때 한국에서는 '어머니', 미국에서는 'mother'라고 한다.

3

비판
하기

이 글을 읽고 알맞게 이해한 것은 무엇인가요? (   )

① 어차피 언어는 달라지기 때문에 굳이 공부할 필요 없어.

② 언어는 늘 변하기 때문에 평소에 내 맘대로 언어를 만들어 써도 돼.

③ 언어가 시대에 따라 달라지는 것을 보면 언어와 사회는 관련이 깊은 것 같아.

④ 시간의 흐름에 따라 달라진 언어는 중요성이 낮은 말이니까 우리는 몰라도 돼.

⑤ 조선 시대나 지금이나 말이 비슷하니까 조선 시대로 돌아가도 소통이 쉬울 거야.

4

추론
하기

㉠~㉤ 중 보기에 해당하는 것을 골라 기호를 쓰세요. (   )

┤ 보기 ├

　예전에 '사랑하다'는 말은 '사랑하다'와 '생각하다'라는 두 가지 의미를 가지고 있었는데 지금은 '사랑하다'의 의미만 가지게 되었다.

주제 정리 **1** 생각주제와 관련된 앞의 두 글을 읽고 내용을 정리해 보세요.

언어의 역사성
언어는 끊임없이 ㅂ ㅎ 한다.

표준어의 변화	언어의 변화
'너무'와 '짜장면'은 사람들이 많이 사용해서 표준어가 되었다.	'가람'처럼 있던 말이 사라졌다.
동물을 대하는 생각이 변하면서 '반려동물'이 표준어가 되었다.	'이모티콘'처럼 새로운 말이 생겼다.
	'다리', '언니', '어리다'처럼 말의 의미가 변했다.

2 다음 두 그림에서 공통적으로 설명하고 있는 현상으로 알맞은 것을 골라 ○표 하세요.

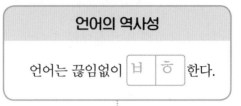

어린(어리석은) 백성을 위해 어려운 한자 대신 한글을 만든다.

300년 전 사람들이 에어컨을 보면 이름도 못 부르겠지!

(1) 시대가 변하면서 언어가 새롭게 만들어지거나 의미가 달라지는 현상을 설명하고 있어.

(2) 언어를 사용하려면 그 언어를 사용하는 사회의 규칙을 따라야 한다는 것을 말하고 있어.

3 언어가 시대에 따라 변화하는 까닭에 대해 자신의 생각을 써 보세요.

✎ _____

_____

_____

주제 어휘	표준어	소통	규범	내용	형식	변화

4 다음 주제 어휘와 뜻을 알맞게 연결하세요.

(1) 소통 •   • ㉠ 사람이 행동할 때 지켜야 할 판단 기준.

(2) 규범 •   • ㉡ 사물의 모양, 형태, 성질이 바뀌어 달라짐.

(3) 변화 •   • ㉢ 뜻이 서로 통하여 오해가 없음.

(4) 표준어 •   • ㉣ 한 나라에서 규범에 따라 다 같이 사용하는 표준 언어로 정해진 말.

5 다음 빈칸에 들어갈 낱말을 주제 어휘에서 찾아 쓰세요.

(1) 그는 따분한 인생에 (   )를 주기 위해 모험을 떠났다.

(2) 선생님께서 설명한 (   )을 정확하게 이해하지 못했다.

(3) 언어의 내용이 같아도 표현하는 (   )은 나라마다 다르다.

(4) 나라마다 언어를 공식적인 규범에 맞게 정한 것을 (   )라 한다.

6 다음 밑줄 친 말과 뜻이 비슷한 낱말을 주제 어휘에서 찾아 쓰세요.

　법과 도덕은 여러 공통점과 차이점이 있습니다. 독일의 철학자 칸트는 법과 도덕을 '강제성'에 따라 나눌 수 있다고 하였습니다. 법이나 도덕 둘 다 인간이 다른 사람과 어울려 살아가면서 지켜야 하는 규칙을 말합니다. 그렇지만 법은 국가나 정부가 사람들에게 강제로 지키도록 하는 것입니다. 법을 지키지 않는 사람은 처벌을 받게 됩니다. 그에 반해 도덕은 지켜야 할 규칙이라는 점에서 법과 같지만, 강제성이 없습니다. 사람들이 스스로 지켜야 한다고 생각해서 지키는 것입니다.

(   )

잘못 뽑은 반장

잘못 뽑은 반장

글 이은재
주니어김영사

'한 표라도 더 얻으려면 내 이름을 적어야 하는데.'

투표*가 끝나고 곧바로 **개표***를 했다. 나는 책상 밑에 손을 모으고 속으로 '제발, 제발' 하고 빌었다. 내 이름이 불리면 춤도 출 수 있을 것 같았다. 그때였다.

"이로운!"

내 마음을 읽기라도 한 것처럼 선생님 입에서 정말로 내 이름이 나왔다.

그런데 기가 막힐 일이 벌어졌다. 시간이 갈수록 내 이름 옆에 막대기가 늘어난 것이다.

이제 남은 표는 단 한 장뿐이었다.

선생님은 긴장한 얼굴로 마지막 표를 확인했다. 그 순간에, 선생님의 표정이 굳어졌다. 누구 이름이 적혀 있을까! 아이들은 숨을 죽이고 기다렸다.

"음…… 이건 좀…… 이로운."

㉠와! 나는 그만 입이 떡 벌어지고 말았다. 정말 꿈에도 생각하지 못한 일이 벌어졌다. 내가 반장, 백희가 부반장이었다. 허벅지를 찌르고, 볼을 비틀어 봐도 꿈이 아니었다.

"음, 마지막 표는 좀 이상한걸. 로운이 이름 옆에 괄호를 치고 '해로운'이라고 써 놨는데 이건 **무효***로 해야 되지 않을까?"

선생님이 이마를 찡그리며 표를 들어서 아이들에게 보여 주었다. 선생님은 마지막 표가 무효가 되기를 간절히 바라는 얼굴이었다. 목표한 대로 다섯 표 이상을 얻었으니 상관없었지만 좀 섭섭했다. 그때 대광이가 벙글벙글 웃으면서 말했다.

"로운이 이름이 정확하게 씌어 있으니까 무효로 하면 안 됩니다."

반대하는 아이들도 있었지만 대광이 말대로 내 이름을 틀리게 쓴 건 아니었기 때문에 힘이 실리지 않았다. ㉡선생님은 **난처한*** 표정으로 머뭇거리다가 결국 마지막 표를 인정하기로 했다.

"이상 개표가 모두 끝났고, 여러분도 눈으로 확인한 것처럼 ㉢여덟 표를 얻은 로운이가 반장, 일곱 표를 얻은 백희가 부반장이 됐어요."

어휘사전

* **투표**(投 던질 투, 票 표 표) 선거할 때 자신의 의사를 표로 나타내는 것.

* **개표**(開 열 개, 票 표 표) 투표함을 열고 투표의 결과를 알아보는 것.

* **무효**(無 없을 무, 效 본받을 효) 아무런 효과가 없는 것.

* **난처**(難 어려울 난, 處 곳 처)**하다** 어떻게 해야 좋을지 몰라서 답답하다.

1 이 글의 내용과 일치하지 <u>않는</u> 것은 무엇인가요? ( )

내용
이해

① 로운의 이름은 '이로운'이다.

② 대광은 백희가 반장이 되길 바란다.

③ 로운이 반장, 백희가 부반장이 되었다.

④ 선생님은 '해로운'이라고 적힌 표를 인정할지 고민하였다.

⑤ 마지막 표를 인정하지 않았으면 로운과 백희의 표 수가 같을 것이다.

2 밑줄 친 ㉠에 나타난 인물의 마음은 무엇인가요? ( )

감상
하기

① 백희에게 미안한 마음.

② 선생님께 고마운 마음.

③ 대광에게 고마운 마음.

④ 당선이 되어 놀라고 기쁜 마음.

⑤ 당선이 되지 못해 섭섭한 마음.

3 ㉡과 ㉢을 통해 알 수 있는 선거의 특징으로 알맞은 것은 무엇인가요? ( )

추론
하기

① 후보로 나간 사람은 투표할 수 없다.

② 후보 간 표 차이가 적으면 재투표를 한다.

③ 선거에서 2등이 되어도 반장이 될 수 있다.

④ 한 표 차이로 결정이 될 수 있기에 신중하게 투표해야 한다.

⑤ 백희에게 투표한 사람은 로운이를 반장으로 생각하지 않아도 된다.

선거 과정과 원칙

우리나라는 **헌법***으로 민주주의를 ㉠보장하며, 나라를 운영하는 모든 권력이 국민에게 있음을 ㉡명시하고 있다.

나라를 운영할 때 결정해야 할 일들은 굉장히 많다. 그럴 때마다 모든 국민들이 모여서 의논하고 결정하는 것은 불가능하다. 그래서 오늘날의 민주주의는 '㉠대의 민주제'로 운영된다. 바로 국민들이 직접 뽑은 **대리인***들이 국민을 대신해서 의사 결정을 하는 방식이다. 따라서 국민들은 자신의 뜻을 잘 반영할 수 있는 사람을 뽑아야 하는데, 이 과정을 '선거'라고 한다.

학급 반장을 뽑는 과정을 통해 선거가 이루어지는 방식을 살펴보자. 우선 반장이 되고 싶은 사람은 사전에 반장 후보자로 등록한다. 그리고 일정 기간 동안 반 친구들에게 자신을 뽑아 달라는 선거 운동을 한다. 다음으로 투표를 실시하여 반장으로 뽑기를 희망하는 사람에게 표를 준다. 투표가 ㉢완료되면 개표를 하여 가장 많은 표를 얻은 사람이 반장이 된다.

▲ 투표 도장과 투표 용지

간단해 보이지만 여기에는 반드시 지켜져야 할 네 가지 **원칙***이 있다. 우리 반 반장을 뽑을 수 있는 자격은 우리 반 학생들에게만 있다. 이렇게 우리 반 학생 모두에게 선거권을 주는 원칙을 '보통 선거'라 한다. 그리고 반에서 운동을 잘한다고 여러 표가 주어지지 않는다. 모든 사람에게 오로지 한 표씩의 투표권만 주어지는 것을 '평등 선거'라고 한다. 투표할 때 다른 사람이 대신 투표해서는 안 되고 자신이 직접 해야 한다. 이것을 '직접 선거'라고 한다. 마지막으로 내가 누구에게 투표했는지 비밀이 보장되는데 이것을 '비밀 선거'라고 한다.

민주주의의 꽃을 선거라고 할 정도로 선거는 굉장히 중요한 권리이므로 자신의 ㉣소중한 한 표를 꼭 **행사***해야 한다. 내가 가진 한 표가 무슨 큰 힘이 있을까 생각할 수 있지만 실제로 26만여 명이 투표한 어느 지역 시장 선거에서 단 181표 차이로 ㉤**당선***된 사례가 있다. 그러니 앞으로 선거가 있을 때, 선거의 네 가지 원칙이 잘 지켜지는지 살펴보며 투표에 참여하자.

어휘사전

* **헌법**(憲 법 헌, 法 법도 법) 국가 통치의 기본 방침, 국민의 권리와 의무 등을 정하는 최고의 법.
* **대리인**(代 대신할 대, 理 다스릴 리, 人 사람 인) 다른 사람을 대신하는 사람.
* **원칙**(原 근원 원, 則 법 칙) 여러 가지 경우에 적용되는 기본적인 규칙.
* **행사**(行 다닐 행, 使 부릴 사) 어떤 일에 권리를 쓰는 것.
* **당선**(當 마땅할 당, 選 가릴 선) 선거에서 뽑히는 것.

내용요약

글의 중심 내용을 생각하며 빈칸의 낱말을 써 보세요.

대의 민주제에서 국민의 뜻을 잘 반영해 줄 사람을 뽑는 과정을 [ㅅ][ㄱ]라고 한다. 선거에서 지켜야 할 네 가지 [ㅇ][ㅊ]은 보통 선거, 평등 선거, 직접 선거, 비밀 선거이다.

1 이 글의 내용과 일치하지 <u>않는</u> 것은 무엇인가요? (   )

내용
이해

① 투표할 때는 본인이 직접 해야 한다.

② 학생들도 학교에서 선거를 경험한다.

③ 우리나라는 민주주의를 헌법으로 보장한다.

④ 선거는 민주주의의 꽃이라 할 만큼 중요한 권리이다.

⑤ 한 사람이 한 표씩 투표할 수 있는 원칙은 보통 선거이다.

2 밑줄 친 ㉠의 사례로 알맞은 것을 찾아 번호를 쓰세요. (   )

적용
하기

(1) 고대 그리스에는 모든 시민이 광장에 모여 직접 의사 결정에 참여했다.

(2) 4년마다 뽑힌 국회의원들이 국민을 대신해 우리나라에 필요한 법을 만든다.

(3) 태종에 이어 왕이 된 세종은 자신이 뽑은 신하들과 함께 나랏일을 처리했다.

3 선거의 4대 원칙 중 **보기**에서 지켜지지 <u>않은</u> 원칙을 이 글에서 찾아 쓰세요.

적용
하기

┤ **보기** ├

　오늘은 현장 체험 학습을 어디로 갈지 정하는 날이다. 후보는 '민속촌'과 '박물관'이다. 이 두 곳 중 투표를 통해 정하기로 했다. 원래는 각자 가고 싶은 곳을 용지에 써서 투표할 예정이었다. 하지만 빠른 결정이 필요해서 자리에 앉은 채 손을 들어서 더 많은 사람이 선택한 곳으로 가기로 했다.

(   )

4 다음 중 ㉮~㉺와 바꾸어 쓸 수 있는 말로 알맞지 <u>않은</u> 것은 무엇인가요? (   )

어휘
이해

① ㉮: 보증하며

② ㉯: 밝히고

③ ㉰: 진행되면

④ ㉱: 귀한

⑤ ㉲: 뽑힌

 1 생각주제와 관련된 앞의 두 글을 읽고 내용을 정리해 보세요.

선거	선거의 네 가지 원칙
오늘날 민주주의는 '｜ㄷ｜ㅇ｜ 민주제'라서 국민이 직접 뽑은 대리인들이 국민을 대신해서 의사 결정을 한다. 따라서 국민이 자신의 뜻을 잘 반영하는 사람을 뽑아야 하는데 이 과정을 선거라고 한다.	• ｜ㅂ｜ㅌ｜ 선거: 선거에 참여하는 자격에 관한 것. • 평등 선거: 누구나 한 표씩의 투표권만 주어지는 것. • ｜ㅈ｜ㅈ｜ 선거: 자신이 직접 투표해야 하는 것. • 비밀 선거: 누구에게 투표했는지 비밀이 보장되는 것.

잘못 뽑은 반장	다섯 표 이상만 받기를 원했던 '이로운'은 결국 백희를 한 표 차로 이기고 반장이 된다. 마지막 표에는 로운의 이름 옆에 '해로운'이 쓰여 있었지만 다행히 ｜ㅁ｜ㅎ｜가 되지 않았다.

2 다음 중 선거와 관련이 <u>없는</u> 것을 찾아 ○표 하세요.

(1) 우리 학교 전교 회장을 뽑기 위해 학생 모두가 투표에 참여한다.

(2) 부모님께서는 선거일에 투표장에 가서 국회의원을 뽑았다.

(3) 선거 후보자에 등록한 사람은 선거일 전까지 선거 운동을 한다.

(4) 우리 반은 일주일씩 돌아가면서 반장을 하기로 했다.

3 선거의 네 가지 원칙에 대한 자신의 생각을 써 보세요.

| 주제 어휘 | 투표 | 개표 | 대의 민주제 | 선거 | 원칙 | 당선 |

4 다음 뜻에 알맞은 **주제 어휘**를 찾아 ○표 하세요.

(1) 선거에서 뽑히는 것. 　　　　　　　　　　　당선 　선택

(2) 대표자를 투표 등의 방법으로 뽑는 것. 　　　선거 　선발

(3) 투표함을 열고 투표의 결과를 알아보는 것. 　집계 　개표

(4) 선거할 때 자기의 의사를 표로 나타내는 것. 　기권 　투표

5 다음 빈칸에 공통으로 들어갈 낱말을 **주제 어휘**에서 찾아 쓰세요.

(1)
- 판사는 법과 　　　　　　에 따라 판결해야 한다.
- 상황을 이해하더라도 우리는 　　　　　　대로 처리해야 한다.

→ ☐☐

(2)
- 후보자는 　　　　　　되기 위해 열심히 선거 운동을 했다.
- 나는 작년에 반장을 했기에 올해도 　　　　　　될 가능성이 높다.

→ ☐☐

6 다음 글에서 설명하는 내용과 비슷한 낱말을 **주제 어휘**에서 찾아 쓰세요.

　　간접 민주제란 국민이 대표자를 선출해 정치를 맡김으로써 국민이 간접적으로 정치에 참여하는 제도를 말한다. 민주주의는 국민이 국가의 주인으로서 권력을 스스로 행사할 수 있는 제도이지만, 시간상·공간상·비용상의 제약 때문에 모든 국민이 함께 참여하여 나라 살림을 꾸리는 것은 어렵다. 그래서 선거를 통해 대표자를 선출해 정치를 맡긴다. 현대 사회의 대부분의 국가가 이 제도를 채택하고 있다.

(　　　　　　　　　　)

비행기와 로켓의 비행 원리

우리는 아주 먼 거리를 이동할 때 비행기를 탄다. 그런데 비행기가 하늘을 나는 모습을 보면, 저렇게 무거운데 어떻게 하늘을 나는지 신기할 때가 있다. 비행기가 하늘을 나는 **원리***에 대해 살펴보자.

비행기를 날게 만드는 핵심적인 원리는 '양력'으로, 물체에 대해 운동 **방향***과 수직*으로 작용하는 힘이다. 비행기의 날개를 자세히 보면 위쪽이 조금 볼록하고 아래쪽은 평평하게 되어 있다. 비행기가 공기 사이를 통과할 때, 볼록한 날개 위쪽으로는 공기가 빨리 지나가고, 아래쪽으로는 느리게 지나게 된다. 그러면서 아래쪽의 공기가 날개를 위로 밀어 올린다. 이때 양력이 발생하여 비행기가 공중으로 뜰 수 있게 된다. 이 힘은 우리가 종이비행기를 날릴 때도 작용한다.

비행기보다 더 신기한 것은 우주 로켓이다. 그동안 미국, 러시아 등 많은 선진국들이 로켓을 발사하는 실험을 경쟁적으로 해 왔다. 그리고 2022년에 우리나라도 누리호 발사에 성공하며 독자적인 로켓 발사 기술을 보유한 나라가 되었다. 로켓은 우주선을 발사하는 데 사용되는 **수단***이다. 이 로켓의 발사 원리에 대해 알아보자.

로켓은 우주로 날아가야 하기에 비행기보다 훨씬 많은 연료와 강한 엔진이 필요하다. 특히 연료에 불을 붙이려면 산소가 필요하다. 비행기는 하늘을 날면서 공기 중의 산소를 언제든 공급받을 수 있는데, 우주에는 불을 붙일 수 있는 산소가 없다. 그래서 미리 많은 산소를 확보해야 한다. 산소를 기체 형태로 보관하면 로켓의 크기가 너무 커지게 된다. 그래서 산소를 액체로 변환한 액체 산소를 사용한다.

액체 산소를 실은 로켓의 **작동*** 원리는 풍선을 생각하면 이해하기 쉽다. 공기를 불어 넣은 풍선 꼭지를 잡고 있다가 놓아 버리면, 풍선 속 공기가 빠져나오면서 풍선이 꼭지 반대 방향으로 날아간다. 로켓도 많은 연료와 강력한 엔진이 지구 방향으로 힘껏 불을 내뿜으며 지구의 중력을 거스르고 위로 날아간다. 이렇게 우주로 날아가는 데 성공하면, 제 역할을 다한 로켓은 우주선과 **분리***되어 지구에 남게 된다.

어휘사전

* **원리**(原 근원 원, 理 다스릴 리) 기본이 되는 이치나 법칙.

* **방향**(方 모 방, 向 향할 향) 무엇이 나아가거나 향하는 쪽.

* **수직**(垂 드리울 수, 直 곧을 직) 직선이나 지면과 만나 직각을 이룬 상태.

* **수단**(手 손 수, 段 구분 단) 목적을 이루기 위하여 쓰는 방법이나 도구.

* **작동**(作 지을 작, 動 움직일 동) 기계가 움직이는 것.

* **분리**(分 나눌 분, 離 떠날 리) 서로 나뉘어 떨어짐.

내용요약

글의 중심 내용을 생각하며 빈칸의 낱말을 써 보세요.

비행기가 하늘을 날게 만드는 원리는 ㅇㄹ 이다. 로켓은 비행기보다 많은 연료와 강한 엔진으로 지구의 ㅈㄹ 을 거스르고 날아간다.

1 이 글을 바르게 이해하지 <u>못한</u> 것은 무엇인가요? (   )

내용
이해

① 비행기는 우주로 날아갈 수 없다.

② 종이비행기가 날 때 날개에 양력이 작용한다.

③ 효율적인 비행을 위해 비행기도 액체 산소를 사용한다.

④ 로켓이 날아갈 때 많은 양의 연료를 태우면서 강력한 힘을 낸다.

⑤ 우리나라는 누리호 발사 성공으로 독자적인 로켓 발사 기술을 보유하게 되었다.

2 다음 **보기**의 ㉠처럼 작용하는 힘을 이 글에서 찾아 두 글자로 쓰세요.

추론
하기

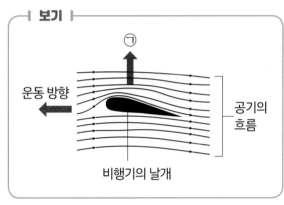

(   )

3 이 글과 **보기**를 통해 알 수 있는 내용으로 알맞은 것은 무엇인가요? (   )

적용
하기

┤ 보기 ├

　뉴턴은 물리학을 발전시킨 과학자이다. 뉴턴의 유명한 운동 법칙으로 '작용 반작용의 법칙'이 있다. A가 B에 힘을 가하면, B는 A에게 같은 크기의 힘을 반대 방향으로 가한다는 것이다. 예를 들어, 우리가 손바닥으로 책상을 쾅 하고 칠 때, 책상을 세게 내려칠수록 손바닥이 아프다. 손바닥이 내려치는 힘만큼 책상이 손바닥을 치기 때문이다.

① 비행기가 나는 원리는 로켓 발사 원리와 다르다.

② 로켓과 비행기는 모두 연료를 태워서 에너지를 낸다.

③ 비행기는 연료에 불을 붙이기 위한 산소 공급이 로켓보다 쉽다.

④ 로켓 엔진이 지구 방향으로 힘을 가하면 로켓은 지구 반대 방향으로 날아간다.

⑤ 로켓은 우주선과 함께 우주에 도착해서 우주선이 임무를 수행할 때 연료를 공급한다.

우주선의 탐사 임무

여러분은 우주 비행을 주제로 한 영화에서 사람들이 **카운트다운***을 하며 로켓을 발사하는 장면, 우주선이 대기권을 통과하면서 엄청난 충격과 열을 견디는 장면 등을 본 적 있을 것이다. 우주선은 로켓의 연료를 태우며 큰 힘을 얻어, 빠른 속도와 힘으로 대기권을 벗어난다. 이 과정에서 로켓의 연료가 모두 **연소***되면, 우주선에 부착된 로켓의 **임무***는 끝이 난다. 일정 높이에 도착하면 로켓은 자동으로 우주선과 분리되어 지구로 추락하고, 우주선만 우주로 나가게 된다. 이때 우주선에 사람이 직접 타는 경우도 있지만 사람이 타지 않는 경우가 더 많다. 왜냐하면 지구에서 화성에 가는 데만도 6개월 이상 걸리기 때문이다. 그렇기에 아직은 무인 우주선이 더 많은 편이다.

▲ 지구 궤도를 도는 국제 우주 정거장

우주에 도착한 우주선에는 더 이상 폭발적인 힘을 내는 로켓이 없다. 하지만 우주에는 중력이 없어서 아주 적은 힘으로도 움직일 수 있다. 그래서 지구에서 가져간 연료를 사용하거나 태양광 등 자체 에너지원을 사용하여 비행한다. 이후 우주선은 지구 **궤도***를 따라 움직이면서 **탐사*** 임무를 수행하게 된다. 우주에 도착한 우주선은 어떤 임무들을 수행하게 될까?

우주 탐사 임무에는 여러 가지가 있지만 가장 중요한 것은 지구 밖의 행성이나 천체를 조사하는 것이다. 우주선은 우주 기지 역할을 하는 우주 정거장에 사람이나 물건을 운반하기도 한다. 우주 정거장은 우주에서 사람이 오랜 시간 지낼 수 있게 만든 공간으로, 우주를 관찰하고 연구하는 일을 한다.

임무를 모두 마친 우주선은 어떻게 될까? 가까운 우주를 탐사하고 나서 지구로 돌아올 연료가 남아 있는 우주선은 지구로 **복귀***하기도 한다. 하지만 먼 우주로 간 우주선은 대부분 지구로 돌아오지 못하고 우주를 떠돈다. 1977년에 발사된 보이저 1호는 태양계를 벗어나 현재까지도 홀로 우주를 여행하고 있다. ㉠보이저 1호에는 어디에선가 만나게 될지도 모를 외계 생명체에게 지구의 언어와 정보를 알릴 수 있는 자료를 담은 디스크도 실려 있다. 보이저 1호의 기능은 2030년쯤 중단될 것으로 예상된다.

어휘사전

* **카운트다운**(countdown) 로켓을 발사할 때 발사 순간을 0으로 하고 시간, 분, 초를 거꾸로 세어 가는 것.

* **연소**(燃 사를 연, 燒 사를 소) 불이 붙어 타는 것.

* **임무**(任 맡길 임, 務 힘쓸 무) 맡아서 해야 할 일.

* **궤도**(軌 바큇자국 궤, 道 길 도) 행성, 인공위성 등이 중력의 영향을 받아 천체의 둘레를 돌면서 그리는 곡선의 길.

* **탐사**(探 찾을 탐, 査 조사할 사) 알려지지 않은 것을 자세히 알아보는 것.

* **복귀**(復 돌아올 복, 歸 돌아올 귀) 원래 자리로 돌아오는 것.

내용요약

글의 중심 내용을 생각하며 빈칸의 낱말을 써 보세요.

☐☐의 힘으로 우주로 나간 우주선은 지구 궤도를 돌며 천체를 조사하거나 우주 정거장에 사람이나 물건을 운반한다. 임무를 마치면 우주를 떠돌거나 지구로 복귀한다.

56

1 이 글의 내용과 일치하지 <u>않는</u> 것은 무엇인가요? (　　　　)

내용
이해

① 현재까지는 무인 우주선이 더 많다.

② 우주에서는 적은 힘으로도 움직일 수 있다.

③ 임무를 마친 우주선은 모두 지구로 돌아온다.

④ 지구에서 화성을 다녀오면 1년 이상이 걸린다.

⑤ 우주 정거장에서는 사람이 일정 기간 지낼 수 있다.

2 밑줄 친 ㉠에 어울리는 사자성어를 찾아 번호를 쓰세요. (　　　　)

어휘
이해

(1) 고진감래(苦盡甘來): 고생 끝에 즐거움이 온다.

(2) 유비무환(有備無患): 준비가 되어 있으면 걱정이 없다.

(3) 과유불급(過猶不及): 지나친 것은 모자란 것보다 못하다.

3 우주선이 우주에 도착하는 과정에 맞게 순서대로 번호를 쓰세요.

추론
하기

> (1) 우주선은 우주에서 정해진 임무를 수행한다.
> (2) 연료를 다 쓴 로켓은 우주선과 분리된다.
> (3) 우주선을 로켓에 연결하고 발사 준비를 한다.
> (4) 로켓이 연료를 태우며 힘을 얻어 대기권 밖으로 나간다.

(　　　　) → (　　　　) → (　　　　) → (　　　　)

4 이 글과 보기에 대해 알맞게 이해한 것을 찾아 ○표 하세요.

적용
하기

┤ 보기 ├

　우주선이 발사될 때 쓰는 로켓은 한 번 쓰고 버려진다. 로켓의 추락 지점을 정확히 알수 없으며, 로켓을 수거하는 것보다 새로 만드는 것이 훨씬 더 경제적이기 때문이다. 그런데 최근 미국의 한 기업이 로켓 재사용에 대한 기술을 연구하고 있다. 로켓을 재사용하기 위해서는 로켓이 발사될 때와 되돌아올 때 뜨거운 열과 큰 힘을 받기에 훨씬 더 튼튼해야 한다. 그리고 정해진 곳에 떨어져야 하기 때문에 더 많은 연료가 필요하며, 몸체를 더 가볍게 만들기 위해 고도의 기술이 필요하다. 로켓 재사용이 가능해진다면 로켓을만드는 비용과 시간이 획기적으로 줄어들 것으로 보인다.

(1) 로켓을 재사용하면 더 많은 우주 실험을 할 수 있을 거야. (　　　　)

(2) 로켓을 재사용하면 유인 우주선이 앞으로 더 많아질 거야. (　　　　)

(3) 로켓을 지금보다 더 무겁게 만들어야 재사용할 수 있을 거야. (　　　　)

주제 정리 **1** 생각주제와 관련된 앞의 두 글을 읽고 내용을 정리해 보세요.

비행기와 로켓의 비행 원리	우주선의 탐사 임무
1 비행기를 날게 만드는 핵심적인 원리는 ㅇ ㄹ 이다.	**1** 연료를 모두 사용한 ㄹ ㅋ 은 분리되어 지구로 추락하고 우주선만 우주로 날아간다.
2 로켓은 비행기보다 더 많은 연료와 엔진이 필요하다. 또한 우주에는 산소가 없기에 액체 산소를 사용한다.	**2** 우주선의 임무 중 하나는 지구 밖 ㅎ ㅅ 이나 천체를 조사하는 일이다.
3 풍선 속 공기가 빠져나오면서 풍선이 반대 방향으로 날아가는 것처럼, 로켓은 많은 연료와 엔진으로 지구의 ㅈ ㄹ 을 거스르고 위로 날아간다.	**3** 우주선의 또 다른 임무는 우주 정거장에 사람이나 물건을 운반하는 일이다.
	4 임무를 마친 우주선은 가까운 우주를 탐사하고 나서 연료가 남아 있으면 지구로 복귀하기도 하지만 대부분 지구로 돌아오지 못하고 우주를 떠돈다.

2 다음에서 공통적으로 설명하고 있는 대상을 찾아 ○표 하세요.

- 산소를 액체로 변환한 액체 산소를 사용한다.
- 많은 연료와 강력한 엔진의 힘으로 지구 중력을 이기고 위로 날아간다.
- 일정한 높이에 도달하면 자동으로 우주선과 분리되어 지구로 추락한다.

(1) 　　(2) 　　(3)

3 우주 비행의 원리에 대해 자신의 생각을 써 보세요.

✎ _____

_____

_____

| 주제 어휘 | 방향 | 수직 | 분리 | 임무 | 탐사 | 복귀 |

4 다음 뜻에 알맞은 **주제 어휘**를 찾아 ○표 하세요.

(1) 직선이나 지면과 만나 직각을 이룬 상태. → 수직 | 수평

(2) 알려지지 않은 것을 자세히 알아보는 것. → 탐사 | 모험

(3) 맡아서 해야 할 일. → 취미 | 임무

(4) 무엇이 나아가거나 향하는 쪽. → 방향 | 목표

5 다음 빈칸에 공통으로 들어갈 낱말을 **주제 어휘**에서 찾아 쓰세요.

(1)
- 쓰레기 더미에서 재활용할 수 있는 것들을 ☐☐했다.
- 로켓과 우주선이 안정적으로 ☐☐되자 모두 박수를 쳤다.
→ ☐☐

(2)
- 군인들은 긴 훈련이 끝나고 안전하게 ☐☐했다.
- 이번 대회 우승으로 그는 챔피언 자리로 ☐☐했다.
→ ☐☐

6 다음 문장의 밑줄 친 말과 바꾸어 쓸 수 있는 낱말에 ○표 하세요.

(1) 조별 과제에서 나의 <u>역할</u>은 발표를 하는 것이다. → 임무 | 강요

(2) 우리나라에서 새롭게 발견된 동굴을 곧 <u>조사</u>할 예정이다. → 전달 | 탐사

우주 개발의 꿈

상상 속에서나 가능했던 우주여행이 현실이 된다면 어떨까? 최근 아마존 창업자 제프 베이조스가 이끄는 미국의 우주 기업 '블루 오리진'이 일반인 승객을 태운 **준궤도 우주여행**[*]을 성공적으로 마쳤다. 승객들은 잠시 동안 우주의 무중력 상태를 체험하면서 별이 가득한 우주와 아름다운 지구를 구경할 수 있다. 우주 개발 경쟁은 블루 오리진과 같은 민간 기업들이 중심에 서며 날이 갈수록 더욱 치열해지고 있다.

과거에는 ㉠정부 **주도**[*] 우주 개발 방식이 일반적이었다. 주로 국가의 예산을 투입하여 정부 기관이 우주 탐사와 개발을 주도하고 운영하는 방식이다. 정부 주도 우주 개발은 국가의 **안보**[*]적 이익과 국가 **위상**[*] **제고**[*]가 목적이었다. 여기에는 국가 수준의 자원과 전문 지식을 활용할 수 있다는 장점이 있는 반면 대규모 프로젝트로 진행되므로 많은 비용과 시간이 소요되고, 정치적인 영향을 받는다는 한계가 있었다.

최근에는 민간 기업들이 우주 산업 분야에서 주도적인 역할을 하는 ㉡민간 주도 우주 개발로 흐름이 바뀌고 있다. 일론 머스크가 설립한 '스페이스 X'가 가장 대표적인 우주 탐사 기업이다. 이 회사는 세계 최초로 민간 유인 우주선을 발사했고, 로켓 재사용 기술 개발로 우주선 발사 비용을 획기적으로 줄여 화제가 되었다. 이처럼 민간 주도 우주 개발은 과감하고 도전적인 시도가 가능하다. 또, 영리적 목적을 추구하기 때문에 생산 비용이 절감되고 개발 속도가 빨라지는 효과도 있다. 반면 막대한 자본이 필요하다 보니 지나치게 상업적 이익만을 추구하거나 무분별하게 우주를 개발한다는 우려도 있다.

이처럼 우주 개발 경쟁이 가속화되면서 일반인의 우주여행을 향한 꿈이 실현되고 있으며 그 속도도 빨라지고 있다. 하지만 우주 쓰레기 처리 문제나 우주 자원의 독점 등과 같은 문제도 발생하고 있다. 우주에서 사용하다가 고장난 인공위성, 우주선, 발사체 등의 잔해가 다른 우주선이나 인공위성에 충돌하거나 지구로 떨어질 위험성이 있으며, 미국이나 중국 같은 강대국이 우주 자원을 독점하고 **장악**[*]할 가능성이 문제점으로 지적된다.

▲ 스페이스 X의 로켓, 팔콘

어휘사전

[*] **준궤도 우주여행** 80~100km까지 올라가 무중력을 체험하는 여행.

[*] **주도**(主 주인 주, 導 이끌 도) 앞장서서 일을 이끌거나 지도하는 것.

[*] **안보**(安 편안할 안, 保 보전할 보) 나라의 안전을 지키는 것.

[*] **위상**(位 자리 위, 相 서로 상) 사회의 많은 사람이 인정해 주는 수준이나 지위.

[*] **제고**(提 끌 제, 高 높을 고) 수준이나 정도 등을 끌어올림.

[*] **장악**(掌 손바닥 장, 握 쥘 악) 무엇을 마음대로 할 수 있게 되는 것.

내용요약

글의 중심 내용을 생각하며 빈칸의 낱말을 써 보세요.

최근 우주 개발이 [ㅁ][ㄱ] 주도 개발로 바뀌고 있다. 우주 개발이 가속화되면서 우주 [ㅆ][ㄹ][ㄱ] 처리 문제와 강대국의 우주 자원 독점에 대한 문제가 발생하고 있다.

1 이 글의 내용과 일치하지 <u>않는</u> 것은 무엇인가요? (   )

내용 이해

① 일반인도 우주여행을 할 기회가 생겼다.

② 우주 개발 경쟁에 여러 민간 기업이 뛰어들고 있다.

③ 우주 개발 경쟁이 치열해지면서 우주 쓰레기가 증가하였다.

④ 우주 개발의 주체가 정부에서 민간 기업으로 변화하고 있다.

⑤ 민간 주도 우주 개발은 기업의 이익을 위해 과감한 도전을 꺼린다.

2 이 글을 읽고 난 반응으로 알맞지 <u>않은</u> 것은 무엇인가요? (   )

비판 하기

① 강대국의 우주 자원 독점을 막을 방법을 찾아야 해.

② 우주 쓰레기가 많아졌으니 이제는 우주 개발을 멈춰야 해.

③ 머지않아 우주여행을 어렵지 않게 할 수 있는 날이 올 거야.

④ 우주 쓰레기를 수거할 수 있는 장치도 함께 개발할 필요가 있어.

⑤ 정부와 민간이 힘을 합치면 우주 개발 속도가 더 빨라질 것 같아.

3 다음 **보기**에서 ㉠과 ㉡의 사례를 두 가지씩 찾아 번호를 쓰세요.

적용 하기

┤ **보기** ├

(1) 미국항공우주국의 아폴로 프로젝트 성공으로 미국이 러시아와의 우주 경쟁에서 우위를 점하게 되었다.

(2) 영국 회사 버진 갤럭틱이 티켓을 구매한 민간인들을 태우고 우주여행에 성공했으며, 이후 800장의 예약 티켓이 판매 완료되었다.

(3) 미국 회사 스페이스 X는 스타링크라는 위성 인터넷 서비스를 제공하기 위하여 수천 개의 작은 인공위성을 궤도에 배치하겠다고 발표했다.

(4) 러시아가 세계 최초로 인공위성 스푸트니크 1호를 발사하자, 미국이 급히 우주 개발 계획을 서둘러 강화하고 첫 인공위성 익스플로러 1호를 발사하였다.

㉠ 정부 주도 우주 개발	㉡ 민간 주도 우주 개발

우주 쓰레기의 위협

우주 **개발*** **경쟁***이 본격화되면서 지구 주변을 떠돌고 있는 우주 쓰레기 문제가 대두되고 있다. 이러한 내용을 담은 대표적인 영화가 「승리호」이다. 「승리호」는 2092년을 배경으로 청소선을 타고 우주 쓰레기를 주워 돈을 버는 사람들의 이야기를 그린다. 그런데 우주 쓰레기는 이제 더 이상 이러한 영화 속 **허구***만이 아니라, 현실에서 인류에게 큰 위협이 되고 있다.

우주 쓰레기란 우주에서 사용하다가 고장이 나거나 폐기된 인공위성, 우주선, 발사체 등의 **잔해***를 말한다. 오늘날 민간 기업 위주로 우주 개발 경쟁이 치열해지면서 인공위성이나 로켓 발사 횟수가 증가한 탓에 우주 쓰레기가 늘고 있다. 유럽 우주국에 따르면 2022년까지 인류가 쏘아 올린 로켓은 약 6,300대, 지구 궤도를 돌고 있는 인공위성은 약 14,000대인데 이 중 현재도 사용되는 것은 약 6,900대에 불과하다. 즉 사용하지 않는 것들은 모두 우주 쓰레기인 것이다.

▲ 지구 주변을 돌고 있는 우주 쓰레기

이러한 우주 쓰레기들은 지구로 떨어질 위험이 있다. 수명을 다한 인공위성은 점점 고도가 낮아지다가 수개월 내에 지구로 떨어지는데 추락 지점을 예측하기 힘들다. 실제로 미국의 한 여성이 길을 가다가 로켓 연료 탱크 파편에 이깨를 다치기도 했고, ㉠270명의 승객을 태운 비행기 근처로 인공위성의 잔해가 떨어져 **충돌***할 뻔한 아찔한 상황도 벌어졌다.

우주 쓰레기는 다른 우주 물체와 충돌할 위험도 있다. 국제 우주정거장은 우주 쓰레기와의 충돌 위험으로 여러 번 이동했고 우주 비행사들이 대피하기도 했다. 특히 크기가 작은 우주 쓰레기들은 총알보다 최소 7배 빠른 속도로 우주를 떠다닌다. 그래서 다른 물체와 충돌할 경우 엄청난 파괴력을 가진다. 인류는 우주 쓰레기 문제의 심각성을 인지하고 우주 쓰레기 관리에 대한 체계적 법안을 마련하는 등 해결 방안을 연구해야 한다.

어휘사전

* **개발**(開 열 개, 發 필 발) 기술이나 지식을 써서 더 좋고 새롭게 만드는 것.

* **경쟁**(競 다툴 경, 爭 다툴 쟁) 서로 이기려고 다투거나 싸우는 것.

* **허구**(虛 빌 허, 構 얽을 구) 사실에 없는 일을 사실처럼 꾸며 만듦.

* **잔해**(殘 남을 잔, 骸 뼈 해) 부서지거나 못 쓰게 되어 남아 있는 물체.

* **충돌**(衝 찌를 충, 突 부딪칠 돌) 서로 맞부딪치는 것.

내용요약

글의 중심 내용을 생각하며 빈칸의 낱말을 써 보세요.

우주 개발이 본격화되면서 우주 쓰레기가 인류에게 큰 [ㅇ] [ㅎ] 이 되고 있다. 인류는 우주 쓰레기 문제의 심각성을 인식하고 해결 방법을 찾아야 한다.

1 이 글의 내용과 일치하지 <u>않는</u> 것은 무엇인가요? (　　　　)

내용 이해

① 우주 쓰레기는 지구로 떨어지기도 한다.

② 우주 쓰레기가 떨어지는 지점을 예측하기 어렵다.

③ 우주 쓰레기로 돈을 벌 수 있는 일이 현실이 되었다.

④ 우주 개발 경쟁이 치열해지면서 우주 쓰레기가 증가했다.

⑤ 빠른 속도로 움직이는 작은 크기의 우주 쓰레기는 큰 파괴력을 지닌다.

2 이 글을 읽고 답할 수 <u>없는</u> 질문은 무엇인가요? (　　　　)

내용 이해

① 우주 쓰레기란 무엇인가요?

② 우주 쓰레기는 왜 위험한가요?

③ 우주 쓰레기를 어떻게 활용하나요?

④ 우주 쓰레기가 생기는 원인은 무엇인가요?

⑤ 우주 쓰레기를 다룬 영화에는 무엇이 있나요?

3 밑줄 친 ㉠을 표현하는 데 알맞은 사자성어를 찾아 ○표 하세요.

어휘 이해

(1) 일촉즉발(一觸卽發): 몹시 위급한 상태. (　　　　)

(2) 와신상담(臥薪嘗膽): 원수를 갚기 위해 어려움을 참고 견딤. (　　　　)

(3) 낭중지추(囊中之錐): 재능이 뛰어난 사람은 저절로 사람들에게 알려짐. (　　　　)

4 다음 빈칸에 공통으로 들어갈 말을 이 글에서 찾아 다섯 글자로 쓰세요.

적용 하기

　　레이저 빗자루는 지상에서 레이저 빔을 발사하여 □□□□□를 파괴하면서 궤도가 바뀌게 하는 방법이다. 즉 지구 대기권으로 떨어지게 하여 제거하는 방법이다. 그리고 우주에 자석을 보내서 금속 성분으로 되어 있는 □□□□□를 수거하는 방법도 있다. 이 방법들은 모두 □□□□□를 없애기 위한 기술이다.

(　　　　　　)

자란다▶ 문해력

주제 정리 **1** 생각주제와 관련된 앞의 두 글을 읽고 내용을 정리해 보세요.

우주 개발

우주 개발 경쟁의 흐름이 정부에서 ㅁㄱ 주도 우주 개발 방식으로 바뀌고 있다.

↓

ㅇㅈ ㅆㄹㄱ

지구로 떨어질 위험이 있는데 떨어지는 지점도 ㅇㅊ 하기 어렵고, 다른 우주 물체와 충돌할 위험도 있다.

해결 방안

인류는 우주 쓰레기 문제의 ㅅㄱㅅ 을 인지하고 다양한 해결 방안을 연구해야 한다.

2 다음 사례에서 공통적으로 설명하고 있는 현상으로 알맞은 것에 ○표 하세요.

- 중국은 폐기 위성을 미사일로 격추하는 실험을 했다. 이 실험으로 수천 개의 우주 쓰레기가 만들어졌으며 발사체의 일부분이 지구로 추락하는 문제도 발생했다.
- 수명이 다한 인공위성은 우주 쓰레기가 되어 지구 궤도를 돌게 된다. 이 인공위성들은 천체를 관찰할 때 방해가 될 가능성이 있다.

(1) 우주 개발에 대한 민간 기업의 관심이 높아지면서 곧 누구나 우주여행을 할 수 있는 날이 올 거야.

(2) 우주 개발 경쟁이 민간 기업 중심으로 치열해지면서 우주 쓰레기 문제가 우리에게 큰 위협이 되고 있어.

3 우주 쓰레기 문제에 대한 자신의 생각을 써 보세요.

| 주제 어휘 | 주도 | 장악 | 개발 | 경쟁 | 잔해 | 충돌 |

4 다음 뜻에 알맞은 **주제 어휘**를 찾아 ○표 하세요.

(1) 기술이나 지식을 써서 더 좋고 새롭게 만드는 것. [개발] [보전]

(2) 부서지거나 못 쓰게 되어 남아 있는 물체. [고물] [잔해]

(3) 앞장서서 일을 이끌거나 지도하는 것. [인도] [주도]

(4) 무엇을 마음대로 할 수 있게 되는 것. [장악] [파악]

5 다음 빈칸에 들어갈 낱말을 **주제 어휘**에서 찾아 쓰세요.

(1) 마주 오던 자동차 두 대가 (   ) 사고를 일으켰다.

(2) 지진으로 인해 무너진 건물 (   ) 속에서 생존자가 구조되었다.

(3) 세계 여러 나라가 올림픽을 유치하기 위한 (   )에 뛰어들었다.

(4) 신도시 (   )이 추진되면서 우리 동네에 아파트가 많이 지어지고 있다.

6 다음 밑줄 친 말과 뜻이 비슷한 낱말을 **주제 어휘**에서 찾아 쓰세요.

이번 전교 어린이 회장 선거의 열기가 엄청나다. 회장 후보 2명과 부회장 후보 4명이 뜨거운 경합을 벌이고 있다. 각 후보들은 자신의 얼굴과 공약을 알리기 위해 아침 등교 시간과 점심시간마다 학교를 돌아다니며 선거 운동을 펼치고 있다. 지금은 선거에서 당선되기 위해서 서로를 견제하지만, 결국 우리는 친구이기 때문에 존중하고 배려하면서 선거 운동을 해야 한다.

(   )

이솝 우화

내가
사랑한
서양 고전

글 김욱동
연암서가

세계 어느 민족이나 나라를 보아도 **우화**[*]가 없는 민족이나 나라는 거의 없다시피 하다. 인류와 함께 역사를 같이한다고 할 수 있는 우화는 지금까지 서양 문화권에서나 동양 문화권에서 매우 중요한 위치를 차지해 왔다. 그래서 16세기 종교 개혁 시기에 활약한 인문주의자인 프랑수아 라블레는 우화를 두고 "인간의 내면을 비추는 지혜의 거울"이라고 평가하였다.

우화 하면 많은 사람은 역시 고대 그리스 시대에 이솝(**아이소포스**[*])이 쓴 『이솝 우화(**아이소피카**[*])』를 첫손가락에 꼽는다. 재미와 도덕, ㉮ 의 형식에서 『이솝 우화』를 따를 만한 작품을 찾아보기 힘들다. 이솝 하면 우화가, 우화 하면 이솝이 금방 떠오를 만큼 모든 우화 중에서 가장 널리 알려져 있다.

이솝이 쓴 몇몇 우화는 뭇사람의 마음에 깊이 새겨져 있다. 가령 토끼와 거북이가 경주를 벌여 거북이가 이긴 이야기라든지, 여름철에 개미는 부지런히 일하지만 베짱이는 노래만 부르며 놀다가 한겨울에 먹을 것이 없어 곤경에 빠진 이야기를 모르는 사람은 거의 없다. 이렇듯 현대인에게 『이솝 우화』는 이제 무의식의 일부가 되다시피 하였다.

서양에서나 동양에서나 『우화』는 초등학교 교과서에 자주 등장한다. 어린이에게 도덕과 윤리를 가르치는 **수신**[*] 지침서로 안성맞춤이기 때문이다. 예를 들어 「여우와 황새」는 남을 골탕 먹이면 반드시 그 대가를 치른다는 교훈을, 「개미와 비둘기」는 남에게 빚진 은혜를 갚으려는 사람에게는 늘 기회가 있게 마련이라는 교훈을 가르친다. 「곰과 두 나그네」는 믿을 만한 친구는 위기를 함께 겪어 보아야 비로소 알 수 있다는 교훈을, 「까마귀와 물병」은 무엇인가 간절히 원할 때야 비로소 머리를 써서 그 해결 방법을 찾는다는 교훈을 전한다.

『이솝 우화』는 어린이뿐 아니라 어른에게도 적잖이 교훈을 준다. 우화가 전하는 내용은 인간이라면 누구나 마땅히 지켜야 할 도덕과 윤리기 때문이다. 우화는 언뜻 보면 그 내용이 무척 진부한 것 같지만 그 속에 세월의 **풍화 작용**[*]을 좀처럼 받지 않는 영원한 **진리**[*]가 담겨 있다.

어휘사전

* **우화**(寓 붙어살 우, 話 말할 화) 동식물을 사람처럼 말하고 생각하는 것처럼 꾸며 내어 만든 이야기로 풍자와 교훈을 담고 있음.

* **아이소포스**(Aesop) 고대 그리스 우화 작가인 이솝이며 원문에는 '아이소포스'로 되어 있지만 이솝으로 변경함.

* **아이소피카**(Aesopica) 이솝이 지은 우화 모음집이며 원문에는 '아이소피카'로 되어 있지만 이솝 우화로 변경함.

* **수신**(修 닦을 수, 身 몸 신) 몸과 정신을 가다듬는 것.

* **풍화 작용**(風 바람 풍, 化 될 화, 作 지을 작, 用 쓸 용) 바위가 바람이나 온도 변화로 인해 부스러지는 현상.

* **진리**(眞 참 진, 理 다스릴 리) 참된 이치이며 거짓이 아닌 사실.

내용요약

글의 중심 내용을 생각하며 빈칸의 낱말을 써 보세요.

| ㅇ | ㅅ | ㅇ | ㅎ | 는 이솝이 쓴 우화 모음집으로, 어린이와 어른 모두에게 교훈과 진리

를 담고 있는 책이다.

1 이 글의 내용과 일치하지 <u>않는</u> 것은 무엇인가요? (   )

내용
이해

① 우화는 인류와 역사를 같이한다.
② 우화는 이야기 속에 교훈이 담겨 있다.
③ 우화는 진부해서 현대에 읽으면 소용이 없다.
④ 우화는 어린이와 어른이 함께 읽어도 좋은 내용이다.
⑤ 우화는 아이들에게 도덕을 가르치기에 좋은 형식이다.

2 우화의 특징으로 보아 ㉮에 들어갈 알맞은 사자성어는 무엇인가요? (   )

어휘
이해

① 각골난망: 입은 은혜가 뼈에 새길 만큼 커서 잊혀지지 않음.
② 감언이설: 달콤한 말과 이로운 조건을 내세워 남을 꾀는 말.
③ 촌철살인: 간단한 말로도 남을 감동하게 하거나 남의 약점을 찌를 수 있음.
④ 주경야독: '낮에는 농사짓고 밤에는 공부한다'는 뜻으로 바쁜 틈을 타서 어렵게 공부함.
⑤ 청출어람: '쪽에서 나온 푸른색이 쪽보다 더 푸르다'는 뜻으로 스승보다 나은 제자를 가리킴.

3 이 글에서 설명한 우화의 사례로 알맞은 것을 두 가지 골라 번호를 쓰세요.

적용
하기

(1) 「춘향전」: 성춘향과 이몽룡의 사랑 이야기로 조선 시대에 널리 읽히던 한글 소설.
(2) 「토끼와 호랑이」: 토끼가 꾀를 써서 자기를 잡아먹으려는 호랑이를 골탕 먹이는 이야기.
(3) 「흥부전」: 욕심쟁이 형 놀부와 가난하지만 착한 동생 흥부의 이야기를 담은 전래 동화.
(4) 「별주부전」: 바다 용왕의 병을 고치기 위해 자라가 토끼를 꾀어 용궁으로 데려 가는 이야기.

(   )

고전에 담긴 지혜

고전이란, 옛날에 쓰인 책 중 수백 년이 지난 지금까지도 우리에게 지혜와 깨달음을 주는 책이다. 공자가 남긴 말 중에 온고지신, 즉 '옛것을 익혀 새것을 안다.'라는 말이 있다. 우리는 역사에서 현재를 배우듯이 고전 속에서 오늘을 살아갈 지혜와 **통찰**[*]을 얻을 수 있다. 고전 속에는 옛날부터 반복되어 온 인류 **보편**[*]의 경험에 대한 성찰이 담겨 있기 때문이다. 그렇다면 고전을 읽어야 하는 이유는 무엇일까?

첫째, 고전은 시공간을 뛰어넘는 인간 사회의 보편적 가치를 담고 있기 때문이다. 고전은 당대의 문화와 사상을 담고 있다는 면에서 역사적 가치를 지니지만 시대를 뛰어넘은 **처세법**[*]을 담고 있다는 점에서 현대적인 의미도 지닌다.

▲ 독극물을 마시는 소크라테스

둘째, 고전 속에는 인간에 대한 깊고 넓은 통찰이 담겨 있기 때문이다. 1500년 전 공자의 말을 담은 『논어』에는 사람으로서 가져야 할 기본적인 태도가 담겨 있다. 또, 2000년 전 플라톤이 스승인 소크라테스가 독약을 마시기 전에 했던 말들을 모아 펴낸 책 『소크라테스의 변명』에서 우리는 이성적이고 주체적이며 무한한 책임을 지는 참다운 용기를 배울 수 있다. 어린이에게 가장 친숙한 고전은 아마 『이솝 우화』일 텐데, 여러 동물들이 겪는 이야기가 재미를 주는 한편 교훈도 준다.

셋째, 고전은 삶에 대한 **고민**[*]과 질문을 던져 주기 때문이다. 우리는 일상에서 겪는 일에 대해 의문을 가지거나 새롭게 생각해 보는 일이 거의 없다. 하지만 고전에는 인간이라면 누구나 겪는 문제 상황에 대한 예리한 질문과 그에 대한 **조언**[*]이 담겨 있다. "어떻게 살아야 하는가?", "인생에서 중요한 것들은 무엇인가?" 같은 질문들은 우리를 한껏 성장시켜 준다.

한때 유행했던 것 중에 10년 이상 사람들에게 언급되고, 사람들이 아직도 꺼내 보는 콘텐츠는 흔치 않다. 수만 개의 콘텐츠 중 10년을 살아남는 것이 이렇게 적은데, 몇백 년, 몇천 년을 살아남은 콘텐츠라면 어떤가? 왜 살아남았는지 궁금하지 않은가? 읽다 보면 수백 년의 **내공**[*]이 담긴 지혜를 얻는 건 덤이다.

어휘사전

* **통찰**(洞 꿰뚫을 통, 察 살필 찰) 예리한 관찰로 사물을 꿰뚫어 봄.
* **보편**(普 널리 보, 遍 두루 편) 두루 퍼져 있고 모든 것에 통하는 것.
* **처세법**(處 곳 처, 世 세대 세, 法 법도 법) 사람들과 어울려 살아가는 방법.
* **고민**(苦 괴로울 고, 悶 답답할 민) 마음속으로 괴로워하고 애를 태움.
* **조언**(助 도울 조, 言 말씀 언) 도움을 주는 말.
* **내공**(內 안 내, 功 공 공) 오랜 기간의 경험을 통해 쌓은 능력.

내용요약

글의 중심 내용을 생각하며 빈칸의 낱말을 써 보세요.

ㄱㅈ 은 옛날에 쓰인 책 중 수백 년이 지난 지금까지도 우리에게 지혜와 깨달음을 주는 책으로, 인간 사회의 보편적 가치와 인간에 대한 통찰이 담겨 있고, 삶에 대한 고민과 질문을 던져 준다.

1

내용
이해

이 글의 내용과 일치하지 않는 것은 무엇인가요? (   )

① 고전을 통해서 지혜와 통찰을 얻을 수 있다.

② 우리는 동양 고전에서만 교훈을 얻을 수 있다.

③ 고전은 인간에 대한 깊고 넓은 통찰이 담겨 있다.

④ 고전은 역사적 가치와 현대적 의미를 가지고 있다.

⑤ 고전에는 인간이 겪는 문제 상황에 대한 예리한 질문과 조언이 담겨 있다.

2

추론
하기

이 글을 통해 '고전'이라 할 수 있는 것을 보기에서 두 가지 골라 번호를 쓰세요.

┤ 보기 ├

(1) 시대적 한계가 뚜렷하여 그 당시 사람들에게만 사랑받았던 작품

(2) 1486년 출간된 책으로, 마녀를 구별하는 방법을 담은 「마녀의 망치」

(3) 특정 시대에 국한되지 않고 인류 보편의 가치를 담아 오랜 시간 사랑받는 작품

(4) 비극적인 이야기지만 현재까지도 여러 작품에서 재해석되고 있는 「로미오와 줄리엣」

(   )

3

비판
하기

이 글과 보기에 대한 감상으로 알맞지 않은 것은 무엇인가요? (   )

┤ 보기 ├

"배우고 때때로 익히면 또한 기쁘지 아니한가? 벗이 먼 곳에서부터 오고 있다면 또한 즐겁지 아니한가? 남이 알아주지 않아도 화를 쌓아두지 않는다면 또한 군자가 아니겠는가?"

- 공자의 말씀을 정리한 책, 『논어』 첫 구절

① 논어에서는 배움의 즐거움을 이야기하고 있어.

② 논어를 통해 배우고 익히는 삶의 태도를 배울 수 있어.

③ 배우는 일은 시대를 초월하여 인간에게 유익한 일인가 봐.

④ 남이 알아주지 않아 화가 나더라도 화를 쌓아 두지 않는 노력이 필요해.

⑤ 논어에서는 공부가 우선이고 화를 쌓아 두지 않는 것은 나중에 할 것이라고 가르치고 있어.

자란다 문해력

주제 정리 1 생각주제와 관련된 앞의 두 글을 읽고 내용을 정리해 보세요.

고전을 읽는 이유

인간 사회의 보편적 가치가 담김.

당대의 문화를 담고 있어 역사적 가치가 있다. 또 시대를 뛰어넘은 처세법을 전해 주므로 현대적 의미도 있다.

인간에 대한 통찰이 담김.

『논어』에서는 사람의 기본적인 태도, 『소크라테스의 변명』에서는 참다운 용기, 『이솝 우화』에서는 교훈을 배울 수 있다.

삶에 대한 고민과 질문을 던져 줌.

"어떻게 살아야 하는가?"와 같은 예리한 ㅈ ㅁ 과 조언을 준다.

이솝 우화

누구나 지켜야 할 도덕과 윤리를 알려 주며 진부한 것 같지만 변하지 않는 ㅈ ㄹ 가 담겨 있다.

2 다음 우화에서 얻을 수 있는 교훈으로 알맞은 것은 무엇인지 골라 ○표 하세요.

친구 두 명이 길에서 곰을 만났다. 한 친구는 다른 친구를 버리고 재빨리 나무 위로 올라갔고, 남은 친구는 급한 나머지 바닥에 엎드려 죽은 척했다. 곰은 죽은 척한 친구에게 귓속말을 하고 얌전히 돌아갔다. 나무 위로 도망간 친구는 내려와서 죽은 척한 친구에게 곰이 무슨 말을 했는지 물었다. 그러자 그 친구는 말했다.

"곰은 이렇게 말했어. 위험에 처했을 때 혼자 살려고 도망가는 사람은 친구가 아니라고."

(1) 믿을 만한 친구는 위기를 함께 겪어 보아야 비로소 알 수 있다.

(2) 무엇인가 간절히 원할 때는 머리를 써서 해결 방법을 찾아야 한다.

3 고전을 왜 읽어야 하는지에 대한 자신의 생각을 써 보세요.

주제 어휘	우화	진리	통찰	고민	조언	내공

4 다음 주제 어휘와 뜻을 알맞게 연결하세요.

(1) 통찰 •

(2) 진리 •

(3) 조언 •

(4) 내공 •

• ㉠ 예리한 관찰로 사물을 꿰뚫어 봄.

• ㉡ 참된 이치이며 거짓이 아닌 사실.

• ㉢ 오랜 기간의 경험을 통해 쌓은 능력.

• ㉣ 도움을 주는 말.

5 다음 빈칸에 들어갈 낱말을 주제 어휘에서 찾아 쓰세요.

(1) 문제를 해결하기 위해 선생님께 (   )을 구했다.

(2) 지구가 태양 주위를 도는 것은 변하지 않는 (   )이다.

(3) 30년 동안 한복을 만든 저 사람의 (   )은 보통이 아니다.

(4) 토론할 때 찬성과 반대 중 어느 쪽을 선택할지는 늘 (   )이 된다.

6 다음 밑줄 친 '이것'이 가리키는 낱말을 주제 어휘에서 찾아 쓰세요.

'이것'은 동물이나 식물을 사람처럼 말하고 행동하는 것처럼 꾸며 낸 이야기다. 이들의 행동을 통해 인간을 비판하거나 교훈을 준다. 세계 어느 민족이나 나라에도 '이것'은 있으며 현재까지도 중요한 위치를 차지한다. '이것' 중 가장 유명한 것은 고대 그리스 작가 이솝이 쓴 것이다. 이솝이 오래 전에 쓴 것임에도 불구하고 현재까지도 많은 사람들이 읽고 있다. 그래서 이솝이 쓴 '이것'을 우리는 고전이라 부른다.

(   )

3 장

2개의 글을 연결해 재미있게 읽어요~

서희의 외교 담판

993년 10월, 소손녕이 이끄는 거란군이 압록강을 넘어 고려를 침략했다. 고려는 방어군을 편성하고 전투를 벌였지만 결국 거란에 패배했고, 승리한 거란은 고려에 즉시 항복할 것을 요구했다. 고려는 거란의 위세에 눌려 싸울 의욕을 잃고 항복하려 했다.

그러나 고려의 신하 서희가 이에 반대하고 나섰다. 서희는 송나라에 사신으로 간 적이 있어서 당시 국제 **정세***와 거란에 대해 잘 알고 있었다. 그래서 거란이 고려를 침입한 이유를 고려가 송나라와 관계를 끊고 거란과 교류하기를 원하기 때문이라고 추측했다. 그래서 서희는 성종 임금에게 거란과의 협상을 제안했다. 이에 성종은 서희를 적진에 사신으로 보내게 된다.

서희가 외교 **담판***에 나섰다. 하지만 소손녕과 첫 대면한 순간부터 **난관***이었다. 소손녕은 서희가 신하의 예를 갖추길 원했기에 뜰에서 절을 하라고 요구했다. 하지만 서희는 서로 대등한 위치에서 협상할 것을 주장하며 뜻을 굽히지 않았다. 결국 소손녕이 서희의 요구를 받아들여 회담이 시작되었다.

소손녕이 말했다.

"고구려의 옛 땅은 거란의 것이다. 어찌 고려가 감히 침범하려고 하는가?"

"그렇지 않소. 고려는 고구려를 계승한 나라이기 때문에 국호가 고려이고, 수도를 평양으로 정한 것이오. 어찌 우리가 침범했다고 하는 것이오?"

서희가 **일목요연하게*** 반박하자 소손녕은 속마음을 드러냈다.

"고려는 거란과 국경을 접하고 있는데, 어찌 바다 건너 송나라와만 교류를 하는가?"

거란이 고려를 공격한 이유는 서희가 애초에 생각한 바와 같았다. ㉠서희는 거란이 만족할 만한 대안을 제시했다.

"고려가 거란과 교류하지 못하는 이유는 여진이 길을 막고 있기 때문이오. 여진을 몰아내고 우리 옛 땅을 되찾게 된다면 거란과 교류할 수 있을 것이오."

이는 소손녕도 납득할 만한 논리였다. 결국 서희의 제안은 받아들여졌다.

거란과 외교 담판 이후 고려는 여진족을 모아내고 압록강과 청천강 사이 지역인 **강동 6주***를 획득하게 된다. 이처럼 거란의 침입은 서희의 뛰어난 **설득*** 전략으로 고려가 강동 6주를 차지하며 끝났다.

어휘사전

* **정세**(政 정사 정, 勢 기세 세) 정치적으로 일이 되어 가는 형편이나 상황.

* **담판**(談 말씀 담, 判 판가름할 판) 함께 이야기하여 옳고 그름을 가리는 것.

* **난관**(難 어려울 난, 關 빗장 관) 헤쳐 나가기 어려운 상황.

* **일목요연**(一 한 일, 目 눈 목, 瞭 맑을 요, 然 그럴 연)**하다** 한 번 보고 알 수 있을 만큼 분명하고 뚜렷하다.

* **강동 6주** 평안북도 서북 해안 지대에 설치했던 여섯 주.

* **설득**(說 말씀 설, 得 얻을 득) 잘 설명해서 이해시켜 따르게 하는 것.

내용요약

글의 중심 내용을 생각하며 빈칸의 낱말을 써 보세요.

소손녕이 이끄는 거란군이 침략한 전투에서 고려가 패배하였다. 그러나 사신으로 파견된 서희의 외교 ㄷ ㅍ 으로 여진족을 몰아내고 강동 6주를 획득하는 성과을 얻었다.

1 서희와 관련된 내용으로 알맞지 <u>않은</u> 것은 무엇인가요?　(　　　　)

내용
이해

① 서희는 송나라에 사신으로 간 적이 있었다.

② 서희는 고려가 고구려를 계승했다고 주장했다.

③ 거란에게 항복하자고 했을 때 서희는 이를 반대하였다.

④ 서희는 신하의 예를 다하기 위해 소손녕에게 절을 하였다.

⑤ 서희는 고려가 거란과 교류하지 못한 이유를 여진 때문이라고 말했다.

2 서희의 외교 담판으로 고려가 차지하게 된 곳을 이 글에서 찾아 네 글자로 쓰세요.

내용
이해

(　　　　　　　　)

3 다음 **보기**에서 엄마를 설득하기 위해 아이가 ㉠처럼 대안을 제시한 것을 찾아 ○표 하
세요.

적용
하기

┤ 보기 ├

(1) "다음 국어 시험에서 100점을 맞겠어요."　(　　　　)

(2) "게임기가 있어야 친구들과 놀 수 있다고요."　(　　　　)

(3) "하루 한 시간만 게임을 한다고 약속할게요."　(　　　　)

(4) "게임기를 할인해서 살 수 있는 곳이 있어요."　(　　　　)

설득의 방법

우리는 살면서 다른 사람에게 무언가를 부탁할 때, 자신의 생각을 잘 전달해서 상대방을 설득해야 한다. 어떻게 하면 다른 사람을 잘 설득할 수 있을까? 지금부터 인간의 여러 가지 심리를 바탕으로 상대방을 효과적으로 설득하는 **방법**[*]을 알아보자.

첫 번째 설득의 방법은 상대방에 대한 **관심**[*]이다. 내가 설득하고 싶은 사람이 어떤 성격이고, 무엇을 좋아하는지 안다면 설득은 훨씬 쉬워질 것이다. 떡볶이가 먹고 싶을 때 떡볶이를 좋아하는 친구에게 제안을 하면 같이 갈 가능성이 높다. 그리고 부탁할 일이 있을 때 떡볶이를 먹으면서 이야기한다면 좀 더 긍정적인 대답을 기대할 수 있다.

두 번째 설득의 방법은 '**거절**[*] 후 양보의 법칙'이다. 이것은 상대방이 들어주기 어려운 것을 먼저 부탁한 후에 상대방이 거절했을 때, 처음 부탁한 것보다 좀 더 작은 부탁을 하는 것이다. 예를 들어 친구에게 자신이 공연하는 연극 티켓 다섯 장을 사 달라고 먼저 부탁한다. 그 다음에 친구가 거절하면 딱 두 장만 사 달라고 하는 것이다. 이렇게 하면 처음부터 두 장을 사 달라고 하는 것보다 연극 티켓을 사 줄 확률이 높아질 것이다. 그 이유는 한 번 거절한 사람은 미안함을 느끼고, 상대방에게 **보상**[*]하고 싶은 마음이 들기 때문이다.

세 번째 설득의 방법은 '사회적 **증거**[*]의 법칙'이다. 사람들은 대중들이 하는 행동을 따라 하는 경향이 있다. 우리는 식당을 고를 때 별점이나 후기를 먼저 찾아본다. 그리고 같이 갈 사람에게 식당을 제안하면서 별점이 높다고 말한다. 이렇게 **검증**[*]된 것을 따라 하면 실패할 확률이 적기 때문에 상대방을 잘 설득할 수 있다. 사람들은 불확실한 상황일수록 안정적인 것을 추구하는 심리가 있기 때문이다.

우리는 일상생활 속에서 설득하고 또 설득당하는 상황에 놓이기 마련이다. 이때 설득의 방법을 잘 활용한다면 우리가 원하는 것들을 좀 더 쉽게 얻을 수 있다. 물론 설득의 방법이 모든 상황에서 통하는 것은 아니다. 무엇보다 중요한 것은 바라는 것을 이루고자 하는 간절한 마음과 진심일 것이다.

어휘사전

＊ **방법**(方 모 방, 法 법도 법) 무엇을 하기 위한 방식이나 수단.

＊ **관심**(關 빗장 관, 心 마음 심) 어떤 대상에 쏠리는 감정과 생각.

＊ **거절**(拒 막을 거, 絶 끊을 절) 상대편의 요구, 제안, 선물, 부탁 등을 받아들이지 않고 물리침.

＊ **보상**(報 갚을 보, 償 갚을 상) 노력을 들인 값으로 얻는 이득.

＊ **증거**(證 증거 증, 據 의거할 거) 사실임을 증명할 수 있는 근거.

＊ **검증**(檢 검사할 검, 證 증거 증) 검사하여 사실이라는 것을 증명함.

내용요약

글의 중심 내용을 생각하며 빈칸의 낱말을 써 보세요.

다른 사람을 설득하는 데 활용할 수 있는 설득의 방법으로는 상대방에 대한 ㄱㅅ , 거절 후 양보의 법칙, 사회적 ㅈㄱ 의 법칙이 있다.

1 이 글에서 알 수 있는 사실로 알맞지 <u>않은</u> 것은 무엇인가요?   (   )

내용
이해

① 상대방에 대한 관심도 설득의 방법이다.

② 사람들은 대중이 하는 행동을 따라 하는 경향이 있다.

③ 우리는 일상생활 속에서 자주 설득의 상황에 놓일 수 있다.

④ 설득의 방법을 알면 모든 상황에서 무조건 설득에 성공할 수 있다.

⑤ 상대방이 거절했을 때 다시 좀 더 작은 부탁을 하면 들어줄 확률이 높다.

2 이 글의 중심 내용으로 알맞은 것은 무엇인가요?   (   )

중심
내용

① 설득의 중요성

② 설득의 여러 문제

③ 설득이 필요한 이유

④ 설득의 진정한 의미

⑤ 설득에 유용한 방법

3 이 글에서 제시한 설득의 방법과 가장 어울리는 문장을 연결하세요.

어휘
이해

(1) 상대방에 대한 관심 •

(2) 거절 후 양보의 법칙 •

(3) 사회적 증거의 법칙 •

• ㉠ 지피지기면 백전백승

• ㉡ 남 따라 하면 중간은 간다.

• ㉢ 이보 전진을 위한 일보 후퇴

4 다음 보기에 알맞지 <u>않은</u> 설득의 방법을 찾아 번호를 쓰세요.   (   )

적용
하기

┤ 보기 ├

전교 어린이 회장 선거에 나가서 친구들 앞에서 자신을 뽑아 달라고 이야기할 때

(1) 자신을 무조건 회장으로 뽑아 달라고 떼를 쓸 거야.

(2) 학급 반장 경험이 있는 검증된 회장이라고 말할 거야.

(3) 친구들이 좋아하는 운동장 사용 시간을 늘리겠다고 할 거야.

주제 정리

1   생각주제와 관련된 앞의 두 글을 읽고 내용을 정리해 보세요.

서희의 외교 담판
1 거란은 군사를 이끌고 고려를 침략하여 항복을 요구하였다.
2 서희는 성종 임금에게 거란과의 협상을 제안하였다.
3 서희와 만난 소손녕이 신하의 예를 요구하였으나 서희는 거절하였다.
4 서희는 외교 담판에서 거란이 만족할 만한 대안을 제시했다.
5 서희는 외교 담판으로 ㄱ ㄷ 6 ㅈ 를 획득하였다.

설득의 방법
1 우리는 살면서 다른 사람을 설득할 때가 있는데, 잘 설득하는 방법이 있다.
2 첫 번째 설득의 방법은 상대방에 대한 ㄱ ㅅ 이다.
3 두 번째 설득의 방법은 '거절 후 양보의 법칙'이다.
4 세 번째 설득의 방법은 '사회적 증거의 법칙'이다.
5 설득의 방법보다 중요한 것은 간절한 마음과 진심이다.

2   설득의 방법에 대한 설명으로 알맞지 <u>않은</u> 것을 골라 ○표 하세요.

(1) 상대방이 무엇을 원하는지 알고 제안하면 설득은 자연스럽게 이뤄진다.

(2) 설득할 때 검증된 사례를 활용하면 효과가 좋다.

(3) 우리는 누군가를 설득하기 위해 설득의 방법을 사용할 상황이 많지 않다.

(4) 거절 후 양보의 법칙은 설득의 방법 중 하나이다.

3   다른 사람을 잘 설득하는 방법에 대해 자신의 생각을 써 보세요.

주제 어휘	담판	설득	방법	관심	거절	검증

4 다음 뜻에 알맞은 주제 어휘를 찾아 ○표 하세요.

(1) 함께 이야기하여 옳고 그름을 가리는 것.　　　　　　 [담판] [대화]

(2) 무엇을 하기 위한 방식이나 수단.　　　　　　　　　 [방법] [절차]

(3) 어떤 대상에 쏠리는 감정과 생각.　　　　　　　　　 [의혹] [관심]

(4) 잘 설명해서 이해시켜 따르게 하는 것.　　　　　　　 [세뇌] [설득]

5 다음 빈칸에 공통으로 들어갈 낱말을 주제 어휘에서 찾아 쓰세요.

(1)
- 친한 친구의 부탁이라 [　　　　　] 하기 어렵다.
- 나의 매몰찬 [　　　　　]에도 친구는 섭섭해하지 않았다.

→ [　|　]

(2)
- 이 이론은 [　　　　　] 되지 않아 신뢰하기 어렵다.
- 이번에 새로 개발한 약은 [　　　　　]을 받아 안전합니다.

→ [　|　]

6 다음 문장의 밑줄 친 말과 바꾸어 쓸 수 있는 낱말에 ○표 하세요.

(1) 친구들이 PC방에 가자는 제안을 <u>거부</u>했다.　 → [염려] [거절]

(2) 나는 새로운 <u>방식</u>으로 수학 문제 푸는 것이 재미있다. → [방법] [관심]

공정 무역

만약 외국에서 수입한 바나나를 3000원에 판다고 가정해 보자. 바나나는 주로 대기업이 소유한 큰 농장에서 농부들이 농사를 지어 생산된다. 바나나값 3000원은 농부, 농장 주인, **유통**[*] 업체, 대형 마트 등 생산과 유통, 판매를 담당하는 사람들이 나누어 갖는다. 이때 직접 농사를 지은 농부가 가져가는 돈은 얼마일까? 이 중 약 100원 정도가 농부에게 돌아 가며, 이는 매우 불공평한 구조이다.

우리가 사 먹는 커피, 초콜릿, 차 등은 바나나와 마찬가지로 보통 **개발 도상국**[*]에서 수입한다. 그런데 기업은 많은 이익을 남기기 위해 개발 도상국의 어린이들에게 일주일에 100시간이 넘는 노동을 시킨다. 아이들은 일하느라 학교에 다니지 못할 뿐만 아니라 혹독한 노동을 하고도 매우 적은 돈밖에 벌지 못한다. 최근 들어 이러한 불공정한 구조를 바로잡기 위해 공정 **무역**[*]에 대한 관심이 높아지고 있다.

공정 무역이란 개발 도상국 생산자에게 정당한 대가를 **지불**[*]하는 무역 형태이다. 가급적 산지와 직거래를 하고 중간 유통 단계를 줄일수록 생산자에게 더 많은 이익이 돌아간다. 좋은 제품을 신선한 상태로 유통하면, 소비자에게는 질 좋은 제품을 제공할 수 있다. 또한 공정 무역에서는 아동의 노동을 **배제**[*]한다. 이렇듯 공정 무역은 개발 도상국의 생산자와 어린이, 소비자 모두가 이익을 볼 수 있는 무역 형태이므로 '착한 소비'라고 불리기도 한다.

공정 무역으로 거래되는 상품에는 초콜릿, 커피, 축구공 등이 있다. 카카오는 초콜릿의 주원료인데 아프리카 열대 지방에서 주로 생산된다. 아동 노동 없이 생산한 카카오로 만든 초콜릿을 '착한 초콜릿'이라고 부른다. 한편 파키스탄에서는 전 세계 축구공의 70%를 생산한다. 어린이가 2~3일 동안 가죽 조각을 바느질하는 고된 작업을 해야 겨우 축구공 하나를 만들 수 있고, 그 대가로 1200원 정도를 받는다. 이제는 이러한 아동 노동 없이 만든 공정 무역 축구공을 사용하자는 움직임이 일고 있다.

공정 무역은 약자에게 정당한 노동의 대가를 지불하여 경제적으로 자립할 수 있는 기회를 제공한다. 그리고 아동 노동을 금지하여 어린이의 인권을 보호해 준다. 또한 친환경 생산을 원칙으로 하기에 생산자뿐 아니라 소비자도 환경을 지키는 착한 소비가 된다.

어휘사전

* **유통**(流 흐를 유, 通 통할 통) 상품이 생산자에서 상인을 거쳐 소비자에게 옮겨 가는 것.

* **개발 도상국**(開 열 개, 發 필 발, 途 길 도, 上 위 상, 國 나라 국) 경제 개발이 선진국에 비해 뒤떨어진 국가.

* **무역**(貿 바꿀 무, 易 바꿀 역) 서로 다른 지역들끼리 상품을 사고파는 것.

* **지불**(支 지탱할 지, 拂 떨칠 불) 돈을 내거나 값을 치름.

* **배제**(排 물리칠 배, 除 덜 제) 무엇을 밀어내거나 빼놓는 것.

내용요약

글의 중심 내용을 생각하며 빈칸의 낱말을 써 보세요.

ㄱ ㅈ ㅁ ㅇ 은 생산자에게 정당한 노동의 대가를 지불하는 무역이다. 아동 노동을 배제하고 친환경 생산이 원칙이기에 '착한 소비'라고도 불린다.

1

내용
이해

이 글의 공정 무역에 대한 설명과 일치하지 <u>않는</u> 것은 무엇인가요? (   )

① 공정 무역은 친환경 생산이 원칙이다.

② 아동 노동 문제를 해결할 수 있는 무역이다.

③ 생산자에게 정당한 대가를 지불하는 무역이다.

④ 공정 무역은 아동 노동자에게 더 많은 대가를 지불한다.

⑤ 공정 무역을 하면 생산자에게 더 많은 이익이 돌아간다.

2

글의
구조

이 글의 특징으로 알맞은 것은 무엇인가요? (   )

① 자신의 의견을 일방적으로 주장하고 있다.

② 대상의 변화 과정을 시간 순서대로 보여 준다.

③ 다양한 예시를 통해 주제에 대한 이해를 돕는다.

④ 전문가의 의견을 소개하며 주제의 심각성을 보여 준다.

⑤ 찬성과 반대 의견을 함께 살펴보며 해결 방법을 찾는다.

3

추론
하기

공정 무역의 장점에 대한 설명으로 알맞지 <u>않은</u> 것은 무엇인가요? (   )

① 공정 무역은 어린이의 인권을 지킨다는 점에서 의미가 있다.

② 공정 무역은 우리 모두가 잘 살 수 있도록 도움을 주는 제도이다.

③ 공정 무역과 같은 제도가 더 많아지면 지구촌이 함께 발전할 수 있다.

④ 공정 무역은 기업의 자유로운 무역을 방해한다는 점에서 비판받아야 한다.

⑤ 공정 무역 제품은 친환경적으로 생산한다는 점에서 환경 보호에 도움이 된다.

4

추론
하기

공정 무역의 한계에 대한 설명으로 알맞지 <u>않은</u> 것을 찾아 ○표 하세요.

(1) 공정 무역에 해당하는 농작물만 생산할 가능성이 있다. (   )

(2) 무역을 할 때 개발 도상국이 선진국보다 무조건 유리해질 것이다. (   )

(3) 공정 무역을 통한 이익이 생산자에게 돌아가는지 확인하기 어렵다. (   )

윤리적 소비

마트에서 계란을 살 때 4000원짜리 일반 계란과 6000원짜리 동물 복지 계란 중 어떤 것을 선택해야 할까? 가격을 따지는 사람은 4000원짜리를, 다른 가치를 중시하는 사람은 6000원짜리를 살 것이다. 한 연구 결과에 따르면 전체 소비자 중 55.4%는 윤리적 소비를 위해 돈을 더 낼 **의향***이 있다고 한다. 합리적 소비의 개념은 최소의 **비용***으로 최대의 만족을 얻는 것이다. 하지만 이제는 비용이 조금 더 들더라도 자신이 추구하는 가치에 따라 물건을 구입하는 윤리적 소비가 늘고 있다.

'착한 소비'로 불리기도 하는 윤리적 소비란, 자신의 소비가 환경과 사회에 미칠 **영향***을 고려하여 소비하는 행위를 말한다. 이때 가격으로만 결정하지 않고, 생산 과정과 기업의 신념, 사회적 책임 등을 고려하여 선택한다.

윤리적 소비에는 여러 가지가 있다. 동물 실험을 하지 않은 제품이나 일회용품을 사용하지 않는 식당 이용, 유기농 농산물을 구입하는 친환경 소비, 생산자에게 정당한 값을 지불하는 공정 무역, 자신이 사는 지역 제품을 이용하는 로컬 소비 등이 있다. 한발 더 나아가 선한 사회적 영향력을 고려한 소비도 있다. 수익금의 일부를 **유기*** 동물 봉사 단체 등 도움이 필요한 곳에 기부하는 브랜드의 제품을 소비하는 것이다. 이처럼 물건을 사면서 사회에 도움을 주는 것도 윤리적 소비의 한 형태이다.

윤리적 소비가 증가한 이유는 무엇일까? 자신의 소비 행위가 사회에 영향을 줄 수 있다고 생각하는 사람들이 많아졌기 때문이나. 윤리적 소비는 단순히 개인의 가치를 실현하는 데 그치지 않고 장기적으로 사회 전체 발전에 도움이 된다. 기업도 소비자의 성향에 맞추어 공정 무역을 하거나 일회용품을 제공하지 않는 등 긍정적인 변화를 보이고 있다. 따라서 '나 하나쯤이야'라는 생각으로 넘기기보다 '나 하나로부터' 변화가 이루어질 수 있다는 인식이 필요하다. 환경을 생각하여 일회용 컵 대신 개인 컵을 사용하는 것으로 시작해 보면 어떨까?

어휘사전

* **의향**(意 뜻 의, 向 향할 향) 어떤 일을 하려는 생각.

* **비용**(費 쓸 비, 用 쓸 용) 어떤 일을 하는 데 드는 돈.

* **영향**(影 그림자 영, 響 소리 울릴 향) 어떤 사물의 효과나 작용이 다른 것에 미치는 일.

* **유기**(遺 남길 유, 棄 버릴 기) 내다 버리는 것.

내용요약

글의 중심 내용을 생각하며 빈칸의 낱말을 써 보세요.

윤리적 소비란 자신의 소비가 환경이나 사회에 미칠 영향을 고려하여 소비하는 것으로, ' ㅊ ㅎ ㅅ ㅂ '로도 불린다. 여기에는 친환경 소비, 공정 무역, 로컬 소비 등이 있다.

1 윤리적 소비에 대한 설명과 일치하지 <u>않는</u> 것은 무엇인가요? ( )

내용
이해

① 환경이나 사회에 미칠 영향을 고려하여 소비하는 행위를 말한다.

② 한 사람의 소비가 사회에 영향을 줄 수 있다고 생각하는 사람이 많아졌다.

③ 생산자에게 정당한 대가를 지불하는 공정 무역도 윤리적 소비의 일종이다.

④ 제품의 생산 과정이나 기업의 사회적 책임 등을 고려하여 구매를 결정한다.

⑤ 윤리적 소비를 하면 비용이 적게 들기에 적극적으로 실천하는 사람이 많다.

2 윤리적 소비에 해당하지 <u>않는</u> 것을 찾아 번호를 쓰세요. ( )

적용
하기

(1) 천연 소재나 재활용 소재로 만든 옷에 대한 수요가 높아졌다.

(2) 여행을 할 때 현지인에게 정당한 대가를 지불하는 '공정 여행'에 대한 관심이 많아졌다.

(3) 개인의 행복에 대한 가치를 중시하면서 현재의 행복을 위해 소비하는 소비자가 증가하였다.

(4) 버려진 제품을 재활용하여 새로운 제품으로 재탄생시키는 '업사이클링' 산업이 성장 중이다.

3 '로컬 소비'가 윤리적 소비인 이유를 알맞게 말한 사람을 찾아 번호를 쓰세요.

추론
하기

( )

(1)
내가 살고 있는 지역에서 나온 제품이 가장 저렴하기 때문이야.

(2)
거리가 멀지 않기 때문에 배송에 필요한 연료도 적게 사용되기 때문이야.

(3)
로컬 소비는 수익금의 일부를 기부하기 때문에 윤리적 소비라고 볼 수 있어.

 1 생각주제와 관련된 앞의 두 글을 읽고 내용을 정리해 보세요.

착한 소비 = 윤리적 소비
자신의 소비가 환경이나 사회에 미칠 ㅇㅎ 을 고려하여 소비하는 행위를 말한다.

윤리적 소비 예시
친환경 소비, 공정 무역, 로컬 소비 등이 있다. 또한 선한 사회적 영향력을 고려한 소비도 포함한다.

공정 무역
개발 도상국의 ㅅ ㅅㅈ 에게 정당한 노동 대가를 지불하는 무역이다.

공정 무역 예시
ㅇㄷ 노동 없이 생산한 착한 초콜릿과 파키스탄에서 만든 공정 무역 축구공 등이 있다.

2 착한 소비와 가장 관련이 <u>적은</u> 것에 ○표 하세요.

(1) 환경이나 사회에 미칠 영향까지 생각하여 소비하는 것이다.

(2) 개인의 만족보다 다른 사람의 만족을 먼저 생각해야 한다.

(3) 장기적으로 사회 전체 발전에 좋은 영향을 미칠 수 있다.

(4) 공정 무역도 윤리적 소비의 한 방법이다.

3 착한 소비를 실천하는 방법에 대해 자신의 생각을 써 보세요.

| 주제 어휘 | 유통 | 지불 | 의향 | 비용 | 영향 | 유기 |

4 다음 뜻에 알맞은 주제 어휘를 찾아 ○표 하세요.

(1) 어떤 사물의 효과나 작용이 다른 것에 미치는 일.   영향 | 파급

(2) 내다 버리는 것.   투기 | 유기

(3) 돈을 내거나 값을 치름.   소비 | 지불

(4) 어떤 일을 하는 데 드는 돈.   비용 | 자본

5 다음 빈칸에 공통으로 들어갈 낱말을 주제 어휘에서 찾아 쓰세요.

(1)
- 병들었다는 이유로 [   ]되는 강아지가 늘고 있다.
- 여행지에 반려동물을 [   ]하고 가는 경우가 종종 있다.

→ [|]

(2)
- 생선은 쉽게 상해서 [   ]이 쉽지 않다.
- 상품의 [   ] 구조를 단순화하면 생산자에게 더 큰 이익이 돌아간다.

→ [|]

6 다음 밑줄 친 말과 뜻이 비슷한 낱말을 주제 어휘에서 찾아 쓰세요.

2023년 5월 실내 마스크 착용이 해제되었지만 초반에는 많은 학생들이 마스크를 벗지 않았다. 왜냐하면 오랜 시간 착용하여 익숙해졌고, 외모에 대한 부담 때문에 마스크 벗기가 어렵다는 의견이 있었다. 실제로 2022년 설문 조사에 따르면, 외모에 대한 부담감 때문에 계속 마스크를 착용할 <u>생각</u>이라는 학생이 꽤 많았다.

(   )

패스트 패션

현대인에게 햄버거, 피자 같은 패스트푸드는 무척 익숙하다. 패스트푸드는 '주문하면 즉시 완성되어 빠르게 먹을 수 있는 음식.'을 뜻한다. 의류 산업에도 이러한 성격의 '패스트 패션(fast fashion)'이 등장했다. 생산에서 유통까지 걸리는 시간을 크게 **단축***하여, 최신 **유행***하는 옷을 빠르게 제작하여 값싸게 판매하는 방식이다.

이전에는 계절의 변화처럼 긴 주기에 맞춰서 옷을 만들고 판매했다. 하지만 패스트 패션의 등장은 이를 완전히 바꿔 놓았다. 의류 회사에서는 최신 유행을 발 빠르게 반영하여 새로운 상품을 개발하고 **출시***한다. 한 예로, TV에서 유명 연예인이 입은 옷이 인기를 끌면, 일주일 안에 비슷한 스타일의 옷이 의류 매장에 걸린다. 소비자는 최신 유행에 맞는 옷을 빠르고 편리하며 싸게 구매할 수 있다.

패스트 패션은 장점이 많지만, 여러 가지 부작용이 있어 이에 대해 ⊙지적하는 목소리도 적지 않다. 첫 번째는 환경에 미치는 부정적 영향이다. 매년 1,000억 개가 넘는 막대한 양의 옷을 만들어 내는 과정에서 환경이 오염된다. 가령 옷을 염색하는 데 사용하는 화학 제품은 물을 오염시킨다. 매년 여기에만 올림픽 수영장 200만 개를 채울 수 있는 양의 물이 사용된다. 또 잘 안 팔리거나 싫증났다는 이유로 버려지는 옷이 연간 생산량의 3분의 1 이상인데, 이 역시 환경에 좋지 않다. 옷을 불태워 버리는 중에 이산화 탄소 같은 물질이 나와 대기가 오염된다.

두 번째는 패스트 패션 산업이 가난한 국가의 노동력을 착취한다는 점이다. 의류 회사들은 옷의 가격을 낮춰 이익을 높이고자 한다. 그래서 선진국에서는 자신의 나라가 아닌, 임금이 싼 가난한 다른 나라에 공장을 짓는다. 거기서 아주 싼 월급으로 노동자들을 부린다. 2013년에는 안전하지 않은 환경에 놓여 있던 방글라데시의 의류 공장이 무너져서 1,000명 넘는 사람들이 죽기도 했다.

사람들은 최신 유행을 따라잡고 싶어 하고, 패스트 패션은 이러한 욕구를 채워 준다. 하지만 그 **이면***에는 환경 파괴와 노동자의 희생이 자리하고 있다. 패스트 패션이 사회에 미치는 영향을 생각하여 현명하게 소비하는 자세가 필요하다.

▲ 버려진 옷들

어휘사전
* **단축**(短 짧을 단, 縮 줄일 축) 시간이나 거리를 짧게 줄이는 것.
* **유행**(流 흐를 유, 行 다닐 행) 특정한 문화가 일시적으로 두루 퍼지는 것.
* **출시**(出 날 출, 市 시장 시) 새로운 상품을 시장에 내보내는 것.
* **이면**(裏 속 이, 面 낯 면) 물건의 뒤쪽 면. 또는 겉으로 드러나지 않는 부분.

내용요약

글의 중심 내용을 생각하며 빈칸의 낱말을 써 보세요.

| 패 | 스 | 트 | 패 | 션 | 은 최신 유행하는 옷을 빠르게 제작하여 값싸게 판매하는 의류 사업 방식이다. 장점도 많지만 그 이면에는 환경 파괴와 노동 착취라는 부작용도 있다.

1 이 글이 궁극적으로 말하고자 하는 것은 무엇인가요? (   )

중심
내용

① 경제 활성화를 위해 의류 사업을 확장해야 한다.

② 패스트 패션을 통해 최신 유행하는 옷을 입어야 한다.

③ 환경 오염을 방지하기 위해 절대로 옷을 염색하지 말아야 한다.

④ 값싸게 옷을 살 수 있는 패스트 패션의 장점을 널리 알려야 한다.

⑤ 패스트 패션의 부정적인 영향을 생각하며 현명하게 소비해야 한다.

2 ㉠과 바꾸어 쓸 수 <u>없는</u> 문장은 무엇인가요? (   )

어휘
이해

① 우려의 목소리가 있다.

② 지적하는 사람들이 있다.

③ 무시하는 사람들이 있다.

④ 문제점을 말하는 사람들이 있다.

⑤ 비판을 제기하는 사람들이 있다.

3 다음 **보기**는 이 글에 나타난 패스트 패션의 어떤 문제점을 극복하기 위한 노력인지 찾아 번호를 쓰세요. (   )

적용
하기

> ┤ **보기** ├
>
> 패스트 패션 의류 회사인 A사는 화학 물질을 사용하지 않고, 친환경 옷감을 사용하는 시도를 했다. 이 옷은 플라스틱이나 화학 물질을 배출하지 않아서 버려진 후에 흙으로 되돌아간다.
>
> 또 다른 회사인 B사는 헌 옷 수거 캠페인을 하고 있다. 고객들이 입지 않는 헌 옷을 매장에 가져오면 이를 재활용하여 새로운 옷으로 만들거나, 수선하여 그 옷을 필요한 곳에 기부한다.

(1) 가난한 국가의 노동력 착취   (2) 환경을 오염시키는 문제

다국적 기업

▲ 태국에 있는 영국 동인도 회사의 건물

어휘사전

* **향신료**(香 향기 향, 辛 매울 신, 料 헤이릴 료) 음식물에 맵거나 향기로운 맛을 더하는 재료.

* **진출**(進 나아갈 진, 出 날 출) 더 높은 곳이나 더 넓은 세계로 나아가는 것.

* **이익**(利 이로울 이, 益 더할 익) 무엇을 하기 위한 방식이나 수단.

* **매립지**(埋 묻을 매, 立 설 립, 地 땅지) 쓰레기나 폐기물 등을 모아서 묻는 곳.

* **규모**(規 법 규, 模 법 모) 크기나 범위.

교통과 정보 통신의 급격한 발달은 전 세계를 하나의 생활권으로 묶고 있다. 기업들 역시 다른 여러 나라에 공장과 사무실을 지어 경영하고 있다. 이처럼 두 개 이상의 나라에서 경영 활동을 하는 기업을 '다국적 기업'이라고 한다.

최초의 다국적 기업은 17세기 초의 '동인도 회사'로 알려져 있다. 영국과 프랑스, 네덜란드 같은 유럽 나라들은 인도에 회사를 세워, 귀한 **향신료**[*]인 후추를 자기네 나라로 가져가고자 했다. 인도에서 먼 유럽까지 물건을 배로 옮기는 것은 실패 확률이 높았지만, 만약 성공하면 큰 돈을 벌 수 있었다. 이때 만들어진 것이 바로 최초의 다국적 기업인 동인도 회사다.

다국적 기업은 경제적으로 긍정적인 역할을 한다. 먼저 여러 곳에 공장을 세워 물건을 대량으로 빠르게 만들 수 있어서 생산성이 높고, 서로 다른 나라의 자원과 기술을 교류할 수 있다. 이 과정에서 현지 나라들은 선진국의 생산 기술이나 경영 방법 등을 배울 수도 있다. 또 어떤 기업이 개발 도상국에 **진출**[*]하면, 그 나라 사람들은 기업에 고용되어 돈을 벌 수 있다.

반면 다국적 기업이 가지는 문제점도 있다. 다국적 기업은 진출한 나라의 상황보다는, 기업의 **이익**[*]을 위주로 운영한다. 공장에서 흘러나오는 폐수나 쓰레기가 그 나라의 환경을 오염시켜도 자신들과는 상관없다고 여기고 문제를 외면하기도 한다. 예를 들어 칠레의 의류 쓰레기 **매립지**[*]는 여러 다국적 기업에서 생산되었다가 버려진 옷들로 인해 거대한 쓰레기 산이 되었다. 값싼 노동력을 이용할 수 있는 국가에 공장을 짓고, 노동자의 권리를 보장하지 않는 것도 문제다.

오늘날에는 다국적 기업의 **규모**[*]가 점차 커지면서 그 영향력이 더욱 강해졌다. 특히 패스트 패션이 유행하면서 캄보디아, 칠레 같은 나라들은 환경과 인권 문제로 어려움을 겪고 있다. 따라서 다국적 기업의 활동을 지원하되, 형편이 어려운 나라 사람들이 피해를 입지 않도록 ㉠<u>안전망</u>을 만들 필요가 있다.

내용요약

글의 중심 내용을 생각하며 빈칸의 낱말을 써 보세요.

두 개 이상의 나라에서 경영 활동을 하는 | ㄷ | ㄱ | ㅈ | ㄱ | ㅇ |은 개발 도상국의 경제 발전에 도움을 주지만, 환경과 노동 문제에 나쁜 영향을 주기도 한다.

1 이 글의 내용과 일치하지 <u>않는</u> 것은 무엇인가요? (   )

내용
이해

① 다국적 기업은 17세기에 최초로 생겼다.

② 다국적 기업은 개발 도상국의 환경 문제 해결에 관심이 많다.

③ 다국적 기업은 서로 다른 나라의 자원과 기술을 교류할 수 있다.

④ 다국적 기업은 개발 도상국 사람들의 경제적 안정에 도움을 준다.

⑤ 다국적 기업을 통해 개발 도상국은 선진국의 생산 기술을 배울 수 있다.

2 이 글을 읽고 해결할 수 <u>없는</u> 질문은 무엇인가요? (   )

추론
하기

① 다국적 기업이란 무엇일까?

② 최초의 다국적 기업은 왜 생겨났을까?

③ 다국적 기업의 규모는 얼마나 커졌을까?

④ 다국적 기업의 부정적인 면은 무엇이 있을까?

⑤ 다국적 기업은 개발 도상국의 경제에 어떤 영향을 줄까?

3 ㉠의 역할을 할 수 있는 방안으로 알맞은 것을 두 가지 골라 번호를 쓰세요.

적용
하기

(1) 기업이 여러 나라에 자유롭게 공장을 만들 수 있도록 한다.

(2) 다국적 기업이 최대한 많은 이익을 얻도록 적극적으로 돕는다.

(3) 다국적 기업이 진출한 나라의 현지인이 기업의 의사결정에 참여하도록 한다.

(4) 다국적 기업이 개발 도상국에 진출하여 환경을 파괴하면 벌금을 내는 제도를 만든다.

(   )

4 이 글을 읽고 난 반응으로 알맞지 <u>않은</u> 것은 무엇인가요? (   )

비판
하기

① 17세기부터 전 세계에서 활동한 회사가 있었다는 게 놀라워.

② 다국적 기업은 개발 도상국의 경제 성장을 돕는 역할을 해야 해.

③ 다국적 기업은 긍정적인 영향이 크기 때문에 무조건 확대해야 해.

④ 개발 도상국은 다국적 기업을 유치하기 전에 부정적 측면도 고려해야 해.

⑤ 다국적 기업의 영향력이 커지고 있으므로 기업은 더 큰 책임감을 가져야 해.

주제 정리 **1** 생각주제와 관련된 앞의 두 글을 읽고 내용을 정리해 보세요.

패스트 패션
1 　패스트 패션은 최신 ⟨ㅇ ㅎ⟩하는 옷을 빠르게 제작하여 값싸게 판매하는 의류 사업 방식이다.
2 　소비자는 패스트 패션을 통해 유행에 맞는 옷을 빠르고 편리하며 싸게 구매할 수 있다.
3 　패스트 패션은 많은 옷이 생산되고 버려지는 과정에서 환경을 오염시키는 부작용이 있다.
4 　패스트 패션은 가난한 국가의 노동력을 착취하는 부작용이 있다.
5 　패스트 패션이 사회에 끼치는 영향을 고려한 현명한 소비가 필요하다.

다국적 기업
1 　두 개 이상의 나라에서 경영 활동을 하는 기업을 다국적 기업이라 한다.
2 　17세기 초 동인도 회사가 최초의 다국적 기업이다.
3 　다국적 기업은 개발 도상국의 경제에 긍정적인 영향을 준다.
4 　다국적 기업이 ⟨ㅎ ㄱ⟩과 노동자에게 미치는 문제점도 있다.
5 　다국적 기업의 활동을 지원하되, 어려운 나라 사람들을 위한 안전망이 필요하다.

2 다음 그림에서 공통적으로 설명하고 있는 현상으로 알맞은 것을 골라 ○표 하세요.

(1) 패스트 패션 산업이 가난한 나라의 노동력을 착취하고 있는 모습이다.

(2) 패스트 패션 산업이 환경을 오염시키는 모습이다.

3 옷을 너무 자주 사고 버리게 되는 패스트 패션에 대해 자신의 생각을 써 보세요.

✎ _____

_____

_____

| 주제 어휘 | 단축 | 유행 | 이면 | 진출 | 이익 | 규모 |

4 다음 주제 어휘와 뜻을 알맞게 연결하세요.

(1) 유행 •

(2) 규모 •

(3) 진출 •

(4) 단축 •

• ㉠ 크기나 범위.

• ㉡ 시간이나 거리를 짧게 줄이는 것.

• ㉢ 더 높은 곳이나 더 넓은 세계로 나아가는 것.

• ㉣ 특정한 문화가 일시적으로 두루 퍼지는 것.

5 다음 빈칸에 들어갈 낱말을 주제 어휘에서 찾아 쓰세요.

(1) 사업에 투자를 많이 해서 아직 (   )이 나지 않고 있다.

(2) 눈부신 경제 성장의 (   )에는 국민들의 희생이 숨어 있다.

(3) 정약용이 발명한 거중기는 화성의 공사 기간을 (   )시켰다.

(4) 우리나라 가수의 노래가 해외에 (   )하여 많은 인기를 끌고 있다.

6 다음 문장의 밑줄 친 말과 바꾸어 쓸 수 있는 낱말에 ○표 하세요.

(1) 속도가 빠른 열차가 생겨서 서울에서 부산에 가는 시간이 줄어들었다.

→ 단축되었다 | 연장되었다

(2) 그 선수는 지난해 경기에서 매우 좋은 모습을 보여서 올해는 해외로 나갔다.

→ 진출했다 | 후퇴했다

단군 신화

하늘에서 내려온 '환웅'이 곰에서 사람으로 변한 '웅녀'와 아들을 낳았다. 그 아들인 '단군왕검'이 고조선을 ㉠세웠다는 내용이 바로 '단군 **신화***'이다.

옛날 옛적 하늘을 ㉡다스리는 신인 환인에게 환웅이라는 아들이 있었다. 환웅은 인간 세상에 관심이 많아 매일 땅을 내려다보고는 했다. 환웅은 땅으로 내려가 널리 인간을 이롭게 하고 싶었다. 아버지의 허락을 받은 환웅은 바람, 비, 구름의 신과 신하 3,000명을 데리고 인간 세상으로 내려온다. 그리고 태백산에 터를 잡고 지상 세계를 다스렸다.

그러던 어느 날 곰과 호랑이가 환웅을 찾아와 '인간이 되게 해 달라'고 간절하게 ㉢부탁한다. 곰과 호랑이의 부탁에 환웅은 쑥과 마늘을 건네며 말했다.

"동굴에 들어가 쑥과 마늘만 먹으면서, 백 일 동안 햇빛을 보지 않으면 인간이 될 수 있다."

환웅의 말을 들은 둘은 인간이 될 수 있다는 희망을 안고 동굴에 들어갔다. 하지만 호랑이는 배고픔을 못 견디고 동굴을 뛰쳐나갔다. 반면 곰은 쑥과 마늘만 먹으며 꿋꿋하게 ㉣견뎠다. 곰은 21일을 버틴 후에 마침내 웅녀라는 여인이 되었다.

웅녀를 ㉤기특하게 생각한 환웅은 웅녀를 아내로 맞이한다. 그리고 이 둘 사이에서 건강한 남자아이가 태어나는데, 이 아이가 우리 땅에 최초로 고조선이라는 나라를 세운 '단군왕검'이다.

현대의 시각으로 보면 단군 신화는 말도 안 되는 이야기로 들릴 수 있다. 하늘에서 신의 아들이 내려오고, 곰이 인간이 되다니. 하지만 단군 신화를 통해서 우리는 그 시대의 상황을 **짐작***해 볼 수 있다. 예를 들어, '단군왕검'이라는 이름은 하늘에 **제사***를 지내는 제사장을 뜻하는 '단군'과 나라를 다스리는 지배자를 뜻하는 '왕검'을 합친 것이다. 이 이름을 통해 단군왕검이 종교와 정치를 모두 다스렸음을 알 수 있다. 또한 하늘을 다스리는 환인의 자손이 고조선을 만들었다는 점에서, 우리 민족을 특별한 존재라고 여기는 **자부심***을 엿볼 수 있다.

어휘사전

* **신화**(神 귀신 신, 話 말할 화) 신이나 신 같은 존재에 대한 신비로운 이야기.

* **짐작**(斟 짐작할 짐, 酌 따를 작) 사정이나 형편을 알아차리는 것.

* **제사**(祭 제사 제, 祀 제사 사) 일정한 방식으로 음식을 차려 신이나 조상에게 절을 하며 받드는 것.

* **자부심**(自 스스로 자, 負 짐질 부, 心 마음 심) 자기 스스로 당당히 여기는 마음.

내용요약

글의 중심 내용을 생각하며 빈칸의 낱말을 써 보세요.

환웅은 인간 세상을 다스리기 위해 땅으로 내려왔다. 인간이 되고 싶은 곰은 동굴 속에서 쑥과 마늘을 먹으며 21일을 버틴 후에 사람이 되고, 환웅과 결혼하여 아이를 낳았다. 그 아이가 바로 'ㄷㄱㅇㄱ'이며, 우리 땅에 최초의 나라 ㄱㅈㅅ을 세웠다.

1

내용
이해

이 글의 내용과 일치하는 것은 무엇인가요? (   )

① 환웅은 최초의 나라 고조선을 세웠다.

② 단군왕검은 종교가 아닌 정치만 다스리는 지배자였다.

③ 인간이 되고 싶어 하는 곰과 호랑이가 환웅을 찾아왔다.

④ 호랑이는 동굴 속에서 마늘과 쑥만 먹으며 인간이 되었다.

⑤ 환웅은 아버지의 허락 없이 지상 세계를 다스리러 내려왔다.

2

어휘
이해

㉠~㉤과 바꾸어 쓸 수 있는 말로 알맞지 <u>않은</u> 것은 무엇인가요? (   )

① ㉠: 건국했다는

② ㉡: 맡기는

③ ㉢: 간청한다

④ ㉣: 참았다

⑤ ㉤: 가상하게

3

추론
하기

이 글을 통해 알 수 있는 당시 사회 모습으로 알맞지 <u>않은</u> 것을 찾아 번호를 쓰세요.

(   )

단군 신화 속 이야기		당시 사회의 모습
(1)	환웅이 바람, 비, 구름 신을 데리고 인간 세상으로 내려왔다.	→ 농사에 영향을 주는 날씨의 신과 함께 온 것을 통해, 농사를 중요하게 여겼음을 알 수 있다.
(2)	호랑이는 참지 못하고 동굴을 뛰쳐나가고, 곰은 참아서 사람이 되었다.	→ 곰은 마늘과 쑥을 좋아하고, 호랑이는 마늘과 쑥을 못 먹는다.
(3)	하늘의 신인 환인, 땅을 다스리는 환웅의 자손이 고조선을 만들었다.	→ 우리 민족은 하늘이 내린 아주 특별한 존재라는 자부심을 가지고 있었다.

우리나라의 시작, 고조선

단군왕검이 고조선을 세운 10월 3일은 우리나라의 국경일인 개천절이다. 우리 **역사***상 최초의 나라인 고조선의 역사를 아는 것은 우리의 뿌리를 이해하는 것인 만큼 중요하다.

고조선은 청동기 문화를 기반으로 세워졌다. 이전의 사람들은 돌을 날카롭게 떼어 내거나 원하는 모양으로 갈아서 도구로 사용했다. 하지만 금속을 섞어 청동을 만들 수 있게 되면서, 인류는 석기 문화에서 청동기 문화로 넘어간다. 그런데 청동기 시대에는 농사 기술이 발달하여 필요한 만큼 곡식을 먹고도 남는 생산물이 생겼다. 이에 따라 재산이 많은 사람과 적은 사람, 힘이 센 부족과 약한 부족이 생기게 되었다. 그리고 힘이 강한 부족은 여러 부족을 **통합***하여 하나의 나라를 세우게 된다. 고조선도 이런 과정을 거쳐 국가로 탄생했다.

고조선에는 '8조법'이라고 불리는 8개의 법이 있었는데, 현재는 3개의 **조항***만 전해진다. 지금까지 전해 내려오는 3개의 조항은 다음과 같다.

> - 사람을 죽인 자는 사형에 처한다.
> - 남에게 상해를 입힌 자는 곡식으로 갚는다.
> - 도둑질을 한 사람은 노비가 된다. 만일 죄를 벗으려면 돈을 내야 한다.

이 세 가지 법은 고조선의 다양한 생활 모습을 보여 준다. 먼저 살인을 금지하는 조항에서, 고조선 사람들이 생명을 중시했다는 것을 알 수 있다. 또한 남에게 상해를 입힌 자는 곡식으로 갚는다는 조항은, 각자 재산을 가질 수 있었음을 알려 준다. 도둑질을 한 사람이 노비가 된다는 조항을 통해서는 신분 제도가 있었음도 알 수 있다. 마지막으로 이미 '돈'이 사용되고 있다는 것도 확인할 수 있다.

고조선은 주변 부족에 큰 영향을 주었고, 그 후에도 여러 나라의 **건국***과 성장에 영향을 끼쳤다. 특히 '조선'은 고조선의 정신을 **계승***하기 위해 ㉠고조선의 본래 이름을 따서 나라 이름을 정하기도 했다. 이렇듯 고조선은 우리 역사를 지탱하는 뿌리인 것이다.

어휘사전

* **역사**(歷 지낼 역, 史 역사 사) 나라가 과거에 겪은 변화나 발전을 적은 기록.

* **통합**(統 거느릴 통, 合 합할 합) 모두 합쳐 하나로 만드는 것.

* **조항**(條 가지 조, 項 항목 항) 법률이나 규정 등의 조목이나 항목.

* **건국**(建 세울 건, 國 나라 국) 나라를 세움.

* **계승**(繼 이을 계, 承 받들 승) 전에 있던 일을 이어서 하는 것.

내용요약

글의 중심 내용을 생각하며 빈칸의 낱말을 써 보세요.

우리나라 역사 최초의 나라인 [ㄱ ㅈ ㅅ] 의 생활 모습은 8조법을 통하여 엿볼 수 있다. 당시 사회는 생명을 중시하고, 자기 재산을 가질 수 있는 신분 사회였다.

1 고조선에 대한 설명으로 알맞지 <u>않은</u> 것을 찾아 번호를 쓰세요. (　　　　　)

내용
이해

(1) 고조선은 우리나라 역사 최초의 나라이다.

(2) 고조선은 아주 오래된 국가이지만 법을 가지고 있었다.

(3) 8조법을 통해 고조선 사람들이 생명을 소중히 여겼음을 알 수 있다.

(4) 고조선은 사라진 이후 여러 나라 역사에 아무런 영향을 끼치지 않았다.

2 ㉠에 대한 **보기**의 설명에 따르면 고조선의 원래 이름은 무엇인가요? (　　　　　)

적용
하기

┤ **보기** ├

『삼국유사』에서는 단군왕검이 만든 조선과 위만이 세운 조선을 구별하기 위해 단군의 조선은 '고조선'으로, 위만의 조선은 '위만 조선'으로 불렀다. 이렇게 단군의 조선을 '고조선'이라 부름으로써 태조 이성계가 세운 '조선'과도 구별된다.

(1) 고조선　　　　　　(2) 위만 조선　　　　　　(3) 조선

3 이 글을 읽고 고조선에 대해 더 조사할 주제로 알맞지 <u>않은</u> 것은 무엇인가요?

추론
하기

(　　　　　)

① 고조선의 신분은 어떻게 나뉘었는가?

② 고조선의 청동기 유물은 어떤 것들이 있는가?

③ 고조선이 이후의 어떤 나라들에 영향을 주었는가?

④ 고조선 사람들이 농사지을 때 사용하던 도구는 무엇인가?

⑤ 8조법 중 이 글에 나오지 않은 5개의 조항의 내용은 무엇인가?

4 다음 **보기**에서 설명하는 것이 무엇인지 이 글에서 찾아 세 글자로 쓰세요.

추론
하기

┤ **보기** ├

『한서』라는 역사책에 기록되어 있는 고조선의 법으로, 사회 질서를 유지하기 위해 생겨났다. 오래전에 만들어진 것이기에 현재는 3개의 조항만 전해지고 있다.

(　　　　　)

주제 정리

1 생각주제와 관련된 앞의 두 글을 읽고 내용을 정리해 보세요.

단군 신화
하늘에서 내려온 환웅이 사람이 된 웅녀와 결혼하여 낳은 아들이 ㄷ ㄱ ㅇ ㄱ 이다.

고조선 건국
단군왕검이 세운 우리 역사상 최초의 나라인 고조선은 청동기 문화를 기반으로 하고 '8조법'이 있었다.

고조선의 8조법		8조법으로 알 수 있는 점
사람을 죽인 자는 사형에 처한다.	→	ㅅ ㅁ 을 중시했음.
남에게 상해를 입힌 자는 곡식으로 갚는다.	→	자기 재산을 가질 수 있었음.
도둑질은 한 사람은 노비가 된다. 만일 죄를 벗으려면 돈을 내야 한다.	→	신분 제도가 있었고 돈을 사용함.

2 고조선에 대한 설명으로 알맞은 것 두 가지를 찾아 ○표 하세요.

(1) 우리나라 역사상 최초로 세운 국가이다.

(2) 단군왕검이 고조선을 건국했다는 이야기가 단군 신화로 전해진다.

(3) 청동기 시대가 아닌 구석기 시대에 만들어졌다.

(4) 너무 오래전 국가라 사람들이 지켜야 할 법이 없었다.

3 우리나라 역사의 탄생을 알리는 단군 신화에 대해 자신의 생각을 써 보세요.

| 주제
어휘 | 신화 | 역사 | 통합 | 조항 | 건국 | 계승 |

4 다음 주제 어휘와 뜻을 알맞게 연결하세요.

(1) 신화 •

(2) 통합 •

(3) 건국 •

(4) 계승 •

• ㉠ 신이나 신 같은 존재에 대한 신비로운 이야기.

• ㉡ 전에 있던 일을 이어서 하는 것.

• ㉢ 모두 합쳐 하나로 만드는 것.

• ㉣ 나라를 세움.

5 다음 빈칸에 들어갈 낱말을 주제 어휘에서 찾아 쓰세요.

(1) (   ) 같은 이야기가 실제로 일어났다.

(2) 매일 쓴 일기를 통해 내가 살아온 (   )를 알 수 있다.

(3) 세대 간 갈등은 국민의 (   )을 방해하는 큰 요인이다.

(4) 재판부는 범죄자의 행동이 법률의 어떤 (   )을 어겼는지 검토하고 있다.

6 다음 문장의 밑줄 친 말과 바꾸어 쓸 수 있는 낱말에 ○표 하세요.

(1) 기존의 창원, 마산, 진해를 합쳐서 창원시로 만들었다. → 통합해서 | 해체해서

(2) 태조 왕건은 고려를 세우고, 후삼국 시대를 통일한 왕이다. → 침략하고 | 건국하고

허생전

허생전
글 박지원

어휘사전

* **역정**(逆 거스를 역, 情 뜻 정) 몹시
언짢거나 못마땅하여 내는 화.
* **밑천** 어떤 일을 하는 데 바탕이 되는
돈.
* **탄식**(歎 탄식할 탄, 息 숨쉴 식) 슬프
고 답답하여 한숨을 쉬는 것.
* **매점매석**(買 살 매, 占 차지할 점, 賣
팔 매, 惜 아낄 석) 물건값이 오를 것
을 예상하여 많은 양을 몰아서 사 두
는 것.
* **경제**(經 지날 경, 濟 건널 제) 물건을
생산, 유통, 판매하는 일과 관련된
사람들의 활동.
* **망건**(網 그물 망, 巾 수건 건) 상투를
튼 후 머리에 두르는 그물처럼 생긴
물건.

남산 아래 다 쓰러져 가는 초가집에 사는 선비 허생은 글 읽기를 좋아하였다. 허생 대신 아내가 삯바느질을 하여 겨우 입에 풀칠을 하며 살았다. 집에 쌀이 떨어지자 아내는 밤낮 책만 읽으면 무슨 소용이냐며 뭐라도 하여 돈을 벌어오라고 **역정***을 내었다. 허생은 책을 덮고 서울에서 제일가는 부자로 소문난 변씨를 찾아갔다.

"내가 무엇을 좀 해 보고 싶은데 가난하여 **밑천***이 없소. 만 냥만 빌려주시오."

"그러시오."

사람들은 이유도 묻지 않고 돈을 빌려준 변씨를 이해할 수 없었다. 하지만 변씨는 허생의 당당함을 보고 무언가 해낼 사람이라는 믿음을 가지고 있었다.

허생은 변씨에게 빌린 만 냥을 가지고 곧장 안성으로 내려갔다. 충청도, 전라도, 경상도의 길목인 안성은 이곳저곳에서 온 사람들이 모여 큰 시장을 이루는 곳이었다. 허생은 큰 창고를 하나 빌려서 시장에서 대추, 감, 배, 석류, 유자 등 온갖 과일을 몽땅 사들였다. 파는 사람이 부르는 값대로 사들이고, 그래도 팔지 않는 사람에게는 두 배의 값을 주고 사들여 창고 가득히 과일을 채웠다.

얼마 지나지 않아 사람들은 잔치를 벌이고 제사를 지내기 위해 과일을 사려 했다. 하지만 허생이 다 사 버린 탓에 구할 수가 없어 온 나라에 난리가 났다.

"값은 달라는 대로 줄 터이니 과일 좀 팔게나. 제사는 지내야 하지 않겠나."

과일 장수며 여인네들이 허생에게 몰려와 과일을 팔아 달라고 통사정을 하였다. 결국 허생은 자신이 구매한 값의 열 배를 받고 과일을 되팔았다. 그리고 이런 모습에 대해 **탄식***을 하며 말하였다.

"겨우 만 냥으로 **매점매석***하여 나라의 **경제***를 흔들어 놓았으니, 이 나라의 경제가 얼마나 형편없는지 알겠구나!"

과일을 모두 팔아 이익을 본 허생은 칼, 호미, 베, 솜 등의 농기구와 옷감을 사서 제주도로 건너갔다. 농기구와 옷감이 귀한 제주도에서 허생은 이것들을 팔아서 번 돈으로 말총을 모두 사들였다. 갓과 **망건***을 만드는 재료인 말총을 구하기 어려워지자 말총값이 열 배로 뛰었고 이번에도 허생은 또다시 큰돈을 벌게 되었다.

1 이 글의 내용과 일치하지 <u>않는</u> 것은 무엇인가요? (   )

내용
이해

① 허생은 가난했지만 글 읽기에 매진하였다.

② 변씨는 허생의 당당함을 보고 흔쾌히 큰돈을 빌려주었다.

③ 허생은 과일을 싼값에 사기 위해 안성 시장을 돌아다녔다.

④ 허생이 말총을 몽땅 사들여서 갓과 망건을 만들기 어려워졌다.

⑤ 허생은 만 냥으로 나라의 경제를 흔들어 놓은 것에 대해 걱정하였다.

2 사람들이 허생에게 과일을 구매해야 했던 이유를 찾아 ○표 하세요.

내용
이해

(1) 품질이 좋은 과일만 판매했기 때문이다. (   )

(2) 안성 지역 과일이 맛이 좋기로 소문났기 때문이다. (   )

(3) 허생이 모든 과일을 사들여 다른 곳에서는 구할 수 없었기 때문이다. (   )

3 다음 **보기**를 바탕으로 박지원이 「허생전」을 쓴 이유를 알맞게 짐작한 것은 무엇인가요? (   )

추론
하기

┤ **보기** ├

연암 박지원은 「양반전」이란 소설에서 가난한 양반과 돈으로 신분을 사려는 평민의 이야기를 통해 당시 흔들리는 조선 사회를 비판하고 있다. 그리고 「호질」에서는 호랑이의 입을 빌려 당시 선비들의 부패한 도덕관을 비판하고 있다. 이처럼 박지원의 소설에는 사회를 풍자하고 비판하는 내용이 담겨 있다.

① 큰돈을 벌지 못하는 백성들을 비판하기 위해 썼을 거야.

② 어려운 사람을 도와야 한다는 것을 알리기 위해 썼을 거야.

③ 장사를 하면 큰돈을 벌 수 있다는 것을 알리기 위해 썼을 거야.

④ 제사를 지내지 않는 당시의 백성들을 비판하기 위해 썼을 거야.

⑤ 겨우 만 냥으로 흔들리는 조선의 형편없는 경제를 비판하기 위해 썼을 거야.

4 밑줄 친 ㉠과 비슷한 의미를 가진 낱말을 이 글에서 찾아 네 글자로 쓰세요.

어휘
이해

㉠독과점은 하나의 기업이 시장을 점유하는 독점과 두 개 이상의 기업이 시장을 장악하는 과점을 아울러 이르는 말이다. 독과점이 되면 기업은 매우 비싼 가격에 상품을 팔 수 있다. 그래서 우리나라에서는 이를 막기 위해 공정 거래 위원회가 기업을 감시한다.

(   )

독점이 주는 피해

「허생전」에서 허생이 전국의 과일을 몽땅 사들이자 온 나라에 난리가 난다. 잔치를 벌이거나 제사를 지내려면 과일이 꼭 필요한데, 허생만 과일을 팔고 있었기 때문이다. 사람들은 할 수 없이 기존 **가격***의 열 배를 주고 허생에게 과일을 산다. 허생처럼 시장에서 상품을 **공급***하는 기업이 단 하나일 경우에 이를 '독점'이라고 한다. 그러면 독점이 왜 문제가 되고, 왜 막아야 하는지 자세히 알아보자.

우선 가격이 끝도 없이 오르는 문제가 나타난다. 보통 시장에는 과일을 파는 가게가 여럿 있고 소비자는 그중 적당한 곳을 선택한다. 과일 가격이 너무 비싸면 소비자는 그 가게를 가지 않게 되고, 가격이 너무 싸면 판매자는 이익을 남길 수 없게 된다. 이런 과정을 통해 적정한 시장 가격이 형성된다. 하지만 시장에 과일 가게가 단 하나뿐이라면 소비자는 '　　㉠　　'라는 마음으로 어쩔 수 없이 비싼 값에 과일을 사게 된다. 결국 일반 소비자들이 독점 때문에 피해를 입는 것이다.

다음은 **품질*** 관리의 문제가 있을 수 있다. '　　㉡　　'라는 말처럼 소비자는 가격이 같으면 더 좋은 물건을 사려고 한다. 그렇기 때문에 판매자도 소비자의 선택을 받기 위해 더 좋은 상품을 팔려고 한다. 그런데 하나의 과일 가게가 독점하고 있다면 굳이 품질 관리를 할 필요가 없다. 그 과일 가게에서 사과 열 개를 사서 집에 와 보니 다섯 개가 썩어 있었어도, 과일을 독점 판매하고 있기에 다음에도 찾아가야 할 것이다. 이때도 결국 피해를 보는 것은 일반 소비자들이다.

우리나라는 특별한 이유가 없는 한 기업이 독점을 하지 못하도록 **규제***하고 있다. 그런데 **예외적***으로 독점이 허용되는 경우가 있다. 어느 제약 회사에서 희귀병을 치료하는 약을 만들었다고 하자. 그러면 이 제약 회사는 특정 상품의 생산 기술을 **확보***했기 때문에 독점이 허용된다. 그런데 만 냥에 조선의 경제가 흔들리는 것을 보고 탄식한 허생이 현재로 온다면 독점을 할 수 없는 현실에 탄식하지 않을까?

어휘사전

* **가격**(價 값 가, 格 격식 격) 사고파는 물건의 값.

* **공급**(供 이바지할 공, 給 줄 급) 시장에 물건이나 노동력을 내놓는 일.

* **품질**(品 물건 품, 質 바탕 질) 상품의 질.

* **규제**(規 법 규, 制 억제할 제) 규칙, 법 등을 벗어나지 못하게 하는 것.

* **예외적**(例 법식 예, 外 바깥 외, 的 과녁 적) 보통의 흔한 예에서 벗어나는 것.

* **확보**(確 굳을 확, 保 보존할 보) 확실히 가지고 있는 것.

내용요약

글의 중심 내용을 생각하며 빈칸의 낱말을 써 보세요.

[　ㄷ ㅈ　]은 물건의 가격과 품질 관리에 문제를 일으켜 소비자에게 피해를 줄 수 있기에 규제된다. 하지만 생산 기술을 확보한 경우는 예외적으로 허용된다.

1 이 글의 내용과 일치하지 <u>않는</u> 것은 무엇인가요?   (   )

내용
이해

① 허생은 독점을 통해 돈을 벌었다.

② 독점으로 얻은 이익을 품질 관리에 사용한다.

③ 예외적인 경우를 제외하고 독점은 막아야 한다.

④ 물건 품질 관리가 잘 되려면 독점을 막아야 한다.

⑤ 독점이 발생하면 일반 소비자들이 피해를 입는다.

2 ㉠, ㉡에 들어갈 속담을 알맞게 짝 지은 것을 찾아 번호를 쓰세요.   (   )

어휘
이해

	㉠	㉡
(1)	수박 겉핥기	꿩 대신 닭
(2)	우물 안 개구리	가재는 게 편
(3)	울며 겨자 먹기	같은 값이면 다홍치마
(4)	고양이 목에 방울 달기	금강산도 식후경

3 이 글과 **보기**를 통해 알 수 있는 것은 무엇인가요?   (   )

적용
하기

┤ 보기 ├

　스탠더드 오일은 록펠러와 친구들이 만든 석유 회사다. 이 회사는 다른 석유 회사를 사들이면서 미국 석유 시장의 90% 이상을 독점했다. 미국 법원은 석유 독점을 막기 위해 스탠더드 오일을 30여 개 기업으로 분리했다.

① 미국에는 독점 기업을 허용한다.

② 우리나라처럼 미국도 독점을 규제하고 있다.

③ 스탠더드 오일은 석유 품질 관리에 실패했다.

④ 우리나라와 미국의 석유값은 폭등하게 되었다.

⑤ 석유 같은 경우 미국에서 예외적으로 독점이 가능하다.

주제 정리 **1** 생각주제와 관련된 앞의 두 글을 읽고 내용을 정리해 보세요.

> ㄷ ㅈ
>
> 시장에서 상품을 공급하는 기업이 단 하나인 경우.

독점의 예 - 허생전

허생은 나라의 ㄱ ㅇ 과 말총을 독점하여 비싼 값에 팔아 큰돈을 벌었지만 조선의 경제가 흔들리게 되었다.

독점의 피해

물건의 ㄱ ㄱ 이 적정한 시장 가격보다 높아지게 된다. 또한 물건의 ㅍ ㅈ 관리가 어렵게 되어 일반 소비자들이 피해를 입게 된다.

2 다음 그림과 관련된 내용으로 알맞은 것을 찾아 ○표 하세요.

(1) 약을 개발한 회사가 독점하는 것은 문제가 있어.

(2) 생산 기술을 가졌기에 예외적으로 독점은 가능해.

3 독점을 막아야 하는 이유에 대해 자신의 생각을 써 보세요.

✎

| 주제 어휘 | 경제 | 가격 | 공급 | 독점 | 품질 | 규제 |

4 다음 주제 어휘와 뜻을 알맞게 연결하세요.

(1) 경제 •

(2) 독점 •

(3) 가격 •

(4) 규제 •

• ㉠ 사고파는 물건의 값.

• ㉡ 시장에서 상품을 공급하는 기업이 하나인 경우.

• ㉢ 규칙, 법 등을 벗어나지 못하게 하는 것.

• ㉣ 물건을 생산, 유통, 판매하는 일과 관련된 사람들의 활동.

5 다음 빈칸에 공통으로 들어갈 낱말을 주제 어휘에서 찾아 쓰세요.

(1)
- 공장에 불이 나서 제품 ⬜⬜⬜ 에 문제가 생겼다.
- 농사가 잘 되어 쌀 ⬜⬜⬜ 이 늘어 쌀값이 떨어졌다.

→ ⬜⬜

(2)
- 우리나라 제품은 수입품보다 ⬜⬜⬜ 이 훨씬 우수하다.
- 공장에서 가끔 ⬜⬜⬜ 이 떨어지는 불량품이 나오기도 한다.

→ ⬜⬜

6 다음 문장의 밑줄 친 말과 바꾸어 쓸 수 있는 낱말에 ○표 하세요.

(1) 이번 여름 홍수 때문에 농산물 <u>값</u>이 전체적으로 올랐다. → 가격 | 수요

(2) 명절 기간에는 고속도로에서 속도위반 <u>단속</u>을 철저히 한다. → 독점 | 규제

4장

2개의 글을 연결해
재미있게 읽어요~

한정판 마케팅

최근 유행하는 ㉠한정판 **마케팅***은 제품 수량이나 판매 시간을 **한정***하여, 소비자의 구매 욕구를 자극하는 마케팅이다. 어떤 새로 나온 과자가 큰 인기를 끌고, 사람들이 맛있다고 인터넷에 후기를 올리는데, 나만 못 먹어 봤다면? 그럴 때 소비자는 그 과자를 먹고 싶은 마음이 더 커진다. 웃돈을 주고라도 과자를 구해서 먹기도 한다. 그래서 오늘날 기업들은 제품을 소량 생산하여 조금씩 시장에 풀어서 입소문을 내는 한정판 마케팅을 적극적으로 활용한다.

한정판 마케팅의 다른 예로는 특정 기간에만 **굿즈***를 발매하는 방식이 있다. 커피로 유명한 스타벅스에서는 매년 봄 벚꽃 이미지를 활용한 컵 등을 내놓는다. 그런데 그 디자인이 매년 바뀌어서 연도별로 수집하는 **마니아***까지 생겨날 정도다. 또 어떤 브랜드가 다른 유명 브랜드와 함께 특별한 제품을 만들어 판매하는 경우도 있다. 예를 들어 나이키 같은 스포츠 브랜드가 명품 브랜드와 함께 만든 신발이나, 삼성에서 게임 캐릭터인 포켓몬을 활용하여 디자인한 핸드폰 등이 그 예다.

이러한 한정판은 소비자 입장에서는 구하기 어렵기 때문에 더 매력적으로 느껴진다. 기업에서는 제품 수량을 너무 **제한***해도 소비자의 원망을 살 수 있다. 그래서 한정판을 판매할 때 **공평***하게 시간을 정해 두거나 특정 장소에서만 팔기도 한다.

또한 ㉡래플 마케팅이라고 하여, 추첨을 통해 당첨된 소비자에게만 제품을 판매하는 방식도 있다. 여러 스포츠 브랜드에서는 인기 신제품에 대해 온라인에서 응모하여 당첨된 사람에게만 구입 기회를 준다. 이렇게 구입한 제품은 희귀하기 때문에 그 가치가 높게 매겨진다. 그리고 당첨된 소비자는 SNS에 사진과 후기를 올려서 다른 사람의 부러움을 산다. 이는 다시 입소문으로 이어져, 광고 없이도 홍보하는 효과가 발생한다.

어휘사전
* **마케팅**(marketing) 상품을 소비자에게 잘 전달되게 하기 위한 활동.
* **한정**(限 한계 한, 定 정할 정) 수량이나 범위를 넘지 못하게 정하는 것.
* **굿즈**(goods) 특정 브랜드나 연예인 소속사에서 만들어 파는 상품.
* **마니아**(mania) 어떤 한 가지 일에 몹시 열중하는 사람.
* **제한**(制 억제할 제, 限 한계 한) 일정한 한도를 정하거나 그 한도를 넘지 못하게 막음.
* **공평**(公 공변될 공, 平 평평할 평) 어느 한쪽에 손해나 이익이 치우치지 않는 것.

내용요약

글의 중심 내용을 생각하며 빈칸의 낱말을 써 보세요.

ㅎ ㅈ ㅍ 마케팅은 제품 수량이나 판매 시간을 한정하여 소비자의 구매 욕구를 자극한다. 그리고 래플 마케팅은 추첨을 통해 당첨된 소비자에게만 판매하는 방식이다.

1 이 글의 내용과 일치하지 <u>않는</u> 것은 무엇인가요?   (   )

내용
이해

① 특정한 시기에만 판매하는 것도 한정판 마케팅이다.

② 래플 마케팅은 광고 없이 홍보하는 효과가 발생한다.

③ 소비자는 구하기 어려운 제품을 매력적으로 생각하지 않는다.

④ 기업은 소비자가 한정판 제품을 SNS에 올리는 것을 좋아한다.

⑤ 제품을 소량 생산하여 시장에 내놓는 한정판 마케팅이 유행이다.

2 이 글의 설명 방식으로 알맞은 것은 무엇인가요?   (   )

글의
구조

① 사회 현상의 문제점에 비판적으로 접근한다.

② 구체적인 예를 들어 사회 현상을 설명하고 있다.

③ 시간 순서에 따라 대상을 분석하여 설명하고 있다.

④ 대상을 일정한 기준에 따라 분류하여 설명하고 있다.

⑤ 전문가의 말을 인용하여 글의 신뢰성을 높이고 있다.

3 이 글을 통해 답을 알 수 있는 질문은 무엇인가요?   (   )

추론
하기

① 한정판 마케팅은 언제 시작되었나요?

② 한정판 마케팅을 만든 사람은 누구인가요?

③ 래플 마케팅 이후 기업의 매출은 얼마나 올랐나요?

④ 래플 마케팅으로 인해 생기는 문제점은 무엇인가요?

⑤ 소비자가 한정판에 매력을 느끼는 이유는 무엇인가요?

4 ㉠과 ㉡의 사례를 **보기**에서 각각 골라 번호를 쓰세요.

적용
하기

┤ 보기 ├

(1) 한 볼펜 회사는 출시 50주년을 기념하여 특별히 제작한 볼펜 1만 개를 한정 판매했다. 기존 가격보다 100배 더 비싼 가격이지만 온라인 물량은 조기 매진되었다.

(2) 스포츠 브랜드 A사의 인기 제품은 응모해서 당첨된 사람만 살 수 있다. 실제로 한 신발의 경우 5백만 명이 넘는 사람이 참여해서 이 중 0.16%에 해당하는 사람만 구매 기회를 얻었다.

㉠ (   ), ㉡ (   )

자원의 희소성

신문이나 뉴스에서 콩알만 한 다이아몬드가 몇 백 억에 팔렸다는 기사를 종종 볼 수 있다. 다이아몬드는 아름답고 값비싼 보석의 상징이다. 왜 다이아몬드 가격은 비싼 것일까? 그 이유는 바로 갖고 싶어 하는 사람은 많지만, 생산량이 매우 적어서 구하기 힘들기 때문이다. 반면에 우리가 매일 마시는 물은 모두에게 꼭 필요한 자원이다. 하지만 물은 어디서나 쉽게 구할 수 있어서, 비교적 싼 가격이 **책정***된다.

이런 현상이 일어나는 이유는 자원의 희소성 때문이다. ㉠'희소성'은 사람의 **욕구***에 비해, 충족시켜 줄 수 있는 물건이나 자원이 상대적으로 부족한 상태를 뜻한다. 따라서 자원의 절대적인 양이 아니라, 사람들의 욕구에 비해 많은지 적은지 하는 상대적인 양이 중요하다. 즉 '희소성이 있다.'는 것은 그 물건이나 자원을 원하는 사람들의 욕구를 모두 만족시킬 만큼 양이 충분하지 않다는 의미이다.

쉽게 말해서 어떤 물건보다 이것을 가지고 싶어 하는 사람이 더 많을 때 '희소성이 높다.'고 이야기한다. 예를 들어 더운 나라에서는 에어컨 생산량이 많아도, 가지고 싶어 하는 사람이 훨씬 많기 때문에 희소성이 높다. 하지만 추운 나라에서는 에어컨 생산량이 적어도, 원하는 사람이 거의 없기 때문에 희소성이 낮다. 희소성은 시장에서 가격을 좌우하는 요소 중 하나이다. ㉡희소성이 높으면 구입할 사람이 많으므로, 가격도 덩달아 높아진다.

이런 희소성의 특성을 이용한 것 중 하나가 바로 한정판 마케팅이다. 그렇다면 한정판은 왜 인기가 있는 것일까? 그 이유를 희소성과 관련해서 생각해 보면 한정판은 수량이 제한되어 있어서 특별한 **가치***를 지니고 있다. 사람들은 다른 사람에게 없는 물건을 **소유***함으로써 더 큰 만족감을 느낀다. 또한 일반적인 제품과 차별화된 한정판 제품으로 자신의 개성을 표현하고 스스로 특별하다고 느끼게 만드는 효과도 있다.

앞에서 희소성이 높으면 가격도 높아진다고 했다. 한정판은 그것을 원하는 사람이 많지만 실제로 구하기는 힘들다. 그래서 시간이 지날수록 그 가치가 올라가기도 한다. 요즘은 한정판을 구매해서 더 비싼 가격에 사고파는 사람도 생겨날 정도이다.

어휘사전
* **책정**(策 꾀 책, 定 정할 정) 계획을 세워 결정함.
* **욕구**(欲 하고자 할 욕, 求 구할 구) 무엇을 얻거나 무슨 일을 하고자 바라는 마음.
* **가치**(價 값 가, 値 값 치) 사물이 지니고 있는 쓸모.
* **소유**(所 바 소, 有 있을 유) 자기 것으로 가지고 있는 것.

내용요약

글의 중심 내용을 생각하며 빈칸의 낱말을 써 보세요.

| ㅎ | ㅅ | ㅅ | 은 사람의 욕구에 비해 충족시켜 줄 수 있는 물건이나 자원이 부족한 상태다. 한정판은 희소성이 있기에 많은 사람들이 가지고 싶어 한다.

1 이 글에 대한 내용으로 알맞지 <u>않은</u> 것은 무엇인가요?   (   )

내용
이해

① 희소성이 높을수록 가격이 올라간다.

② 추운 나라에서는 에어컨의 희소성이 낮다.

③ 시간이 지날수록 한정판은 가치가 떨어진다.

④ 한정판은 수량이 제한되어 있어서 희소성이 높다.

⑤ 희소성은 절대적인 양보다 상대적인 양이 중요하다.

2 이 글에 대한 알맞은 반응이 <u>아닌</u> 것을 찾아 번호를 쓰세요.   (   )

비판
하기

(1) 희소성은 장소나 시대에 따라 변화하는 상대적인 개념이구나.

(2) 난로는 추운 나라보다 더운 나라에서 희소성이 더 높을 것 같아.

(3) 희소성은 가지고자 하는 욕구보다 물건 수량이 적을 때 발생하는구나.

(4) 한정판 제품은 아무나 가질 수 없기 때문에 특별한 가치를 지니고 있어.

3 ㉠과 가장 관련 있는 속담은 무엇인가요?   (   )

어휘
이해

① 꿩 먹고 알 먹는다

② 핑계 없는 무덤이 없다

③ 까마귀 날자 배 떨어진다

④ 산토끼 잡으려다 집토끼 놓친다

⑤ 바다는 메워도 사람 마음 못 메운다

4 ㉡으로 보아, 다음 중 가장 가격이 높은 상품을 골라 ○표 하세요.

적용
하기

(1) 유명한 화가가 그린 단 하나뿐인 해바라기 그림   (   )

(2) 실험실에서 한꺼번에 많이 만들어 낼 수 있는 인공 다이아몬드   (   )

(3) 초등학생들이 좋아하는 캐릭터를 넣어 대량 생산하여 판매하는 지우개   (   )

 1 생각주제와 관련된 앞의 두 글을 읽고 내용을 정리해 보세요.

한정판 마케팅	ㅎ ㅅ ㅅ	래플 마케팅
제품 수량이나 판매 시간을 [ㅎ][ㅈ]하여 소비자의 구매 욕구를 자극하는 것이다.	사람의 욕구에 비해 충족시킬 수 있는 물건이나 자원이 부족한 상태를 뜻한다.	사람들이 응모를 하면 추첨을 통해 당첨된 사람에게만 제품을 판매하는 방식이다.

희소성으로 본 한정판의 인기 이유

• 한정판은 수량이 제한되어 있기에 특별한 가치가 있어서 다른 사람에게 없는 물건을 소유했다는 만족감을 느낄 수 있다.
• 일반적인 제품과 차별화된 한정판 제품을 통해 자신의 개성을 표현하고 스스로 특별하다고 느끼게 만든다.
• 한정판은 시간이 지날수록 가치가 올라가기도 해서 구매 가격보다 더 비싼 가격에 사고팔기도 한다.

2 한정판과 희소성에 대한 설명으로 알맞지 <u>않은</u> 것에 ○표 하세요.

(1) 한정판은 수량이 제한되어 있어서 원하는 모두가 가질 수 없기 때문에 희소성이 있어.

(2) 한정판은 가격이 비싸서 소수의 사람들만 관심을 가지기 때문에 희소성이 있는 거야.

(3) 한정판을 추첨 방식으로 판매하는 래플 마케팅은 희소성이 있기에 인기가 많은 거야.

3 한정판이 매력적인 이유에 대해 자신의 생각을 써 보세요.

✎

주제 어휘	마케팅	한정	공평	책정	욕구	가치

4 다음 주제 어휘와 뜻을 알맞게 연결하세요.

(1) 공평 •

(2) 욕구 •

(3) 마케팅 •

(4) 가치 •

• ㉠ 어느 한쪽에 손해나 이익이 치우치지 않는 것.

• ㉡ 사물이 지니고 있는 쓸모.

• ㉢ 무엇을 얻거나 무슨 일을 하고자 바라는 마음.

• ㉣ 상품을 소비자에게 잘 전달되게 하기 위한 활동.

5 다음 빈칸에 들어갈 낱말을 주제 어휘에서 찾아 쓰세요.

(1) 빵 한 덩어리를 (   )하게 나누는 것은 어렵다.

(2) 한정판 앨범의 거래 가격이 굉장히 높게 (   ) 되었다.

(3) 나에겐 게임하는 시간보다 책 읽는 시간이 더 (   ) 있다.

(4) 공부에 지쳐서 놀이공원으로 가고 싶다는 (   )를 강하게 느꼈다.

6 다음 밑줄 친 말과 바꾸어 쓸 수 있는 낱말을 주제 어휘에서 찾아 쓰세요.

(1) 사람의 욕심은 끝이 없다.

(2) 박물관 관람 시간은 오후 6시까지로 제한되어 있다.

(3) 환경 오염 문제는 이제 대도시에만 국한된 것이 아니다.

(   )

레 미제라블

레 미제라블
글 빅토르 위고
비룡소

장 발장은 브리 지방의 가난한 농사꾼의 자식으로 태어났다. 어린 시절, 글도 배우지 못했다. 어른이 되자, 파브롤에서 나뭇가지 ㉠치는 일꾼이 되었다. 그는 아주 어려서 부모를 여의었다. 남은 혈육이라곤 오직 누나 한 명밖에 없었다. 누나는 아들딸 합쳐 자식 일곱을 둔 과부였다. 이 누나가 장 발장을 길러 주었다. 누나는 남편이 살아 있는 동안 동생을 먹이고 재워 주었다. 그러다 남편이 죽었다. 일곱 아이 중 맏이가 여덟 살, 막내가 한 살이었다. 장 발장이 막 스물다섯 살이 되던 해였다. 그는 조카들의 아버지 노릇을 했으며, 이번엔 자신을 길러 준 누이를 **부양***했다.

그는 나뭇가지를 치는 철에는 하루에 18수를 받고 일했으며, 그 외엔 수확기의 일꾼, 인부, 소 치는 머슴, 막노동꾼으로 품팔이를 했다. 그는 할 수 있는 일이라면 무엇이든 닥치는 대로 했다. 누나도 나서서 일하긴 했으나, 아이들이 자그마치 일곱이나 딸린 여자가 무슨 일을 하겠는가? 이 **처량한*** 가족의 머리 위로 불행의 그림자가 드리우더니 차츰차츰 숨통을 조여들었다. 유난히 추운 겨울이 왔다. 장 발장에겐 일거리가 없었다. 식구들에겐 빵이 없었다. 말 그대로 빵이 똑 떨어진 것이다. 일곱 아이에게 먹일 빵이.

어느 일요일 밤, 파브롤의 성당 광장에 자리 잡은 빵집 주인 모베르 이자보는 잠자리에 들 채비를 하고 있었다. 그때 창살이 쳐진 가게의 진열창을 세차게 치는 소리가 들렸다. 그가 달려가 보니 마침 주먹으로 깨뜨린 유리 구멍 사이로 팔 하나가 쑥 들어왔다. 그 팔은 빵 한 덩이를 집어서 가져갔다. 이자보는 부리나케 달려 나갔다. 도둑은 죽을힘을 다해 달아나고 있었다. 이자보는 뒤쫓아 뛰어가서 그를 붙잡았다. 도둑은 빵을 내던졌다. 그는 장 발장이었다.

이 일은 1795년에 일어났다. 장 발장은 '야간 가택 침입 절도죄'로 법정에 섰다. 장 발장은 **유죄*** 판결을 받았다. 법조문은 가차 없었다. 우리의 문명화된 사회에도 공포의 시간이 있다. ㉡형법 제도가 한 인간에게 **파멸***을 **선고***하는 순간이다. 이것은 생각할 줄 아는 한 존재를 사회에서 격리시키고 팽개쳐 버려 돌이킬 수 없을 정도로 망가뜨리는 죽음의 순간이리라! 장 발장은 오 년간 갤리선에서 **노역***하는 형벌을 선고받았다.

어휘사전

* **부양**(扶 도울 부, 養 기를 양) 혼자 힘으로 살 수 없는 사람을 돌보는 것.

* **처량**(凄 바람 찰 처, 凉 서늘할 량) **하다** 마음이 초라하고 쓸쓸하다.

* **유죄**(有 있을 유, 罪 허물 죄) 법원의 판결에 따라 범죄 사실이 인정되는 것.

* **파멸**(破 깨뜨릴 파, 滅 멸망할 멸) 파괴되어서 없어짐.

* **선고**(宣 베풀 선, 告 아뢸 고) 재판관이 재판 결과를 알리는 것.

* **노역**(勞 수고로울 노, 役 부릴 역) 몹시 괴롭고 힘들게 일하는 것.

1

내용
이해

장 발장에 대한 설명으로 알맞지 <u>않은</u> 것은 무엇인가요? (   )

① 장 발장은 아주 어렸을 때 부모를 여의었다.

② 장 발장은 가난한 농사꾼의 자식으로 태어났다.

③ 장 발장은 자신이 낳은 자식 일곱 명을 부양해야 했다.

④ 장 발장은 1795년 빵 한 덩이를 훔쳐 절도죄로 체포되었다.

⑤ 장 발장은 일하지 않으면 그날 먹을 것을 구하기도 어려웠다.

2

어휘
이해

밑줄 친 부분이 ㉠과 같은 의미로 쓰인 문장은 무엇인가요? (   )

① 미용실에서 머리를 짧게 <u>쳤다</u>.

② 계곡에 가서 물장구를 <u>치며</u> 놀았다.

③ 갑자기 비행기가 심하게 요동을 <u>쳤다</u>.

④ 강아지가 나를 보자 반갑게 꼬리를 <u>쳤다</u>.

⑤ 미래를 알기 위해 점을 <u>치는</u> 사람들이 많다.

3

추론
하기

장 발장이 빵을 훔친 이유로 알맞은 것은 무엇인가요? (   )

① 장 발장이 제대로 글을 배우지 못해서

② 누이가 빵을 훔쳐 오라고 했기 때문에

③ 빵집 주인을 평소에 무척 미워했기 때문에

④ 빵을 훔치는 것이 나쁜 일이라는 것을 몰라서

⑤ 가난한데 일거리마저 없어서 먹을 것이 떨어졌기 때문에

4

비판
하기

㉡의 관점에서 장 발장에게 할 말로 알맞은 것을 찾아 ○표 하세요.

(1) "당신은 법을 어겼으니 벌을 받는 것은 당연해요." (   )

(2) "가난하다는 것이 도둑질에 대한 변명은 될 수 없어요." (   )

(3) "빵 한 덩이 때문에 오 년 동안 노역하는 것은 너무 가혹해요." (   )

법과 도덕 사이

ㄱ왜 사람들은 신호등에 파란불이 들어왔을 때 횡단보도를 건널까? 그것은 어릴 때부터 그렇게 해야 한다고 배워 온 규범이기 때문이다. 그러면 사회 규범은 왜 필요한 것일까? 사람마다 생각과 행동하는 방식이 서로 달라서 많은 사람들이 모인 사회에는 갈등과 **혼란***이 발생하기도 한다. 그래서 사람들은 안전하고 조화롭게 살아가기 위해 규범을 만들어 지키고 있다. 대표적인 규범인 법과 도덕은 강제성 여부에서 근본적인 차이가 있다.

먼저 법은 사람들의 권리를 보호하기 위해 국가 기관이 만들어 지키도록 하는 규범이다. 법의 가장 큰 특징은 국가의 구성원이라면 누구나 **강제***로 지켜야 한다는 점이다. 예를 들어, 어떤 사람이 다른 사람의 작품을 허락받지 않고 온라인 사이트에 올리면 이 사람은 저작권법을 어겼기 때문에 벌을 받는다. 강제성이 있는 법 중에는 출생 신고나 주민 등록처럼 도덕과 별개인 법도 있다.

반면 도덕은 인간으로서 가져야만 하는 마음이나 행동의 규범을 말한다. 도덕은 강제성이 없고, 스스로 지킨다는 점에서 법과 큰 차이가 있다. 우리 사회에서는 웃어른을 **공경***하는 것을 중요한 도덕규범이라고 생각한다. 따라서 버스나 지하철에서 웃어른에게 자리를 양보하는 것이 도덕의 관점에서는 바른 태도이다. 그렇지만 자리를 양보하지 않는다고 해서 그 사람을 처벌하지 않는다. 공경이나 양보는 법과 별개인 순수한 도덕 영역이다.

하지만 법과 도덕은 우리가 조화롭게 살아가기 위한 규범이기에 비슷한 점도 많다. 다른 사람에게 상해를 입히거나 물건을 훔치면 안 된다는 것 등이다. 그러나 사람마다 그에 대한 입장이 엇갈리기도 한다. 「홍길동전」에서 홍길동은 가난한 이들을 도와야 한다는 도덕규범을 따르지만, 남의 물건을 훔치기 때문에 법을 어겼다. 홍길동의 도둑질은 올바른 것인가? 이처럼 법과 도덕이 서로 어긋날 때에는 상황을 고려하여 자신의 **신념***에 따라 판단해야 한다.

어휘사전

* **혼란**(混 섞일 혼, 亂 어지러울 란) 뒤 죽박죽이 되어 어지럽고 질서가 없음.

* **강제**(強 강할 강, 制 억제할 제) 권력이나 힘으로 억눌러서 억지로 하게 하는 것.

* **공경**(恭 공손할 공, 敬 공경할 경) 공손히 받들어 모시는 것.

* **신념**(信 믿을 신, 念 생각 념) 굳게 믿는 마음.

내용요약

글의 중심 내용을 생각하며 빈칸의 낱말을 써 보세요.

사람들은 사회의 혼란을 방지하고 개인의 권리를 지키기 위해 [ㅂ]과 [ㄷ][ㄷ]을 만들어 지키고 있다. 법과 도덕은 지켜야 할 규범이라는 점에서는 같지만, 강제성 여부에서 차이가 있다.

1 이 글에 나온 법과 도덕의 관계를 알맞게 표현한 것은 무엇인가요? (   )

추론
하기

① 법 | 도덕

② 도덕 / 법

③ 법 도덕

④ 법 / 도덕

⑤ 법 = 도덕

2 이 글의 내용을 고려하여 ㉠에 알맞게 답한 사람은 누구인가요? (   )

추론
하기

① 윤희: 빨간불일 때 횡단보도를 건너도 벌을 주지 않기 때문이야.

② 영하: 어려서부터 파란불일 때 건너야 한다는 도덕규범을 배워서야.

③ 민재: 사람들이 자유롭게 길을 건너면 교통질서가 유지되기 때문이야.

④ 유리: 우리 사회에서 파란색은 금지라는 의미가 있어서 파란불일 때 건너.

⑤ 민우: 파란불일 때 횡단보도를 건너면 사람들이 부도덕하다고 비난하기 때문이야.

3 이 글을 바탕으로 보기를 읽고 ㉮와 ㉯에 들어갈 알맞은 말을 골라 ○표 하세요.

적용
하기

┤ 보기 ├

「레 미제라블」에서 장 발장은 굶주림에 시달리다 빵을 훔쳐 법의 심판을 받는다. 이때 장 발장은 굶주린 가족을 먹여 살려야 한다는 ㉮ 적 의무 때문에 고민하였다. 그러나 결과적으로 남의 물건을 훔치는 행동은 ㉮ 규범에도 어긋나고, ㉯ 을 위반하는 일이므로 큰 벌을 받게 되었다.

㉮ - 법   도덕   ㉯ - 법   도덕

주제 정리

1 생각주제와 관련된 앞의 두 글을 읽고 내용을 정리해 보세요.

레 미제라블

장 발장은 누나와 조카들을 부양했다. 추운 겨울 빵이 떨어지자, 장 발장은 가족을 먹여 살려야 한다는 도덕적 생각으로 빵을 훔치지만 결국 도덕과 법을 모두 어기게 된다.

법의 특징

• 사람들의 권리를 ㅂㅎ 하기 위해 국가 기관이 만들어 지키도록 하는 규범.
• 국가가 강제로 지키도록 함.
• 예시: 저작권법, 교통 규칙, 출생 신고 등.

도덕의 특징

• 인간으로서 가져야만 하는 마음이나 행동의 규범.
• ㄱㅈㅅ 이 없으며 스스로 지키도록 함.
• 예시: 버스나 지하철에서 자리를 양보하는 일.

2 다음 두 상황에 대해 할 수 있는 알맞은 말을 골라 ○표 하세요.

(1) 법과 도덕이 서로 어긋날 때에는 상황을 고려하여 신념에 따라 행동을 결정해야 해.

(2) 법과 도덕이 서로 어긋날 때에는 법만 지켜도 어느 정도의 도덕은 지킬 수 있어.

3 법을 꼭 지켜야 하는 이유에 대해 자신의 생각을 써 보세요.

주제 어휘	유죄	선고	혼란	강제	공경	신념

4 다음 주제 어휘와 뜻을 알맞게 연결하세요.

(1) 유죄 •

(2) 강제 •

(3) 선고 •

(4) 혼란 •

• ㉠ 권력이나 힘으로 억눌러서 억지로 하게 하는 것.

• ㉡ 재판관이 재판 결과를 알리는 것.

• ㉢ 법원의 판결에 따라 범죄 사실이 인정되는 것.

• ㉣ 뒤죽박죽이 되어 어지럽고 질서가 없음.

5 다음 빈칸에 들어갈 낱말을 주제 어휘에서 찾아 쓰세요.

(1) 아버지께서 어른들을 (   )하라고 말씀하였다.

(2) 그 사람은 물건을 훔친 죄로 1년 형을 (   )받았다.

(3) 거짓말을 해서는 안 된다는 나의 (   )이 흔들리고 있다.

(4) 실수로 방문이 잠겨 열리지 않아 몸을 부딪쳐 (   )로 열었다.

6 다음 밑줄 친 말과 뜻이 비슷한 낱말을 주제 어휘에서 찾아 쓰세요.

'카오스 이론'은 우리가 살아가는 세상에서 복잡하고 예측 불가능한 현상을 다룬다. 카오스 이론을 가장 잘 보여 주는 사례로 나비 효과를 들 수 있다. 나비 효과란 나비의 날갯짓처럼 아주 사소한 변화나 차이가 연쇄적으로 많은 일을 불러와 결국 예상하지 못한 엄청난 결과를 불러일으킨다는 이론이다. 언뜻 보면 매우 무질서하고 복잡해 보이는 혼돈 상태에서도 거슬러 올라가면 그 원인을 찾아낼 수 있다는 것이다.

(   )

너의 운명은

너의 운명은
글 한윤섭
푸른숲주니어

아이는 정신없이 옷을 입고 엄마를 따라나섰다. 배 속에서 꼬르륵 소리가 났지만 안 부잣집에 들어갈 수 있다는 생각에 마냥 기분이 좋았다.

멀리 안 부잣집이 보이기 시작했다. 집이 커서 멀리서도 잘 보였다. 집을 보자, 가슴이 두근거렸다.

마을 **어귀***부터 대문 앞까지 길이 넓게 나 있었다. 그 길을 보면서 아이는 안 부잣집이 다르다는 걸 다시 한 번 실감했다.

대문 앞에 서니 집은 더 **으리으리해*** 보였다. 안 부잣집 대문 하나가 아이가 엄마와 사는 초가집보다 더 크게 느껴졌다.

"저쪽에서 잠깐 기다리고 있어. 엄마 금방 갔다 올게. 맘대로 돌아다니면 안 돼."

엄마는 가져온 보따리를 들고 마당을 가로질러 뒤쪽으로 들어갔다. 아이는 엄마가 가리킨 대문 옆으로 가 쪼그리고 앉았다.

아이의 눈에 비친 안 부잣집은 상상했던 대로 암흑의 세계가 아니었다. 번듯한 기와지붕과 번들거리는 **대청마루***, 아주 깨끗하게 쓸려 있는 넓은 마당이 암흑일 리 없었다.

그렇게 안 부잣집 구경에 빠져 있을 때 한 젊은 사내가 아이 앞으로 다가왔다.

"넌 누구냐?" / 젊은 사내가 물었다.

"저는 엄마를 따라왔습니다. 엄마는 바느질감을 가지고 안에 들어갔습니다."

사내는 알았다는 듯 고개를 끄덕였다.

"엄마 일하는데 뭐 하러 귀찮게 따라와?"

"그냥 구경하고 싶었어요." / "무슨 구경? 부잣집 구경?"

아이가 고개를 끄덕이자, 사내가 웃었다. 그러고 아이에게 따라오라고 고갯짓을 했다.

사내는 마당을 가로질러 **솟을대문*** 하나를 열고 들어갔다. 거기에도 제법 넓은 마당이 있고, 담 밑으로 꽃밭이 있었다. 사내의 걸음걸이는 **거침이 없었다***.

작은 마당을 지나자 부엌이 보이고, 부엌 안팎으로 여러 아주머니들이 일하고 있었다. 기름 냄새와 음식 냄새가 아이의 코를 자극했다.

젊은 사내는 아이를 데리고 부엌 쪽으로 갔다.

"어멈, **시루떡*** 한 덩이만 주시오."

젊은 사내의 말에 일하던 아주머니가 부엌으로 가 떡 한 덩이를 들고 나왔다. 그리고 아이 앞에 내밀었다. 그 떡은 아이가 본 떡 중에서 가장 하얀색이었다.

어휘사전

* **어귀** 어떤 곳을 드나들 때 처음 지나게 되는 지점.

* **으리으리하다** 모양이나 규모가 굉장하다.

* **대청**(大 큰 대, 廳 관청 청)**마루** 한옥에서 방과 방 사이에 있는 큰 마루.

* **솟을대문**(大 큰 대, 門 문 문) 옛날에 양반집에서 담 위로 솟은 듯이 높게 내던 대문.

* **거침없다** 말이나 행동이 머뭇거리거나 망설임이 없다.

* **시루떡** 떡가루를 쪄서 만든 떡.

1 이 글에 나타난 인물의 성격으로 알맞은 것은 무엇인가요? (   )

감상
하기

① 아이는 호기심이 많다.

② 젊은 사내는 아이를 차별한다.

③ 젊은 사내는 욕심이 많고 심술궂다.

④ 젊은 사내는 어른에 대한 예의가 없다.

⑤ 아이는 매우 활발하고 까부는 성격이다.

2 이 글에 드러난 당시 사회 상황으로 거리가 <u>먼</u> 것은 무엇인가요? (   )

추론
하기

① 계층이 나누어진 사회였다.

② 아이의 집은 먹을 것이 풍족했다.

③ 계층에 따라 사는 집의 크기가 달랐다.

④ 아이의 엄마는 안 부잣집의 일을 도우러 왔다.

⑤ 안 부잣집에는 부엌일을 대신 해 주는 사람들이 있었다.

3 이 글을 읽고 **보기**에서 성격이 다른 낱말을 찾아 쓰세요.

추론
하기

┤ **보기** ├

솟을대문   기와지붕   대청마루   초가집

(   )

4 이 글에 나오는 '아이'가 쓴 일기 내용으로 알맞지 <u>않은</u> 것을 골라 기호를 쓰세요.

적용
하기

(   )

오늘 드디어 엄마를 따라가서 안 부잣집을 구경했다. 대문 하나가 우리 집보다 더 큰 것을 보니 ㉮우리 집이 더 작고 초라하게 느껴졌다. 대문 안으로 들어가니 번듯한 기와지붕과 번들거리는 대청마루가 있었다. ㉯나도 어른이 되면 돈을 많이 벌어서 꼭 이런 집에 살아야겠다는 생각이 들었다. 작은 마당을 지나 부엌으로 가자 맛있는 음식 냄새가 풍겨 왔다. ㉰부엌에는 일하는 아주머니들이 여럿 있었다. 젊은 주인이 부엌에서 떡을 얻어 주었다. ㉱나는 밥도 겨우 먹는데 이런 떡을 먹을 수 있는 주인이 참 부러웠다.

조선 시대의 신분 제도

오늘날 우리나라는 **신분**[*] 구분이 없는 사회이다. 하지만 조선 시대까지만 해도 유교 중심 사회라서 신분과 **계층**[*]의 구분이 **엄격**[*]하였다. 조선 시대에 신분은 크게 양인과 천민으로 구분되었다. 그리고 양인은 다시 양반, 중인, 상민으로 나뉘어, 천민을 포함해 네 개 계층이 있었다.

양반과 천민의 삶의 모습은 크게 달랐다. 사는 집과 먹는 것, 입는 옷이 모두 신분에 따라 달라졌고, 한번 정해지면 다른 계층으로 올라갈 수 없었다. 부모가 양반이냐 천민이냐에 따라, 그 자손도 태어날 때부터 양반이나 천민으로 정해졌다.

양반 **가문**[*]의 남자는 과거 시험을 준비하기 위해 어려서부터 글공부를 하거나 신체를 단련하였다. 그리고 과거 시험에 합격하면 관리가 되어 나랏일을 하였다. 여자는 바느질과 요리를 익혀 한 남편의 부인으로서 집안 살림을 맡았다. 부유한 양반은 방이 여러 칸인 기와집에 살았고, 일하는 사람들을 여럿 두었다. 비단옷을 입고 쌀밥을 먹으며 호화로운 생활을 했다.

백성의 대다수를 차지하는 상민은 농사를 짓거나 물고기를 잡고 물건을 만들어 파는 일을 했다. 초가집에 살면서 남자는 돈을 벌어 오는 바깥일을 하고, 여자는 집안일을 하면서 농사일을 했다. 삼베나 무명으로 만든 옷을 입고, 주로 잡곡밥과 감자, 고구마로 끼니를 때웠다. 상민은 나라를 지킬 의무가 있어서, 전쟁이나 큰 공사가 있으면 동원되었다.

천민은 가장 천한 신분으로, 양반집에서 노비 생활을 했다. 사람이 아닌 재산으로 취급되었고 일을 하고도 돈을 받지 못하였다. 부모 중 한쪽만 노비여도 신분이 **세습**[*]되었으며, 결혼도 마음대로 할 수 없었고, 개인 재산도 가질 수 없었다.

조선 시대 중기 이후에는 새로운 신분인 중인이 나타났다. 중인은 주로 전문 지식이나 기술을 보유하고 있었다. 양반을 도와 관청에서 일하거나, 병든 사람들을 치료하는 일, 외국 사람과 통역하는 일 등을 맡았다.

이렇게 조선 시대에는 계층의 구분이 뚜렷하고, 그에 따라 지켜야 할 법도가 달랐으며 생활 모습에서도 큰 차이가 났다. 그러나 두꺼운 신분의 벽은 조선 중기 이후 점차 약해졌고, **근대화**[*]가 되면서 사라졌다.

어휘사전

* **신분**(身 몸 신, 分 나눌 분) 개인의 사회적인 위치나 계급.

* **계층**(階 섬돌 계, 層 층 층) 사회적으로 지위가 비슷한 사람들의 부류.

* **엄격**(嚴 엄할 엄, 格 격식 격) 말, 태도, 규칙 등이 매우 엄하고 철저함.

* **가문**(家 집 가, 門 문 문) 가족이나 가까운 친척으로 이루어진 공동체.

* **세습**(世 세대 세, 襲 엄습할 습) 권력, 지위, 재산 등을 대대로 물려주는 것.

* **근대화**(近 가까울 근, 代 대신할 대, 化 될 화) 정치와 경제가 오늘날과 가깝게 변하고 발전한 상태.

내용요약

글의 중심 내용을 생각하며 빈칸의 낱말을 써 보세요.

조선 시대는 [ㅇ][ㅇ] 과 [ㅊ][ㅁ] 으로 신분이 나뉘었고, 양인은 다시 양반, 중인, 상민으로 구분되었다. 신분에 따라 따라야 할 법도와 생활 모습이 달랐다.

1 부유한 양반집에서 볼 수 있는 모습으로 알맞지 <u>않은</u> 것은 무엇인가요? (   )

추론
하기

① 무명옷을 입고 바느질을 하는 젊은 여인

② 으리으리한 방에서 글공부하는 어린아이

③ 젊은 사내가 하얀 쌀밥과 반찬으로 식사하는 모습

④ 비단옷 입은 남자에게 고개 숙여 인사하는 아주머니

⑤ 기와집 마당에서 하인들이 일하는 것을 지켜보는 남자

2 다음 **보기**에서 설명하고 있는 인물의 신분은 무엇인지 이 글에서 찾아 쓰세요.

적용
하기

┤ **보기** ├

　허준은 조선 시대에 사람들을 치료한 의관이며 「동의보감」을 지은 것으로 유명하다. 이 책은 조선의 의술을 집대성했으며, 조선의 실정에 맞는 약초의 종류와 처방이 담겨 있다.

(   )

3 이 글과 **보기**에서 알 수 있는 내용으로 알맞은 것을 골라 번호를 쓰세요. (   )

추론
하기

┤ **보기** ├

　"양반은 가난해도 존경받는데, 우리는 부자라도 천한 대접만 받지. 말을 탈 수도 없고 양반을 보면 굽실거리고 기어가서 절도 해야 하지. 우리는 줄곧 이렇게 창피만 당하면서 살았어. 마침 건너편에 사는 양반이 가난해서 나랏빚을 갚지 못하는데 내가 빚을 갚아 주고 대신 양반 자리를 사야겠어."

　부자는 양반을 찾아가 빚을 자기가 갚을 테니 양반 자리를 달라고 했다. 양반은 크게 기뻐하며 허락하였다. 부자는 곧바로 양반의 나랏빚을 모두 갚아 주고 양반 자리를 사들였다.

- 「양반전」, 글 박지원

(1) 양반은 돈이 많아서 누구나 호화로운 생활을 할 수 있었어.

(2) 양반은 나랏빚이 있어도 갚지 않아도 되는 신분이야.

(3) 조선 중기 이후 계층 간 구분이 약해지면서 신분을 사고팔 수 있게 되었어.

주제 정리

1 생각주제와 관련된 앞의 두 글을 읽고 내용을 정리해 보세요.

조선 시대의 신분 제도

조선 시대 신분에 따른 삶의 모습	
양인	• ㅇ ㅂ : 비단옷을 입고 쌀밥을 먹으며 호화로운 생활을 했다. • 중인: 조선 중기에 등장한 신분으로 전문 지식이나 기술이 있었다. • 상민: 삼베나 무명으로 만든 옷을 입었으며 전쟁이나 큰 공사가 있으면 나라에 동원되었다.
천민	최하층 신분으로 노비 생활을 했다. 신분은 세습되었고 결혼도 마음대로 못 했으며 개인 재산도 가질 수 없었다.

너의 운명은	
양반집	• 아이는 안 부잣집의 번듯한 ㄱ ㅇ ㅈ ㅂ 과 번들거리는 대청마루, 깨끗한 넓은 마당에 감탄했다. • 부엌에서는 여러 아주머니가 일을 하고 있었다. 기름 냄새, 음식 냄새가 났고, 아이는 하얀 시루떡을 얻었다.

2 조선 시대 생활 모습을 통해 알 수 있는 각각의 신분을 보기에서 찾아 쓰세요.

┤ **보기** ├

중인   노비   양반

(1) 돈을 가질 수 없어서 자신의 집을 살 수 없었다.   (   )

(2) 과거 시험에 합격하여 관리가 되어 나랏일을 하였다.   (   )

(3) 중국어 통역을 하기 위해 관리와 함께 중국으로 갔다.   (   )

3 조선 시대 신분 제도에 대해 자신의 생각을 써 보세요.

| 주제 어휘 | 대청마루 | 신분 | 계층 | 엄격 | 세습 | 근대화 |

4 다음 뜻에 알맞은 **주제 어휘**를 찾아 ○표 하세요.

(1) 사회적으로 지위가 비슷한 사람들의 부류. → 계층 | 출신

(2) 개인의 사회적인 위치나 계급. → 소속 | 신분

(3) 한옥에서 방과 방 사이에 있는 큰 마루. → 대청마루 | 솟을대문

(4) 정치와 경제가 오늘날과 가깝게 변하고 발전한 상태. → 근대화 | 민주화

5 다음 빈칸에 공통으로 들어갈 낱말을 주제 어휘에서 찾아 쓰세요.

(1)
- 우리 학교는 교칙이 매우 ☐☐☐ 하다.
- 경찰은 신호 위반을 ☐☐☐ 하게 단속한다.

→ ☐☐

(2)
- 옛날에는 왕의 자리를 ☐☐☐ 하는 것이 당연한 일이었다.
- 정부는 불법적인 재산 ☐☐☐ 을 막기 위해 노력하고 있다.

→ ☐☐

6 다음 문장의 밑줄 친 말과 바꾸어 쓸 수 있는 낱말에 ○표 하세요.

(1) 왕이 죽자 딸에게 왕위를 물려줬다. → 세습했다 | 거침없다

(2) 조선은 계급에 따라 행동에 제약이 있었다. → 신하 | 신분

흥부네, 제비와 박씨 이후

㉠제비가 물어 온 박씨를 심었더니 금화가 가득 찬 박이 주렁주렁 열린 흥부네, 그 후에 행복하게 잘 살았을까? 내가 누구냐고? 나는 흥부네 다섯째 자식 정도라고만 밝혀 두겠다. ㉮제비 사건 후에 우리 집에 어떤 일이 벌어졌는지, 그 뒷이야기를 한번 풀어 보겠다.

부모님은 돈이 많아지자 가장 먼저 땅부터 샀다. 그리고 그 땅에 ㉡대궐 같은 큰 집을 지었다. 오빠와 언니, 동생들은 기뻐서 어쩔 줄 몰랐다. 이제 열두 개의 구멍을 뚫은 **가마니**[*] 한 장을 뒤집어쓰고 잠잘 일은 다시 없을 테니까. 먹을 것이 부엌에 넘쳐 나게 됐으니까. 우리 집 상은 늘 상다리가 부러지게 차려지고, 우리 가족은 일 년에 두 번은 팔도강산 **유람**[*]을 한다.

내 동생들 중 하나는 글공부를 하기 시작했다. ㉢우리 집이 찢어지게 가난하던 시절에도 어디선가 글 읽는 소리가 들리면 넋 놓고 듣던 아이이긴 했다. 가끔 놀부 큰 아버지가 우리 집에 돈을 빌리러 드나들게 되었다. 그리고 우리 아버지처럼 제비에게 박씨를 얻어 심어 보겠다고 제비 다리를 부러뜨렸다는 소문도 어디선가 들려왔다.

그런데 다들 이 사실은 알고 계신지? 우리 가족은 처음에는 무척 행복해했지만, 그게 익숙해지자 금방 또 **시들해졌다**[*]는 사실. 제비가 물어 온 박씨는 땅에 심으면 다음 해에도, 그다음 해에도 똑같이 금화가 든 박이 주렁주렁 매달렸다. 삼 년째부터는 우리 식구들 중 ㉣아무도 그 박들을 귀하게 여기지 않게 됐다. 집안에 돈이라면 넘쳐 났지만 가족들끼리 얼굴 보기가 힘들어졌다.

아버지는 매일 놀러만 다니시고, 어머니는 외모를 가꾸는 데에만 온 정신이 팔려 있으셨다. 첫째 오빠는 돈을 펑펑 써 대면서 나쁜 친구들과 어울리는 날이 많아졌다. 글공부를 시작했던 아우는, 양반이 아닌 자신의 처지가 원망스럽다고 **건방**[*]을 떨고 있다. 집안에 돈이라면 넘쳐 났지만 가족들의 웃음소리는 사라져 갔다.

돈이 많으면 무조건 행복한 것 아니었나? ㉤행복과 돈의 관계는 뭔지 정말 알다가도 모를 일이다.

어휘사전
* **가마니** 곡식이나 소금을 담기 위해 짚으로 짠 큰 자루.
* **유람**(遊 놀 유, 覽 볼 람) 돌아다니면서 구경함.
* **시들하다** 마음에 차지 않아 내키지 않다.
* **건방** 잘난 체하여 아니꼬운 태도.

내용요약

글의 중심 내용을 생각하며 빈칸의 낱말을 써 보세요.

흥부네 가족은 제비의 박씨 덕분에 부자가 된 뒤 얼마간 원하는 것을 마음껏 할 수 있어 [ㅎ][ㅂ] 하게 살았지만, 곧 돈으로 해결되지 않는 문제들을 겪는다.

1 이 글의 내용과 일치하지 <u>않는</u> 것은 무엇인가요? (   )

내용
이해

① 흥부네 자식 중 한 명은 글공부를 배우게 되었다.

② 흥부의 형인 놀부는 자신도 박씨를 얻고 싶어 했다.

③ 흥부네 가족은 부자가 된 후로 해결하지 못하는 문제가 없었다.

④ 흥부네 가족은 부자가 되자 가장 먼저 땅을 사고 큰 집을 지었다.

⑤ 제비가 흥부네 집에 금화가 든 박이 달리는 박씨를 가져다주었다.

2 ㉮가 일어나기 전에 있었던 일을 찾아 번호를 쓰세요. (   )

내용
이해

(1) 흥부네 가족은 서로 얼굴 보기가 힘들었다.

(2) 흥부네 가족은 일 년에 두 번은 팔도강산 유람을 했다.

(3) 흥부네 가족은 먹을 것이 넘쳐 나서 상다리가 부러지게 차려 먹었다.

(4) 흥부네 자식들은 열두 개의 구멍을 뚫은 가마니 한 장을 뒤집어쓰고 잤다.

3 ㉠~㉤ 중 이 글의 중심 내용이 잘 나타난 것은 무엇인가요? (   )

중심
내용

① ㉠ 제비가 물어 온 박씨

② ㉡ 대궐 같은 큰 집

③ ㉢ 우리 집이 찢어지게 가난하던 시절

④ ㉣ 아무도 그 박들을 귀하게 여기지 않게 했다.

⑤ ㉤ 행복과 돈의 관계

4 다음 **보기**에 따라 현재 흥부네 가족의 상태로 알맞은 것을 찾아 ○표 하세요.

적용
하기

┤ 보기 ├

　1974년 미국의 대학 교수 리처드 이스털린은 부유한 나라와 가난한 나라 30개국의 행복도를 조사했다. 그런데 일정한 소득 수준이 넘으면 '돈과 행복은 비례하지 않는다.'는 결론을 내렸다. 살아가는 데 어느 정도의 돈은 반드시 필요하지만, 기본적인 욕구가 해결되면 사람들이 느끼는 행복은 돈과 큰 연관이 없다는 것이다.

(1) 돈이 많아서 늘 행복하다. (   )

(2) 돈이 많아도 행복하지 않다. (   )

한국인의 행복 지수

사람들은 부자가 되면 행복해질 것이라고 믿는다. 여러 가지 **지표***를 보면 한국은 나날이 **부유***해지고 있다. 2021년 한국은행이 발표한 국민 총소득을 보면 한국은 세계 10위까지 올라갔다. 국제통화기금(IMF)이 2022년에 발표한 국내 총생산(GDP) 지수는 세계 12위다. 하지만 국제연합(UN)이 발표하는 세계 행복도 보고서에 따르면, 2023년 한국은 137개 나라 중 57위, OECD* 38개 나라 중에서는 35위다. 우리나라 행복 지수는 전 세계에서 중간 정도이며, OECD 국가 중 최하위권이다. 한국은 경제적으로 눈부신 성장을 했지만 한국인들은 그다지 행복하지 못한 것이다.

왜 한국인은 행복하지 않을까? 그 이유에 대해 한 정신건강의학과 전문의는 이렇게 말한다. "한국인은 단일민족이라는 정체성이 강하고 좁은 면적에 모여 살다 보니 다름을 인정하기 싫어하는 **경향***이 있다.", 또 "㉠남과 자꾸 **비교***하는 경향이 있어 스스로 불행하게 만든다."라고. 내가 아무리 부자라도 나보다 더 부자인 사람과 비교하면 나는 상대적으로 가난한 사람이 된다. 한국인은 이처럼 다른 사람과 자신을 비교하는 경향이 강하기 때문에 행복 지수가 떨어진다.

그러면 행복 지수가 높은 나라는 어떨까? 2023년 세계 행복 보고서를 보면 1위인 핀란드를 비롯하여 덴마크, 스웨덴, 노르웨이 등 북유럽 국가들의 행복 지수가 높게 나타난다. 사람들은 북유럽 나라들의 행복 지수가 높은 배경에 '㉡얀테의 법칙'이 있다고 이야기한다. '보통 사람의 법칙'이라고도 불리는 얀테의 법칙은 북유럽 지역에 널리 퍼진 **관습적*** 규범 같은 것이다. 누구도 더 특별하거나 잘나지 않았다는 내용으로, '사람들은 모두 평범하고 우리는 모두 평등하다.'는 의식이 담겨 있다.

또 핀란드 국립과학기술원의 연구에 따르면 핀란드인이 행복한 이유 중 하나로 돈, 권력, 명예를 좇는 대신 자기 인생을 살아가기 때문이라고 꼽았다. 행복하기 위해서는 많은 돈보다는 남과 비교하지 않고 자기 스스로 인생을 가꾸는 것이 더 중요하다는 것을 알 수 있다.

어휘사전

* **지표**(指 가리킬 지, 標 표 표) 어떤 일을 하는 데 목표나 기준이 되는 것.

* **부유**(富 부유할 부, 裕 넉넉할 유) 재물이 많아 생활이 넉넉함.

* **OECD** 경제 협력 개발 기구. 경제 발전과 세계 무역 촉진을 위해 만든 국제기구로 우리나라는 1996년에 가입함.

* **경향**(傾 기울 경, 向 향할 향) 행동이나 생각이 어느 한쪽으로 쏠리거나 기울어지는 것.

* **비교**(比 견줄 비, 較 견줄 교) 여럿을 서로 견주어 보는 것.

* **관습적**(慣 버릇 관, 習 익힐 습, 的 과녁 적) 사회의 규범이나 생활 방식으로 지켜지는.

내용요약

글의 중심 내용을 생각하며 빈칸의 낱말을 써 보세요.

한국은 세계적으로 ㅂ ㅇ 한 나라에 속하지만, 다른 사람과 자신을 비교하는 경향 때문에 행복 지수는 낮다. 행복하려면 남과 비교하지 않고 자기 스스로 인생을 가꾸는 것이 더 중요하다.

1

내용
이해

이 글의 내용과 일치하지 <u>않는</u> 것은 무엇인가요?　(　　　　)

① 한국은 경제적으로 부유한 나라이다.

② 다른 사람과 비교하는 경향이 강하면 행복하기 어렵다.

③ 한국은 OECD 국가 중 행복 지수가 최하위권에 속한다.

④ 여러 가지 지표를 통해 한국인이 매우 행복한 것으로 나타났다.

⑤ 핀란드인은 남과 비교하지 않고 자기 인생을 살기 때문에 행복 지수가 높다.

2

글의
구조

이 글의 특징으로 알맞지 <u>않은</u> 것은 무엇인가요?　(　　　　)

① 묻고 답하는 형식으로 서술했다.

② 전문가의 의견을 인용하여 설명했다.

③ 대비되는 두 사례를 비교하여 설명한다.

④ 기관에서 발표한 통계 자료를 근거로 제시했다.

⑤ 입장이 상반되는 두 전문가의 의견을 비교하여 설명한다.

3

추론
하기

밑줄 친 ㉠과 거리가 <u>먼</u> 것을 찾아 ○표 하세요.

(1) 당신이 특별한 사람이라고 생각하지 말아라.　(　　　　)

(2) 다른 사람을 도와주어야 한다고 생각하지 말아라.　(　　　　)

(3) 당신이 남들보다 좋은 사람이라고 생각하지 말아라.　(　　　　)

(4) 당신이 다른 사람보다 더 많이 안다고 생각하지 말아라.　(　　　　)

4

어휘
이해

㉡와 가장 관련 있는 속담은 무엇인가요?　(　　　　)

① 백지장도 맞들면 낫다

② 남의 손의 떡은 커 보인다

③ 금강산 구경도 식후경이라

④ 가랑비에 옷 젖는 줄 모른다

⑤ 개구리 올챙이 적 생각 못 한다

주제
정리

1 생각주제와 관련된 앞의 두 글을 읽고 내용을 정리해 보세요.

행복과 부의 관계

흥부네, 제비와 박씨 이후	한국인의 행복 지수	
돈이 많아진 흥부네는 크고 좋은 집에서 맛있는 것을 먹고, 유람을 다니며 가난할 때 못 했던 일들을 마음껏 한다.

　하지만 시간이 지나고 돈으로 해결할 수 없는 문제가 발생하면서 '나'는 ㅎㅂ 과 ㄷ 의 관계가 무엇인지 생각하게 된다. | 한국의 경제력과 행복 지수 | 한국은 부유하지만 한국인의 행복 지수는 낮은 편에 속한다. |
| | 한국인의 행복 지수가 낮은 이유 | 다름을 인정하기 싫어하고 남과 자꾸 ㅂㄱ 하여 행복하지 않다. |
| | 행복 지수가 높은 북유럽 국가 | '얀테의 법칙'처럼 모두 평범하고 평등하다고 생각한다. 그리고 돈, 권력, 명예를 좇는 대신 자기 인생을 살기 때문에 행복 지수가 높다. |

2 다음 상황을 공통적으로 설명할 수 있는 것은 무엇인지 고르세요.

남들 모두 해외여행을 가길래 많은 돈을 쓰면서 여행 왔는데 재미가 없어.!

낙후된 지역의 환자를 돕는 의사로 일하면서 돈은 벌지 못하지만, 매우 보람 있고 행복해.

(1) 돈을 많이 벌고 남들과 비슷하게 소비하는 것이 행복해지는 길이야.

(2) 내가 중요하다고 생각하는 가치를 좇아야 삶이 행복해질 수 있어.

3 행복과 부의 관계에 대해 자신의 생각을 써 보세요.

| 주제 어휘 | 건방 | 지표 | 부유 | 경향 | 비교 | 관습적 |

4 다음 주제 어휘와 뜻을 알맞게 연결하세요.

(1) 부유 •

(2) 비교 •

(3) 지표 •

(4) 건방 •

• ㉠ 재물이 많아 생활이 넉넉함.

• ㉡ 어떤 일을 하는 데 목표나 기준이 되는 것.

• ㉢ 여럿을 서로 견주어 보는 것.

• ㉣ 잘난 체하여 아니꼬운 태도.

5 다음 빈칸에 들어갈 낱말을 주제 어휘에서 찾아 쓰세요.

(1) 요즘 학생들은 스마트폰에 빠지는 (   )이 있다.

(2) 돈은 행복을 판단하는 (   ) 중의 하나일 뿐이다.

(3) 나는 물건을 사기 전에 가격을 (   )해 보고 산다.

(4) 비둘기를 평화의 상징으로 표현하는 것은 (   )인 생각이다.

6 다음 밑줄 친 말과 비슷한 낱말을 주제 어휘에서 찾아 쓰세요.

'맹모삼천지교'라는 말이 있다. 중국의 훌륭한 학자인 맹자는 어릴 때 집이 시장통에 있었다. 자라면서 장사꾼들이 흥정하는 모습을 날마다 본 맹자는 아이들과 놀 때도 장사꾼 흉내를 내며 놀았다. 아들이 장사꾼이 되기를 바라지 않았던 맹자의 어머니는 이사를 갔는데, 이번에는 하필 공동묘지 근처에 집을 얻고 말았다. 맹자는 날마다 죽은 사람을 장사 지내는 모습을 흉내 내며 놀았다. 어머니는 크게 깨닫고 서당 근처로 이사를 갔고, 맹자는 날마다 글 읽는 모습을 따라 하여 훌륭한 학자가 되었다. 사람들은 자식의 교육을 위해 세 번이나 이사 다닌 맹자의 어머니를 훌륭한 어머니의 본보기로 삼는다.

(   )

만파식적, 거센 물결을 재우는 마술피리

청소년을 위한 삼국유사
글 일연
서해문집

31대 신문왕은 681년 **즉위**[*]하자마자 동해 바닷가에 감은사를 ㉠창건[*]하였다.
이듬해 5월 초하룻날, 해안을 관장하는 관리 **파진찬**[*] 박숙청이 대궐에 알려 왔다.
"동해 바다 가운데에 조그만 산이 생기더니 물결을 따라 감은사를 왔다 갔다 합니다."
왕이 이상해서 천문관 김춘길에게 점을 쳐 보게 하였다.
"일찍이 김유신 장군께서는 하늘의 서른세 분 중 한 분으로 세상에 내려와 우리 나라의 대신이 되었습니다. 또 돌아가신 아버님께서는 바다의 용이 되어 삼한을 ㉡보호하고 계십니다. 지금 두 성인께서 나라를 지킬 보배를 내려 주시려 하시니 폐하께서 해변으로 나가 보시면 커다란 ㉮보물을 얻으실 것입니다."
왕은 그달 7일 **이견대**[*]로 나가 바다 위에 떠 있는 섬을 살펴보았다. 거북이의 머리처럼 생긴 그 산 위에는 대나무 한 그루가 서 있었다. 신기하게도 대나무는 낮에는 둘로 떨어져 있다가 밤이 되면 하나로 합해졌다.
왕은 일단 그날 밤을 감은사에서 ㉢묵기로 했다. 그런데 이튿날 정오, 갑자기 갈라졌던 대나무가 하나로 합쳐지면서 천지가 진동하고 비바람이 일며 사방이 캄캄해지는 것이 아닌가.
그렇게 일주일이 지나서 16일이 되었을 때에야 날이 개고 물결이 잔잔해졌다. 왕은 배를 타고 바다 가운데의 산으로 갔다. 왕이 산에 도착했을 때 ㉣홀연히 용 한 마리가 나타나 검정색 옥띠를 바쳤다. 왕이 궁금한 것을 물었다.
"이 산의 대나무가 갈라졌다 합쳐졌다 하는데 왜 그런 것인가?"
"이는 비유하자면 손바닥도 부딪혀야 소리가 나는 것과 같습니다. 이 대나무도 마주 합쳐져야 소리가 납니다. 이것은 훌륭한 임금께서 소리로 천하를 다스리게 될 좋은 **징조**[*]입니다. 왕께서는 이 대나무를 가져다가 피리를 만들어 보십시오. 그러면 천하가 화평해질 것입니다."
이튿날인 17일, 왕이 지림사 서쪽 냇가에서 잠시 수레를 멈추고 점심을 먹고 있을 때였다. 태자는 옥띠를 찬찬히 살펴보더니 "이 띠에 달린 장식들은 모두 진짜 용들입니다." 하고 감탄했다. 태자는 옥 장식 한 개를 떼더니 시냇물에 담갔다. 그러자 장식은 곧 용으로 변해 하늘로 올라가고 시내는 그대로 못이 되었다.
궁궐로 돌아온 신문왕은 그 대나무로 피리를 만들어 월성의 천존고에 ㉤간직하였다. 그 후 이 피리를 불면 적군이 물러가고 병이 나았다. 또 가뭄에는 비를 내리고 장마가 질 때는 비를 멈추게 하였으며 바람을 가라앉히고 파도를 잠재웠다. 그래서 이름을 '거센 물결을 잠재우는 피리', 즉 만파식적이라 하고 **국보**[*]로 삼았다.

어휘사전

* **즉위**(即 곧 즉, 位 자리 위) 임금의 자리에 오르는 것.

* **창건**(創 처음 창, 建 세울 건) 나라나 큰 건물을 처음으로 세우는 것.

* **파진찬**(波 물결 파, 珍 보배 진, 飡 삼킬 찬) 신라 시대의 관직 중 하나.

* **이견대**(利 이로울 이, 見 볼 견, 臺 돈대 대) 감은사에 딸린 유적지로 용이 나타날 때 나가서 보던 곳.

* **징조**(徵 부를 징, 兆 조 조) 어떤 일이 생길 것 같은 눈치나 분위기.

* **국보**(國 나라 국, 寶 보배 보) 나라에서 귀한 물건으로 정하고 돌보는 문화재.

1 이 글의 내용과 일치하지 <u>않는</u> 것은 무엇인가요?   (   )

내용
이해

① 용이 왕에게 다가와 신비한 피리를 선물로 주었다.

② 감은사는 신문왕이 동해 바닷가에 짓도록 한 절이다.

③ 옥 장식 한 개를 떼어 시냇물에 담그니 용으로 변했다.

④ 만파식적은 신성한 힘이 있었기 때문에 신라의 국보가 되었다.

⑤ 산 위의 대나무는 낮에는 반으로 갈라졌다, 밤에는 다시 하나로 합해졌다.

2 다음 **보기**에서 ㉮와 거리가 <u>먼</u> 낱말을 찾아 쓰세요.

추론
하기

┤ **보기** ├

감은사   옥띠   만파식적   피리

(   )

3 ㉠~㉢과 바꾸어 쓸 수 있는 말로 알맞지 <u>않은</u> 것은 무엇인가요?   (   )

어휘
이해

① ㉠: 세웠다

② ㉡: 지키고

③ ㉢: 머무르기로

④ ㉣: 갑자기

⑤ ㉤: 기념하였다

4 이 글에서 **보기**의 설명과 관계 깊은 중심 소재를 찾아 네 글자로 쓰세요.

적용
하기

┤ **보기** ├

「단군 신화」에서는 환인이 아들 환웅에게 '천부인'을 주어서 땅으로 내려보냈다. '천부인'은 청동검, 청동 거울, 청동 방울 세 가지이다. 이 물건들은 환웅이 하늘의 신 환인의 아들이라는 증거이다. 또 세상을 다스리는 데 필요한 힘을 상징하기도 한다.

(   )

삼국유사의 가치

내가
사랑한
동양고전

글 김욱동
연암서가

▲ 『삼국유사』

어휘사전

* **기록**(記 기록할 기, 錄 기록할 록) 남길 목적으로 어떤 사실을 적음.

* **가필**(加 더할 가, 筆 붓 필) 글이나 그림에 붓을 대어 고치는 것.

* **서술**(敍 줄 서, 述 지을 술) 사실이나 생각을 말하거나 쓰는 것.

* **사관**(史 역사 사, 官 벼슬 관) 역사를 기록하던 관리.

* **민담**(民 백성 민, 譚 이야기 담) 옛날부터 전해 내려오는 이야기.

삼국 시대의 역사를 **기록***한 책이라면 김부식이 편찬한 『삼국사기』와 승려 일연이 편찬하고 그의 제자 무극이 **가필***한 『삼국유사』가 단연 첫손가락에 꼽힌다. 두 책은 한국에 남아 있는 가장 오래된 역사책으로 모두 고려 중기에 편찬되었다. 그러나 두 책의 **서술*** 방식이나 내용 등은 여러 모로 큰 차이를 보인다.

『삼국사기』는 글자 그대로 '사기'로서 어디까지나 국왕의 명령을 받고 **사관***들이 적은 ㉠관찬적인 성격을 띤다. 『삼국유사』는 『삼국사기』와는 달리 한 개인이 쓴 ㉡사찬적인 성격이 짙다. 일연은 되도록 연대에 따라 사건을 기술하는 방식을 피하고 인물 위주로 역사서를 기술하였다. 또한 유교에 철저히 물들어 있는 사람들이 편찬한 만큼 유교적인 색채를 강하게 띠는 『삼국사기』와는 달리, 『삼국유사』는 편찬자가 승려인 탓에 불교적인 색채를 강하게 띤다.

『삼국유사』는 한 개인이 편찬한 탓에 어쩔 수 없이 한계가 있을 수밖에 없었다. 그러나 일연은 이 책에서 『삼국사기』가 가치 없다고 빼 버렸거나 소홀히 다룬 자료에 좀 더 무게를 실어 기술하였다. 궁궐이나 관청 안에서 벌어지는 역사적 사건보다는 절이나 민가에 떠도는 이상하고도 신비스러운 **민담***이나 이야기를 기록하는 데 관심을 쏟는다.

『삼국유사』에는 우리 문학사의 맨 첫 장을 장식하는 신라 향가 14편을 비롯한 고대 시가 같은 귀중한 문학 유산이 전한다. 더 나아가 이 책은 신화, 전설, 설화까지도 풍부하게 싣고 있어 해당 분야뿐 아니라, 문학을 하는 사람들에게 아주 귀중한 자료로 평가받는다.

『삼국유사』는 역사서보다는 오히려 문학서로서의 가치가 크다. 이병도가 이 책을 두고 "역사 서적이라기보다 일종의 문학 작품"이라고 말하는 까닭이 바로 여기에 있다. 그의 말대로 이 책을 읽고 있노라면 딱딱하기 이를 데 없는 역사적 사실은 뒷전으로 물러나고 가슴 뭉클한 감동을 주는 온갖 이야기가 다가온다.

『삼국유사』에서 돋보이는 부분은 한두 가지가 아니다. 일연이 『삼국유사』에서 단군 신화를 처음 다룬 것은 중국의 영향권에서 점차 벗어나 민족의 주체 의식을 드러냈다는 사실을 보여 준다.

내용요약

글의 중심 내용을 생각하며 빈칸의 낱말을 써 보세요.

삼국 시대의 역사를 기록한 책 중에 『삼국사기』는 있는 그대로의 역사를 기록한 데 반해 『삼국유사』는 인물 위주로 신비로운 ☐☐, 신화, 문학 작품 등을 수록한 책이다.

1

내용
이해

『삼국유사』와 『삼국사기』에 대한 설명으로 알맞지 <u>않은</u> 것은 무엇인가요?

(   )

① 『삼국유사』에는 여러 문학 작품이 담겨 있다.

② 『삼국유사』에 단군 신화에 대한 내용이 나온다.

③ 『삼국사기』는 전문 역사관들이 왕의 명령을 받고 쓴 책이다.

④ 『삼국유사』와 『삼국사기』는 모두 문학서로서의 가치가 크다.

⑤ 『삼국유사』는 불교적 색채를, 『삼국사기』는 유교적 색채를 띤다.

2

적용
하기

㉠은 '나라에서 펴낸 책'을, ㉡은 '개인이 쓴 책'을 의미합니다. ㉠과 ㉡에 해당하는 사례를 **보기**에서 두 개씩 골라 번호를 쓰세요.

┤ **보기** ├

(1) 조선 세조 때 왕의 명령에 따라 편찬한 법전 『경국대전』

(2) 조선 시대 이몽룡과 성춘향의 사랑을 다룬 소설 『춘향전』

(3) 조선 중기에 허균이 지었다고 전하는 고전 소설 『홍길동전』

(4) 조선의 태조부터 철종까지 472년간의 역사를 사관들이 기록한 책 『조선왕조실록』

㉠ (   ), ㉡ (   )

3

추론
하기

이 글로 보아, 『삼국유사』가 재미있는 이유로 알맞은 것은 무엇인가요?   (   )

① 승려 일연이 혼자 『삼국유사』를 편찬했기 때문이다.

② 인물이 아닌 사건을 기술하는 방식으로 썼기 때문이다.

③ 단군 신화에 관한 서술로 주체 의식을 드러냈기 때문이다.

④ 『삼국유사』에는 불교적인 색채가 짙게 나타나기 때문이다.

⑤ 신화, 전설 등 가슴 뭉클한 이야기가 많이 담겨 있기 때문이다.

  1 생각주제와 관련된 앞의 두 글을 읽고 내용을 정리해 보세요.

┌─────────────────┐
│   삼국유사   │
└─────────────────┘

편찬	고려 중기에 승려 ⬚○⬚○ 이 편찬하고 제자 무극이 가필했다.
특징	• 연대에 따라 사건을 기술하는 방식을 피하고 인물 위주로 기술했다. • 편찬자가 승려인 탓에 불교적인 색채를 강하게 띤다. • 역사적 사건보다는 민담이나 이야기를 주로 기록했다.
담긴 내용	신라 향가를 비롯한 고대 시가, 신화, 전설, 설화, 민담 등
가치	• 역사서보다는 문학서로서의 가치가 크다. • ⬚ㄷ⬚ㄱ 신화를 처음 다루어 민족의 주체 의식을 드러냈다.

┌───┐
│   『삼국유사』 속 이야기 -   │
│   「만파식적, 거센 물결을 재우는 마술피리」   │
│   │
│ 신라 시대 신문왕이 감은사 앞 바다 위에 떠 있는 섬에서 신기한 대나무를 발견한다.│
│ 용이 나타나 신문왕에게 옥띠를 선물로 주고 그 대나무로 피리를 만들라고 한다. 신문왕│
│ 은 용의 말대로 피리를 만들었는데, 그 피리는 신기한 힘이 있었다. 그 피리가 바로 ⬚ㅁ│
│ ⬚ㅍ⬚ㅅ⬚ㅈ 이다.   │
└───┘

2 『삼국유사』의 특징을 바탕으로 「만파식적, 거센 물결을 재우는 마술피리」를 알맞게 감상한 내용을 찾아 ○표 하세요.

┌────────────────────────────┐ ┌────────────────────────────┐
│ (1) 실제로 있었던 사건을 유교적인 시│ │ (2) 역사적 사실에 더해 용과 마술피리│
│   각으로 사실 그대로 담고 있어 역사│ │   가 나오는 이야기라서 재미있는 문│
│   를 잘 이해할 수 있다.   │ │   학 작품을 읽는 느낌이 든다.   │
└────────────────────────────┘ └────────────────────────────┘

3 『삼국유사』가 가지는 문학적 의미에 대해 자신의 생각을 써 보세요.

✎ _____

_____

_____

| 주제 어휘 | 즉위 | 창건 | 징조 | 국보 | 서술 | 민담 |

4 다음 뜻에 알맞은 주제 어휘를 찾아 ○표 하세요.

(1) 사실이나 생각을 말하거나 쓰는 것. | 서술 | 진술 |

(2) 임금의 자리에 오르는 것. | 등극 | 즉위 |

(3) 나라나 큰 건물을 처음으로 세우는 것. | 창조 | 창건 |

(4) 나라에서 귀한 물건으로 정하고 돌보는 문화재. | 국보 | 보물 |

5 다음 빈칸에 들어갈 낱말을 주제 어휘에서 찾아 쓰세요.

(1) 저 나무에 예부터 전해져 내려오는 슬픈 (　　　　)이 있다.

(2) 아침에 까치가 우는 소리를 듣고 좋은 (　　　　)로 생각했다.

(3) 선왕이 돌아가시자 어린 왕자가 새 왕으로 (　　　　)하였다.

(4) 과학 실험을 할 때는 관찰한 내용을 그대로 (　　　　)하는 것이 중요하다.

6 다음 문장의 밑줄 친 말과 바꾸어 쓸 수 있는 낱말에 ○표 하세요.

(1) 이 절은 우리나라에서 가장 오래전에 <u>건축했다</u>. → | 서술 | 창건 |

(2) 까마귀 울음 소리를 나쁜 일이 생기는 <u>전조</u>로 여기기도 한다. → | 징조 | 사고 |

📷 사진 출처

국립중앙박물관	www.museum.go.kr
문화재청	www.cha.go.kr
한국방송광고진흥공사	www.kobaco.co.kr
셔터스톡	www.shutterstock.com/ko
연합뉴스	www.yna.co.kr

달콤한 문해력 기획진 소개

진짜 문해력을
키우는 독해 학습이 필요합니다.

문해력은 책을 읽고 문제를 푸는 기술이 아닙니다.
진짜 문해력은 글을 읽고 이해하는 것을 넘어
세상을 읽고 이해하는, '생각하고 표현하는 힘'입니다.
〈달곰한 문해력 독해〉는 문해력을
키우는 독해 학습이 가능합니다.
하나의 주제로 연결된 2개의 글을 읽으면 세상을 읽고
이해하는 지식과 관점의 변화가 나타날 것입니다.
〈달곰한 문해력 독해〉로 아이들에게 좋은 글을
달달 읽을 '기회'와 곰곰 생각하고 표현하는
'경험'을 선물해 주세요.

서울교육대학교 국어교육과 교수
초등 국어 교과서 기획위원
방은수

독서교육을 지도한 교사로서
최신 문학과 다양한 비문학을 교과와
연계하여 수록했습니다.

인제남초등학교 교사
독서교육 전문가
Yes24 한 학기 한 권 읽기 선정위원
최고봉

생각주제와 연결된 2개의 글을
읽으면 생각이 쌓이고 학습 효과가
두 배 이상입니다.

경희사이버대학교 한국어문화학부 교수
경인교육대학교 유아교육과 강사
전국교사교육마술연구회 스텝매직 대표
(전) 초등학교 교사
김택수

문해력을 완성하기 위해서는
자기 생각을 표현하는 단계까지
학습이 이어져야 합니다.

광명서초등학교 교사
참쌤스쿨 대표
경기실천교육 교사모임 회장
(전) 경기도교육청 장학사
김차명

아이들의 생각이 확장되도록
흥미를 가질 만한 생각주제로 구성하여
몰입할 수 있습니다.

서울시교육청 자문관
(독서토론 분야)
(전) 중학교 국어 교사
정미선

달달 읽고 곰곰 생각하는

NE능률

주제 연결 X 독해 학습

달달 읽고 곰곰 생각하는

달콤한 문해력

초등 독해

5~6학년 추천

5단계 **A**

정답 및 해설

달 달 읽고 **곰곰** 생각하는

달곰한 문해력

초등 독해

동물에게도 권리가 있을까?

1 모로 박사의 섬

10~11쪽

프렌딕은 자신을 구조해 준 몽고메리와 함께 어떤 섬에 도착합니다. 그 섬에서 모로 박사와 섬사람들을 만난 프렌딕은 모로 박사가 사람을 동물로 만드는 실험을 한다고 오해했으나, 실제로는 그 반대였습니다. 결국 모로 박사는 실험 과정에서 탈출한 동물에 의해 사망하고, 프렌딕은 섬을 탈출합니다.

---
1 ①　　**2** ③　　**3** ③
---

1 프렌딕은 모로 박사가 사람을 동물로 만드는 실험을 한다고 오해했으나, 모로 박사로부터 사실은 동물을 사람으로 만드는 실험을 하고 있었다는 주장을 듣게 됩니다. 하지만 프렌딕이 그러한 모로 박사의 동물 실험에 찬성했다는 내용은 글에서 찾아볼 수 없습니다.

오답풀이
② 2문단에서 프렌딕이 섬 사람들을 보고, 그들의 외모와 몸동작이 굉장히 이상하다고 생각한다는 내용이 나옵니다.
③ 5문단에서 프렌딕이 섬에 떠밀려 온 배를 타고 섬을 탈출했음을 알 수 있습니다.
④ 3문단에서 모로 박사가 동물을 상대로 끔찍한 실험을 하다가 비판적인 여론에 떠밀려 나라를 떠났다고 나옵니다.
⑤ 프렌딕의 오해와는 달리, 모로 박사가 동물을 사람으로 만드는 실험을 하고, 동물을 사람처럼 교육했음을 4문단을 통해 알 수 있습니다.

2 프렌딕이 만난 섬사람들의 정체는 모로 박사가 만들어 낸 동물 인간들이었습니다. 프렌딕은 이 사람들의 몸동작이 굉장히 이상하다고 생각했으며, 또한 기이한 외모를 가지고 있다고 생각했습니다. 왜냐하면 이 사람들의 몸통이 비정상적으로 길고, 귀의 모양도 이상했으며, 팔다리와 손발을 천으로 꽁꽁 감싸고 있었기 때문입니다.

3 모로 박사는 동물의 권리와 이익을 무시한 채 동물을 사람으로 만드는 실험을 했습니다. **보기**를 통해 「모로 박사의 섬」이 출간된 이후에 '영국 생체 해부 금지 협회(BUAV)'가 생겼다는 것을 알 수 있습니다. 즉, 글쓴이는 독자에게 잔인한 동물 실험을 줄이고, 동물의 권리를 높여야 함을 전하고자 한 것입니다.

2 동물권의 탄생

12~13쪽

과거에는 인간의 이익을 위해 동물을 마음대로 이용할 수 있었으나, 동물에게도 권리가 있다는 인식이 생기면서 동물을 대하는 방식이 달라지기 시작했습니다. 이러한 변화로 '동물 보호 운동', '동물 복지', '동물권'의 탄생이 있으며, 동물권 개념을 토대로 영국에서는 동물의 5대 자유를 발표했습니다.

내용요약 동물권
1 ②　　**2** (2)○　　**3** ⑤　　**4** 동물권
---

1 이 글에서는 동물의 권리에 대한 인식이 생겨난 배경과, 그 변화 과정에 대해 설명하고 있습니다. 이때, 2~3문단에 걸쳐 동물을 대하는 방식이 '동물 보호 운동', '동물 복지', '동물권'의 순서대로 변화하고 있음을 알 수 있습니다.

2 (2) 과거에는 인간의 이익을 위해서 동물을 대상으로 실험하는 것이 당연했지만, 동물의 권리에 대한 인식이 생겨난 뒤로는 불필요한 동물 실험이 줄어들고 있습니다.

오답풀이
(1) 강아지의 외모를 너 귀엽게 만들기 위해서 꼬리를 자르는 수술을 하는 것은 인간의 이익만을 위해 동물을 고통받게 하는 행위입니다.
(3) 동물원에 최대한 많은 동물을 전시하기 위해 동물들이 생활하는 공간 크기를 최소화하는 것은 동물에게 불편한 환경을 제공합니다. 따라서 동물의 권리를 생각하지 않은 사례입니다.

3 '동물 복지 계란'은 닭을 키우는 환경이 개선된 농장에서 생산되는 계란입니다. **보기**를 통해 기존의 환경을 개선하여 닭에게 보다 넓고 편안한 환경이 제공되기 시작했음을 알 수 있습니다. 그러므로 더 많은 닭을 키워서 더 많은 계란을 생산하는 농장이 동물 복지를 지키는 것이라는 반응은 적절하지 않습니다.

4 **보기**에서 설명하고 있는 개념은 '동물권'입니다. 이 글에서 '동물권'의 탄생에 대해 잘 설명하고 있습니다.

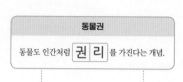

14~15쪽

1

동물권
동물도 인간처럼 **권리** 를 가진다는 개념.

모로 박사의 섬	동물권의 탄생
모로 박사가 동물을 사람처럼 만드는 잔인한 실험을 한다. 작가는 이 작품을 통해 동물의 권리를 보호해야 한다는 경고를 하고 있다.	동물에 대한 사람들의 인식이 높아지며 동물을 대하는 방식도 변화했다. 가장 먼저 등장한 동물 보호 개념에 이어, 동물 복지와 **동물권** 의 개념이 생겼다.

2 (1) ○

호주의 반려동물법에서는 동물이 기존에 살던 야생의 환경에서 고유한 습성대로 자유롭게 살아갈 수 있도록, 그리고 기르는 반려동물의 수를 관리하고 있습니다. 또한 뉴질랜드 동물보호법에서는 사람들의 재미를 위해 동물이 고통받는 일이 없도록 규제하고 있습니다. 이러한 두 가지 법이 공통적으로 담고 있는 것은 동물도 인간처럼 권리를 보장받아야 한다는 생각입니다.

3 (예시답안) 길에서 고양이와 마주쳤을 때, 고양이를 괴롭히는 친구들이 있었는데 다시는 그런 일이 생기지 않도록 말려야겠다고 생각했다. 왜냐하면 동물도 행복하게 살 권리가 있기 때문이다. 이처럼 동물에게도 권리가 있으며 그것을 존중해야 한다는 생각을 가지고, 주변에서 만날 수 있는 동물들이 건강하고 편안하게 살아갈 수 있도록 도와주겠다고 다짐했다.

(채점 Tip)
1) 동물권의 개념을 잘 이해하고 있는지 확인해 보아요.
2) 동물권을 지키기 위해 스스로 실천할 수 있는 방법에 대해 생각해 보세요.
3) 직접적으로, 그리고 단기간에 실천할 방법이 떠오르지 않는다면 장기적으로 동물을 지킬 수 있는 방법을 서술해도 좋아요.

4 (1) ㉠ (2) ㉡ (3) ㉣ (4) ㉢

5 (1) 복지 (2) 착취 (3) 항해 (4) 실험

6 권리

---

1 몬스터 차일드

16~17쪽

이 글에는 몬스터 차일드 신드롬이라는 병이 있다는 이유로 따돌림을 당하는 '나'와 산들이가 등장합니다. 변이 증상 때문에 다른 아이들은 '나'와 산들이를 괴물이라고 부르며 피하고, 심지어는 가짜 뉴스를 이용해 괴롭힙니다.

1 괴물	**2** ①	**3** (2) ○	**4** ㉮ (1), ㉯ (2)

1 '돌연변이 종양 증후군'의 변이 증상은 온몸에 털이 나고 몸집이 커지며, 힘이 몇 배나 강해집니다. 친구들은 '나'와 산들이가 변이 증상을 일으킨 모습을 보고 무서운 괴물처럼 생각했습니다.

2 이 글에는 몬스터 차일드 신드롬의 원인에 대해 나와 있지 않으므로 원인이 무엇인지는 답할 수 없습니다.

(오답풀이)
② 2문단에 따르면 몬스터 차일드 신드롬 증상은 보통 다섯 살에서 일곱 살 사이에 증상이 시작됩니다.
③ 4문단에서 '나'와 산들이가 다른 아이들과 잘 어울리지 못했다는 것을 알 수 있습니다.
④ 어린 나이에 증상이 시작되기 때문에 '괴물 아이 증후군'이라는 이름으로 불리게 되었다는 설명이 2문단에 있습니다.
⑤ 글의 후반부를 통해 알 수 있듯이, 친구들은 몬스터 차일드 신드롬 환자들이 날고기를 먹는다는 가짜 뉴스를 보고 사물함에 생닭을 넣어 놓은 것입니다.

3 몬스터 차일드 신드롬 환자들이 날고기를 먹는다는 것은 가짜 뉴스였기 때문에 ㉠과 뜻이 비슷한 사자성어는 '아무 근거 없이 널리 퍼진 소문'을 의미하는 '유언비어'라고 할 수 있습니다.

4 ㉮에서 주장하는 것은 MSC 치료 센터 건립 반대이며, 이는 자신이 속한 지역에 이익이 되지 않는 일에 반대하는 '님비 현상'과 이어집니다. 이와는 반대로, ㉯에서 주장하는 첨단 과학 산업 센터의 유치는 자신이 속한 지역에 이익이 되는 시설을 유치하려는 것이므로 '핌피 현상'에 해당합니다.

혐오 표현의 문제점

18~19쪽

혐오 표현은 편견과 차별로부터 기인하는 사회 문제입니다. 그 예로 성별 간 혐오, 세대 간 혐오, 그리고 인종 간 혐오 등이 우리 사회에서 큰 문제가 되고 있습니다. 이러한 혐오 표현의 원인으로는 익명성이라는 특성을 가진 SNS의 발달을 꼽을 수 있습니다.

내용요약 혐오

1 ⑤   **2** ④   **3** ③   **4** ㉠(1) ㉡(2) ㉢(3)

1 글쓴이는 혐오 표현의 종류와 그 예시를 자세하게 서술함으로써 우리 사회에서 발생하는 혐오 문제의 심각성을 설명하고 있습니다.

오답풀이

① 이 글을 통해 다양한 혐오 표현의 종류를 확인할 수는 있지만, 이는 혐오 표현의 문제점을 드러내기 위해 예시로 든 것에 불과합니다.

②, ③ 마지막 문단에서 혐오 표현이 많아진 원인으로 SNS의 발달을 꼽고 있으며, SNS의 특징 중 익명성이라는 부정적인 측면에 대한 설명이 나와 있습니다.

④ 글쓴이는 사회 문제로 여겨지는 혐오 표현에 대한 예시로 세대 간 혐오 문제를 들고 있지만, 이 문제가 가장 심각하다고 설명하고 있지는 않습니다.

2 이 글은 특정 집단에 대한 혐오 표현이 사회 문제로 불거지고 있음을 제시하며, '성별 간 혐오', '세대 간 혐오', 그리고 '인종 간 혐오'에 해당하는 다양한 예를 들어 문제 상황을 설명하고 있습니다.

3 ㉰의 '상대적으로'라는 말은 서로 맞서거나 비교되는 관계에 있을 때 쓰입니다. 문맥상 외국인 근로자들이 우리나라 사람들에 비해 낮은 임금을 받는다는 것을 나타내기 위해 사용되었습니다. 그렇기에 '비교적으로'와 같은 말로 바꾸는 것이 적절합니다.

4 특정 성별이 운전을 미숙하게 한다고 생각하는 것은 ㉠의 성별 간 혐오에 해당합니다. 나이 많은 사람의 출입을 금지하는 노시니어존은 ㉡의 세대 간 혐오에 해당합니다. 미국의 커피 가게에서 동양인 주문자에 대한 차별이 발생한 것은 ㉢의 인종 간 혐오에서 기인한 문제라고 할 수 있습니다.

 자란다 문해력

20~21쪽

1

혐 오 표현의 의미
성별, 장애, 종교, 나이, 출신 지역, 인종 등을 이유로 개인이나 집단에 대하여 모욕, 비하, 위협하는 표현을 말한다.

혐오 표현의 사례
「몬스터 차일드」에서 병(혹은 장애)을 가지고 있다는 이유로 친구들은 '나'에게 혐오 표현을 서슴없이 한다.

혐오 표현의 문제점
성별 간 혐오, 세대 간 혐오, 인종 간 혐오 등 특정 집 단에 대한 혐오 표현이 증가하고 있다.

2 (1) ○

병을 가지고 있다는 이유만으로 상대방이 나에게 피해를 줄 것이라고 생각하고, 상대방에게 싫다고 표현하는 것은 잘못된 태도입니다. 따라서 「몬스터 차일드」에 나오는 '나'의 친구들에게 하기에 적절하지 않은 말입니다.

3 **예시답안** 혐오 표현은 누군가가 특정한 속성을 가졌다는 이유만으로 비하하고, 위협하는 것이기 때문에 많은 문제의 원인이 될 수 있다. 특히 계속해서 혐오 표현이 증가하여 서로가 서로에게 혐오 표현을 사용하게 된다면, 우리 사회는 결국 존중과 배려가 없는 모습으로 변화하고 말 것이다.

채점 Tip

1) 혐오 표현이라는 개념에 대해 잘 이해하고 있는지 확인해 보세요.

2) 혐오 표현이 사회적으로 문제가 되는 이유를 설명하면 좋아요.

3) 직접 경험한 사례를 바탕으로 혐오 표현의 문제점에 대해 작성해 보세요.

4 (1) ㉡ (2) ㉢ (3) ㉢ (4) ㉠

5 (1) 비하 (2) 편견 (3) 인종 (4) 노골적

6 편견

생각글 1 아빠는 피디님

22~23쪽

산에서 직접 다양한 나물들을 캐 온 아빠는 나에게 나물에 얽힌 이야기들을 들려주었습니다. 학교가 끝난 뒤, 나는 친구들과 함께 집에 모여서 숙제를 했습니다. 아빠는 우리들에게 나물에 대해 알려 주시면서 신기하고 맛있는 나물 요리를 해 주었으며, 나와 친구들은 모두 아빠의 요리를 아주 맛있게 먹었습니다.

---

1 보물   2 ③   3 ④   4 ②

---

1 아빠는 보따리에 무엇이 들었는지 물어보는 '나'에게 '산속에서 도둑질해 온 보물 보따리'라고 답해 주었습니다. 보따리 안에는 나물이 잔뜩 들어 있었으므로 빈칸에 들어갈 말은 '보물'임을 짐작할 수 있습니다.

2 '나'는 다양한 산나물들을 이름도 처음 들어 보는 풀들이라고 표현하고 있습니다. 또한 두릅 튀김을 먹고 맛있다고 하는 친구들의 반응을 믿지 못합니다. 이를 통해 '나'는 평소에 나물을 즐겨 먹지 않음을 확인할 수 있습니다.

오답풀이
① 글의 초반부를 통해 아빠가 나물을 직접 산속에서 캐고, 따고, 얻어 왔음을 알 수 있습니다.
② 아빠가 '나'와 친구들에게 튀김, 전, 무침과 같은 다양한 요리를 해 주었음을 확인할 수 있습니다.
④ 글의 후반부에 '처음 시작은 두릅 튀김'이라고 나옵니다.
⑤ 아빠는 아토피가 있는 재상이의 팔을 보고는 나물을 먹으면 아토피가 나을 것이라고 말했습니다.

3 '보물 보따리', '나물들', '이상한 산나물들', 그리고 '퍼런 풀들'은 모두 아빠가 산에서 캐 온 나물 전체를 의미하는 말입니다. 그러나 '돌나물'은 아빠가 산에서 캐 온 나물의 종류 중 하나를 의미하기 때문에, 그 범위가 가장 좁다고 할 수 있습니다.

4 '이걸 요렇게 조물조물 무치면'은 나물을 요리하는 모습을 묘사한 표현입니다. 그렇기 때문에 나물 요리의 맛을 묘사한 표현으로는 알맞지 않습니다.

생각글 2 맛의 과학

24~25쪽

맛을 인식하는 인간의 특별한 능력은 생존의 측면만이 아니라, 인류의 진화와도 밀접한 관련이 있습니다. 또한 사람들에게 있어서 요리라는 창조적이고 보람 있는 경험과 오감을 모두 활용해 음식의 맛을 느끼는 경험은 일상적인 기쁨의 근원이라고 할 수 있습니다.

내용요약 맛, 오감
1 ②   2 (2) ○   3 (3)   4 (3)

---

1 1문단에서 맛을 인식하는 것이 인간의 특별한 능력 중 하나임을 알 수 있습니다. 우리 조상은 생존을 위해 맛을 인식하는 능력을 이용했으며, 우리의 두뇌가 진화한 것도 음식을 요리해서 먹는 방식 덕분이었습니다.

2 ㉠에서는 더운 기후의 나라로부터 강한 양념을 사용하는 문화가 전파되었음을 이야기하고 있으며, 태국 음식의 마늘과 후추, 인도의 생강과 고수, 그리고 멕시코의 칠리고추를 예시로 들고 있습니다.

3 4문단에서 사람들은 다양한 방식으로 공유된 레시피를 보고 요리하면서 메뉴를 늘려 간다고 하였습니다. 그렇기 때문에 한번 정해진 요리 과정과 레시피를 그대로 지키는 것이 중요하다는 것은 알맞지 않습니다.

오답풀이
(1) 2문단에서 인류가 요리라는 방식으로 쉽게 칼로리를 섭취할 수 있게 되었음을 확인할 수 있습니다.
(2) 3문단을 통해 더운 기후의 나라들에서 강한 양념을 사용하는 문화가 발전되었음을 알 수 있습니다.

4 우리가 맛을 느끼는 데에는 오감 모두가 나름의 역할을 합니다. 하지만 '먹방'에서는 영상 속의 사람이 음식을 먹는 모습을 오직 눈과 귀를 통해서만 느낄 수 있습니다. 그렇기 때문에 느낄 수 없는 감각은 후각입니다.

익힘학습 자란다 문해력

26~27쪽

1

아빠는 피디님	맛의 과학
1 아빠는 산속에서 각종 **나물** 을 가져왔다.	**1** 맛을 느끼는 것은 인간의 특별한 능력 중 하나이다.
2 친구들과 집에서 숙제를 하는데 아빠는 나물에 대한 설명을 하면서 **요리** 를 하기 시작했다.	**2** 요리라는 방식으로 쉽게 칼로리를 섭취했기에 인류의 두뇌는 발전할 수 있었다.
3 나는 아빠의 나물 요리를 먹으며 나물의 신기한 **맛** 을 느낄 수 있었다.	**3** 강한 양념은 박테리아로 인한 오염이 문제가 되는 더운 나라로부터 전파되었다.
	4 요리는 창조적이며 보람 있는 경험이다.
	5 향미는 맛과 냄새 이상의 것을 포함한다. 맛을 잘 알려면 우리는 모든 **감각** 을 동원해야 한다.

2 (2) ○

왼쪽 그림은 맛을 느낄 때 시각이 활용됨을, 오른쪽 그림은 맛을 느낄 때 후각이 활용됨을 나타내고 있습니다. 즉 인간이 맛을 느낄 때는 오감이 모두 나름의 역할을 한다는 것을 알 수 있습니다.

3 (예시답안) 음식에는 다양한 맛이 있는데 우리가 음식을 먹을 때 단순히 혀에 있는 미각만 사용하지 않는다. 냄새와 씹을 때의 느낌, 먹음직스러운 모양 등 오감을 모두 동원한다. 예를 들어 치킨을 먹을 때에도 맛과 냄새뿐만 아니라 맛있어 보이는 치킨을 집어 들고, 바삭한 소리를 들으며 먹기 때문에 치킨의 맛을 더 잘 느낄 수 있다고 생각한다.

(채점 Tip)
1) 맛을 느끼는 과정에 오감이 모두 활용된다는 것을 잘 이해하고 있는지 확인해 보아요.
2) 인간이 맛을 느끼는 원리를 자신의 경험과 관련 지어 설명해도 좋습니다.
3) 예시를 들기 어렵다면 앞에서 읽은 글의 내용을 활용하는 것도 괜찮습니다.

4 (1) ㉣ (2) ㉡ (3) ㉠ (4) ㉢

5 (1) 나물 (2) 동원 (3) 요리 (4) 양념

6 오감

생각주제 **04**
왜 나라마다 식사 문화가 다를까?

생각글 **1** **수저, 짝의 사상**

28~29쪽

젓가락은 동양 3국의 음식과 문화를 상징하는 식사 도구입니다. 젓가락 문화, 곧 짝의 문화는 음식의 근본 원리를 바탕으로 이해할 수 있습니다. 젓가락은 짝으로 되어 있는 평행 구조이며, 우리나라는 젓가락과 짝을 이루는 숟가락을 사용하는 수저 문화를 가지고 있습니다.

1 ④   **2** 젓가락   **3** (3)

1 1문단을 통해 젓가락은 한국, 중국, 일본 등 동양 3국의 문화를 상징하는 식사 도구라는 것을 알 수 있습니다. 따라서 젓가락을 사용하는 문화는 전 세계에서 한국이 유일하다는 설명은 적절하지 않습니다.

(오답풀이)
①, ② 1문단을 통해 서양에서는 포크와 나이프로 덩어리째 나온 요리를 먹고, 동양 3국에서는 젓가락을 사용해 식사한다는 것을 알 수 있습니다.
③ 2문단에서는 음식을 만든 사람과 그것을 먹는 사람이 따로 있는 서양에서 개인주의가 생겨났다고 설명하고 있습니다.
⑤ 4문단에서 알 수 있듯이, 한국의 수저 문화는 젓가락이 지닌 짝 문화를 한층 더 완성된 상태로 끌어올린 것입니다.

2 젓가락은 동양 3국의 음식 문화를 상징하는 도구입니다. 또한 젓가락의 평행 구조에서 아름다움을 찾을 수 있으며, 우리나라는 젓가락과 짝을 이루는 숟가락을 함께 사용합니다. 따라서 **보기**의 설명과 관계가 깊은 중심 소재는 '젓가락'입니다.

3 이 글의 내용을 바탕으로 **보기**를 해석하면 동양과 서양의 고기를 요리하는 방식이 달라서 동양에서는 젓가락이 필요하며, 서양에서는 고기 덩어리가 커서 나이프로 잘라 먹는 방식을 사용한다는 것을 알 수 있습니다.

생각글 2 동아시아 3국의 수저 문화

30~31쪽

동아시아 3국인 한국, 중국, 일본은 서로 밀접하게 영향을 주고받으며 각자 독자적인 문화를 발전시켜 왔습니다. 세 나라의 식사 문화는 유사한 점이 많지만, 차이점 또한 존재합니다. 이러한 차이점은 식사 방식과 예절, 숟가락의 모양과 사용 빈도, 젓가락의 모양과 재질 등에서 찾아볼 수 있습니다.

> **내용요약** 젓가락
>
> **1** ④   **2** (3)   **3** ③   **4** (2)

1 2문단을 통해 동아시아 3국의 서로 다른 식사 방식과 예절에 대해 알 수 있습니다. 일본에서는 그릇을 들고 등을 편 채 식사를 합니다. 따라서 일본에서는 예의 있게 고개와 등을 숙이고 밥을 먹는다는 설명은 적절하지 않습니다.

2 **보기**의 ㈎는 끝이 뾰족하고 얇은 나무젓가락이므로 일본에서 사용되는 젓가락이며, ㈏는 스테인리스 재질로 된 쇠젓가락이므로 한국에서 사용되는 젓가락임을 알 수 있습니다. 그리고 ㈐는 비교적 더 길고 두꺼운 나무젓가락이므로 중국의 것임을 추측할 수 있습니다.

3 ㉠의 '독자적'은 '다른 것과 구별되는 혼자만의 특유한 것'이라는 의미를 가집니다. 따라서 여럿 중에서 하나씩 따로 나뉘어 있다는 의미를 지닌 '개별적'과 바꾸어 쓸 수 있습니다.

> **오답풀이**
> ① '상대적'은 서로 맞서거나 비교되는 관계에 있다는 의미입니다.
> ② '의존적'은 무엇에 기대는 성질이 있다는 의미입니다.
> ④ '종합적'은 여러 가지를 한데 모아 합하였다는 의미입니다.
> ⑤ '공통적'은 둘 이상의 것에 두루 통하고 관계된다는 의미입니다.

4 3문단을 통해 중국의 숟가락은 국물을 떠먹는 정도로만 사용되기 때문에, 국물을 충분히 담을 수 있도록 더 깊고 각진 모양으로 만들어진다는 것을 알 수 있습니다.

익힘학습 자란다 문해력

32~33쪽

1

서양의 식사 도구	음식이 덩어리째 나와서 포크, 나이프가 필요하다. 양념과 간을 미리 맞춰 주지 않는다.	동양의 식사 도구	음식이 미리 썰어져 나오기 때문에 숟가락, 젓가락으로 먹을 수 있다.

한국	열이 잘 전달되는 놋그릇을 주로 사용하기에 그릇을 상에 올려 두고 밥을 먹는다. 숟가락과 젓가락을 함께 사용한다.
중국	밥을 흘리지 않기 위해 그릇을 들고 먹는다. 국물을 먹을 때만 숟가락을 사용하고 보통은 젓가락만 사용한다. 세 나라 중 젓가락이 가장 길고 두껍다.
일본	나무로 만든 가벼운 그릇을 사용하기에 밥과 국을 모두 들고 먹으며, 숟가락은 거의 사용하지 않는다. 개인 반찬을 따로 먹기에 젓가락 길이는 짧으며 생선을 많이 먹기 때문에 젓가락 끝이 뾰족하다.

2 (2) ○
세 나라의 라면은 비슷하지만 국물이나 면의 모양 등은 서로 다릅니다. 따라서 세 나라는 서로 영향을 끼치며 음식 문화를 발전시켜 왔습니다.

3 **예시답안** 동양과 서양은 물론, 동아시아 3국인 한국, 중국, 일본도 음식 문화에 서로 차이점이 존재한다. 이러한 차이점이 존재하는 이유는 식재료나 요리 방식 등이 서로 다르며, 식사에 사용되는 도구도 서로 다르기 때문이다. 저번에 일본 음식점에 갔을 때 낯선 모양의 숟가락을 사용했는데, 숟가락이 크고 깊어서 국물을 많이 떠먹을 수 있었다.

> **채점 Tip**
> 1) 나라마다 음식 문화가 다르다는 것을 잘 이해하고 있는지 확인해 보아요.
> 2) 나라마다 음식 문화가 다른 이유를 적절히 제시해 봅시다.
> 3) 우리나라와 다른 음식 문화를 경험해 본 적이 있다면 적어 보아요.

4 (1) 수저 (2) 차이 (3) 융합 (4) 개인주의

5 (1) 수저 (2) 균형 (3) 차이 (4) 발전

6 개인주의

생각글 1 인공 지능(AI)

34~35쪽

인공 지능은 컴퓨터가 인간처럼 생각할 수 있도록 구현한 기술입니다. 인공 지능의 종류에는 '강 인공 지능'과 '약 인공 지능'이 있으며, 인공 지능이 학습하는 방법에는 '머신 러닝'과 '딥 러닝'이 있습니다. 우리는 이러한 인공 지능을 이미 생활 속의 다양한 분야에서 활용하고 있습니다.

내용요약 인공 지능
1 ④   2 ⑤   3 ②

1 1문단을 통해 '인공 지능'이라는 용어는 1956년 존 매카시가 처음 사용했다는 사실을 확인할 수 있습니다. 따라서 인공 지능이라는 용어가 2000년대에 들어서부터 사용되었다는 설명은 올바르지 않습니다.

2 이 글에서는 현대 사회에서 인공 지능이 다양하게 활용되고 있다는 설명은 언급되지만, 현재까지의 인공 지능의 발전사와 관련된 내용은 존재하지 않습니다.

오답풀이
① 2문단을 통해 인공 지능을 '강 인공 지능'과 '약 인공 지능'의 두 가지 송류로 나눌 수 있음을 알 수 있습니다.
② 1문단에 따르면 인공 지능은 컴퓨터가 단순한 계산이나 제어를 넘어 인간처럼 인지, 판단, 추론할 수 있도록 만드는 기술입니다.
③ 인공 지능이 우리의 생활 속 다양한 분야에서 활용되고 있음을 마지막 문단을 통해 확인할 수 있습니다.
④ 인공 지능의 학습 방법에 머신 러닝과 딥 러닝이 있다는 것이 3문단의 내용입니다.

3 유튜브의 추천 영상은 나의 시청 기록 데이터의 패턴을 분석하여 영상을 추천하는 방식입니다. 이처럼 입력된 데이터의 패턴을 분석하여 규칙을 찾는 학습 방법은 머신 러닝입니다.

배경지식

인공 지능, 알파고(AlphaGo)
알파고는 구글에서 개발한 인공 지능 바둑 프로그램입니다. 불리한 조건 없이 바둑 프로 기사를 이긴 최초의 컴퓨터 바둑 프로그램이기도 한 알파고는, 2016년에 있었던 한국의 이세돌 9단과의 바둑 시합에서도 4:1로 승리했습니다. 이러한 알파고는 수많은 바둑 기보를 학습하고, 스스로 대국을 하여 바둑 경기에서 승률을 높일 수 있도록 학습했습니다.

생각글 2 인공 지능의 다양한 문제들

36~37쪽

인공 지능이 빠르게 발전하며 인공 지능과 관련된 다양한 논란이 일고 있습니다. 이러한 논란에는 저작권 문제, 딥 페이크 악용 문제, 사고 발생 시의 책임 문제 등이 있습니다. 전 세계는 인공 지능의 발전으로 인한 문제를 해결하기 위해 인공 지능의 개발과 사용에 관련된 여러 윤리적 논의를 하고 있습니다.

내용요약 기술
1 ③   2 (3)   3 ②   4 ③

1 2문단을 통해 미국의 한 디지털 미술 대회에서 인공 지능으로 그린 그림이 1등을 차지했다는 내용을 확인할 수 있습니다. 그러나 그 그림의 수상이 취소되었다는 것은 언급되지 않습니다.

2 밑줄 친 ⊙의 예시에 해당하기 위해서는 인공 지능과 관련된 문제여야 합니다. 하지만 (3)은 인공 지능과는 관련 없는 문제이기 때문에 적절하지 않습니다.

오답풀이
(1) 인공 지능을 활용하여 가짜 제작물을 만들어 내는 '딥 페이크' 기술과 관련된 내용입니다.
(2) 인공 지능과 관련한 저작권 문제에 해당합니다.

3 **보기**에서는 각종 스포츠 경기에서 인공 지능을 활용한 판정 기술이 사용되고 있음을 설명하고 있습니다. 2023년의 우리나라 고교 야구 대회를 통해 알 수 있듯이, 앞으로는 경기의 심판처럼 인공 지능이 대체하는 직업이 더 많아질 것임을 알 수 있습니다. 또한 인공 지능은 많은 데이터를 바탕으로 발전하는 기술이기 때문에, 인공 지능이 경기에서 바른 판단을 내리려면 경기 데이터를 많이 줘야 한다는 생각을 할 수 있습니다.

4 **보기**를 통해 공유 전동 킥보드라는 기술과, 그 기술을 활용하는 사람들이 많아지는 사회적인 변화를 기존의 제도와 가치관이 좇아가지 못하는 현상을 확인할 수 있습니다. 이러한 현상은 이 글의 1문단에서 설명한 '문화 지체 현상'에 해당합니다.

익힘학습 자란다 문해력

38~39쪽

1

인공 지능(AI)	인공 지능의 다양한 문제들
1 컴퓨터가 인간처럼 인지하고 판단하고 추론할 수 있도록 만드는 기술을 **인 공 지 능** 이라고 한다.	**1** 인공 지능이 만든 창작물에 대한 **저 작 권** 문제가 발생하고 있다.
2 인공 지능은 크게 강 인공 지능과 약 인공 지능으로 나뉜다.	**2** 딥 페이크 기술을 악용하는 사례가 발생하고 있다.
3 인공 지능의 학습 방법으로는 머신 러닝과 딥 러닝이 있다.	**3** 인공 지능으로 인한 사고 발생 시 책임이 누구에게 있는지 논란이 되고 있다.
4 현재 우리 생활 속 다양한 분야에서 인공 지능이 활용되고 있다.	**4** 전 세계에서 인공 지능 사용에 대한 윤리 원칙을 세워 가고 있다.

2 (1) ◯

이 글을 통해 인공 지능의 능력이 인류를 넘어서는 '특이점'이 오면 인공 지능이 비약적인 발전을 이루어 낼 것임을 알 수 있습니다. 따라서 인공 지능으로 인해 인류가 더 큰 발전을 할 수 있을 것이며, 이때 인공 지능과 인간의 공존을 위해 다양한 윤리 원칙을 마련할 필요가 있다는 생각이 적절하다고 할 수 있습니다.

3 (예시답안) 저작권, 딥 페이크 등의 문제를 방지하기 위해서는 우선 인공 지능을 사용하는 사람들의 의식 수준이 올라가야 할 것이다. 그러기 위해서 인공 지능을 제대로 사용할 수 있도록 도와주는 교육이 필요하다. 다음으로 인공 지능 윤리 원칙을 제정하는 것도 방법이 될 수 있다.

(채점 Tip)
1) 인공 지능과 관련된 문제들을 잘 이해하고 있는지 확인해 보아요.
2) 인공 지능을 잘 활용하기 위한 적절한 방법을 제시했는지 확인해 보아요.
3) 인공 지능의 활용과 관련된 예시를 들어 설명해도 좋아요.

4 (1) ㉠ (2) ㉢ (3) ㉡ (4) ㉣

5 (1) 분석 (2) 악용 (3) 인공 지능 (4) 저작권

6 (1) 제어 (2) 분석

생각글 1 '너무 예쁘다'는 표현

42~43쪽

한 나라의 사람들이 다 같이 사용하는 표준어는 시대에 따라 그 규정이 변화하기도 하고, 새로운 어휘가 생기기도 합니다. 이 글에서는 '너무 예쁘다'는 표현과, '자장면, 짜장면'의 경우, 그리고 '반려동물'이라는 단어를 활용하여 우리나라에서 표준어 규정이 변화한 사례를 설명하고 있습니다.

(내용요약) 규범

1 ④   2 ②   3 ㉠ (4) ㉡ (3)

1 '너무 예쁘다'는 표현이 옛날에는 표준어 규정에 어긋난 표현이었지만 2015년에 표준어 규정이 바뀌면서 이제는 규정에 맞는 표현입니다.

(오답풀이)
① 1문단에 한 나라의 사람들이 서로 다른 말을 쓰면 소통하는 데에 어려움이 생기기 때문에 나라마다 표준어를 정한다는 설명이 나옵니다.
② 이 글은 다양한 예시를 들어 표준어가 시대의 흐름에 따라 달라질 수 있음을 설명하고 있습니다.
③ '자장면, 짜장면'의 예시를 통해 사람들이 많이 쓰는 말이 달라지면 표준어도 변할 수 있음을 확인할 수 있습니다.
⑤ 3문단을 통해 '짜장면'이 표준어로 인정된 것은 2011년이라는 것을 알 수 있기 때문에 2010년에 '짜장면'은 사전에도 없고 표준어도 아니었음을 유추할 수 있습니다.

2 이 글은 '너무 예쁘다'는 표현과 '자장면, 짜장면'의 예, 그리고 '반려동물'이라는 말을 통해 시대에 따라 표준어가 변한다는 것을 설명하고 있습니다.

3 ㉠의 '짜장면'은 원래 표준어가 아닌 단어였지만, 사람들이 표준어인 '자장면'보다 더 많이 사용하자 '짜장면'과 '자장면' 모두가 표준어로 인정되었습니다. 따라서 '복숭아뼈'와 기존의 표준어였던 '복사뼈'가 둘 다 표준어로 인정받은 (4)의 사례와 유사합니다. ㉡은 인간과 함께 사는 동물에 대한 인식이 변화함에 따라 새로 생겨난 '반려동물'이라는 단어를 설명합니다. 따라서 아이를 엄마만 돌본다는 인식이 변화하면서 생겨난 '유아차' 사례인 (3)과 유사합니다.

언어의 역사성

44~45쪽

46~47쪽

모든 언어는 '내용'과 '형식'으로 이루어져 있습니다. 이러한 언어의 내용이나 형식이 시간에 따라 변화하는 것을 '언어의 역사성'이라고 합니다. 이때, 언어가 변화하는 경우로는 더 이상 쓰지 않는 말이 사라지거나 새로운 말이 생겨나는 것, 그리고 글자는 그대로지만 그 의미가 변화하는 것이 존재합니다.

내용요약 역사성

1 ②　**2** (2)　**3** ③　**4** ㉣

1 이 글의 중심 내용은 시간이 흐르면서 언어의 내용이나 형식이 변화한다는 것입니다. 이러한 변화에는 여러 가지 유형이 있는데, 글쓴이는 다양한 예시를 들어 각각의 경우를 이해하기 쉽게 설명하고 있습니다.

2 언어의 역사성이란 언어를 구성하는 내용이나 형식이 시간이 흐름에 따라 달라지는 것을 의미합니다. 따라서 사회가 변하면서 새로운 말이 생겨난 (2)가 '언어의 역사성'의 예로 적절하다고 할 수 있습니다.

오답풀이

(1) '손'이라는 의미를 전달하고 싶을 때, 이 내용을 '팔'이라는 형식으로 전달하면 서로 말이 통하기 어렵습니다. 이 예시는 이처럼 언어의 내용과 형식이 일치하지 않는 예시에 해당합니다.

(3) 자신을 낳아준 여자를 부를 때, 사용하는 언어에 따라 한국과 미국에서 서로 다르게 표현됩니다. 이 예시는 이처럼 같은 내용을 담고 있더라도 사용하는 언어에 따라 형식이 다를 수 있음을 나타냅니다.

3 이 글을 통해 언어가 시대에 따라 변화하며, 이 과정이 사회와 깊은 관련이 있음을 알 수 있습니다. 사회의 변화로 인해 '냉장고', '리모컨'과 같은 단어가 새롭게 생겨나는 것을 예시로 들었습니다.

4 **보기**는 '사랑하다'는 말의 의미가 축소된 것을 설명하고 있습니다. 따라서 과거에는 남성과 여성의 손윗사람을 모두 부르는 말이었지만 현재는 여성 손윗사람만 부르는 말인 '㉣언니'와 같은 변화라고 이해할 수 있습니다.

1

언어의 역사성
언어는 끊임없이 **변화**한다.

표준어의 변화	언어의 변화
'너무'와 '짜장면'은 사람들이 많이 사용해서 표준어가 되었다.	'가람'처럼 있던 말이 사라졌다.
	'이모티콘'처럼 새로운 말이 생겼다.
동물을 대하는 생각이 변하면서 '반려동물'이 표준어가 되었다.	'다리', '언니', '어리다'처럼 말의 의미가 변했다.

2 (1) ○

왼쪽 그림을 통해 과거에는 '어리다'는 말이 '어리석다'는 의미로 사용되었다는 것을 확인할 수 있습니다. 또한 오른쪽 그림을 통해 기술의 발전에 따라 '에어컨'이라는 말이 새롭게 생겨났음을 확인할 수 있습니다. 따라서 두 그림에서 공통적으로 설명하고 있는 것은 시대가 변하면서 언어가 새롭게 만들어지거나 의미가 달라지는 현상임을 알 수 있습니다.

3 **예시답안** 언어가 시대에 따라 변화하는 이유는 사람들이 사용하는 말과, 사회의 모습이 계속 변화하기 때문이라고 생각한다. 예를 들어 아주 옛날에는 비행기가 없었기 때문에 '비행기'라는 말도 존재하지 않았지만, 기술이 발전해 비행기가 발명된 이후에는 우리 사회에 '비행기'라는 말이 새롭게 생겨났다. 이처럼 언어는 끊임없이 변화할 것이다.

채점 Tip

1) 언어가 시대에 따라 변화하는 까닭을 잘 이해하고 있는지 확인해 보아요.

2) 주변에서 다양한 예시를 찾아 언어가 시대에 따라 변화하는 까닭을 설명해도 좋아요.

4 (1) ㉢ (2) ㉠ (3) ㉡ (4) ㉣

5 (1) 변화 (2) 내용 (3) 형식 (4) 표준어

6 규범

선거의 원칙은 무엇일까?

생각글 1 잘못 뽑은 반장

48~49쪽

주인공 '이로운'의 학급에서는 반장 선거의 개표가 진행되었습니다. 그런데 로운이 얻은 마지막 표에는 로운의 이름 옆에 '해로운'이라는 글씨가 써져 있었습니다. 선생님께서는 아이들에게 그 표를 무효로 해야 하지 않겠냐고 물어보셨지만 결국 마지막 표는 인정되었고, 로운은 한 표 차로 반장이 됩니다.

---

1 ②   2 ④   3 ④

---

1 선생님의 질문에 대광은 그 표에 로운의 이름이 정확히 쓰여 있으므로 무효로 해서는 안 된다고 대답합니다. 이러한 대광의 행동은 로운이 반장이 되었으면 하는 마음에서 우러난 것이라고 해석할 수 있습니다.

오답풀이
① 개표 과정에서 로운의 이름이 '이로운'이라는 것을 알 수 있습니다.
③ 개표 결과, 로운이 여덟 표를 얻어 반장이 되었고 백희는 일곱 표를 얻어 부반장이 되었습니다.
④ 선생님은 '해로운'이라고 적힌 표가 이상하다며, 아이들에게 이 표를 무효로 해야 하지 않겠냐고 물어보았습니다.
⑤ 로운이 얻은 마지막 표가 인정된 결과 로운은 백희를 한 표 앞서게 되었습니다. 그러므로 마지막 표를 인정하지 않았으면 로운과 백희의 표 수가 일곱 표로 같았을 것입니다.

2 로운은 자신이 반장이 되는 것을 꿈에도 생각하지 못했다고 표현했으므로 ㉠은 당선이 되어 놀라고 기쁜 마음이라고 할 수 있습니다.

3 ㉡에서 로운의 마지막 표가 인정되었고, 그 결과 로운이가 백희를 한 표 차이로 이겨 반장이 되었다는 것을 ㉢에서 확인할 수 있습니다. ㉡과 ㉢을 통해 선거는 한 표 차이로 결정이 될 수 있기에 신중하게 투표해야 한다는 점입니다.

작품읽기

잘못 뽑은 반장
글 이은재
주니어김영사

책 소개
　　이로운은 불만이 많은 학생입니다. 어느 날, 학교에서는 자신과 짝이 되기 싫어하는 여자 친구들 때문에 반장 선거에 나가게 되고 덜컥 당선이 됩니다. 막상 반장이 되고 보니 할 일이 너무 많았지만, 반장 일을 제대로 하고 싶은 욕심이 생깁니다. 이런 과정을 지나 이로운은 필요한 사람이 되는 것이 얼마나 기쁜 일인지 깨닫게 됩니다.

생각글 2 선거 과정과 원칙

50~51쪽

선거는 대의 민주제에서 국민이 자신들의 대리인을 직접 뽑는 과정을 말합니다. 이때 선거가 이루어지는 과정에는 일정한 순서가 있으며, 선거를 할 때 지켜야 할 네 가지 원칙도 있습니다. 우리에게 선거는 매우 중요한 권리이기 때문에 앞으로 선거가 있을 때에는 원칙을 잘 지키며 투표에 참여해야 합니다.

내용요약 선거, 원칙

1 ⑤   2 (2)   3 비밀 선거   4 ③

---

1 4문단을 통해 선거에서 지켜야 할 네 가지 원칙에 대해 알 수 있습니다. 이때, 한 사람이 한 표씩 투표할 수 있는 원칙은 평등 선거입니다.

오답풀이
① 선거에서 지켜야 할 네 가지 원칙 중 '직접 선거'에서는 투표할 때 본인이 직접 해야 함을 설명하고 있습니다.
② 이 글을 읽고 학생들도 학급 반장 선거 등을 통해 학교에서 선거를 경험한다는 것을 알 수 있습니다.
③ 글의 도입부에서 알 수 있듯이 우리나라 헌법에서는 민주주의를 보장하고 있습니다.
④ 5문단을 통해 알 수 있듯이 선거는 굉장히 중요한 권리이며, 민주주의의 꽃이라 할 만큼 중요한 일입니다.

2 ㉠의 '대의 민주제'는 국민들이 직접 뽑은 대리인들이 국민을 대신해서 의사 결정을 하는 방식입니다. 따라서 국민들이 4년마다 국회의원을 뽑고, 이들이 국민을 대신해 우리나라에 필요한 법을 만든다는 것이 ㉠의 사례로 알맞습니다.

3 **보기**의 이야기 속에 나오는 학급에서는 자리에 앉은 채 손을 들어서 더 많은 사람이 선택한 곳으로 체험 학습을 가기로 합니다. 이 방식의 문제점은 다른 사람이 어디에 투표했는지 모두가 알 수 있다는 것입니다. 따라서 '비밀 선거'의 원칙이 지켜지지 않았다고 할 수 있습니다.

4 ㉢의 '완료되다'는 완전히 끝마쳐졌다는 의미입니다. 하지만 '진행되다'는 일이 처리되어 나가게 된다는 뜻이므로 ㉢와 반대의 의미라고 할 수 있습니다.

자란다 문해력

52~53쪽

1

선거	선거의 네 가지 원칙
오늘날 민주주의는 '**대 의** 민주제'라서 국민이 직접 뽑은 대리인들이 국민을 대신해서 의사 결정을 한다. 따라서 국민이 자신의 뜻을 잘 반영하는 사람을 뽑아야 하는데 이 과정을 선거라고 한다.	·**보 통** 선거: 선거에 참여하는 자격에 관한 것. ·평등 선거: 누구나 한 표씩의 투표권만 주어지는 것. ·**직 접** 선거: 자신이 직접 투표해야 하는 것. ·비밀 선거: 누구에게 투표했는지 비밀이 보장되는 것.

잘못 뽑은 반장	다섯 표 이상만 받기를 원했던 '이로운'은 결국 백희를 한 표 차로 이기고 반장이 된다. 마지막 표에는 로운이 이름 옆에 '해로운'이 쓰여 있었지만 다행히 **무 효** 가 되지 않았다.

2 (4) ○

3 (예시답안) 선거는 우리의 뜻을 반영해서 의사 결정을 해 줄 사람을 뽑는 것이다. 그만큼 중요한 일이기에 선거의 네 가지 원칙은 지켜져야 한다. 만약 일부 사람만 투표를 하거나 다른 사람이 대신 투표를 해 주는 일이 생긴다면 선거를 통해 우리의 뜻을 반영하지 못할 것이고, 당선된 사람도 자기 마음대로 결정할 것이다. 그렇기 때문에 선거의 원칙은 꼭 지켜야 한다.

(채점 Tip)
1) 선거의 원칙을 잘 이해하고 있는지 확인해 보아요.
2) 우리가 선거의 원칙을 지켜야 하는 이유에는 어떤 것이 있는지 제시해 보아요.
3) 선거의 원칙과 관련된 적절한 예시가 있다면 제시해 보아요.

4 (1) 당선 (2) 선거 (3) 개표 (4) **투표**

5 (1) 원칙 (2) 당선

6 대의 민주제

생각글 1 비행기와 로켓의 비행 원리

54~55쪽

비행기가 하늘을 나는 데 가장 핵심적인 원리는 양력입니다. 그리고 우주선이 발사할 때 사용되는 로켓은 비행기보다 훨씬 많은 연료와 강한 엔진이 필요합니다. 로켓은 액체 산소를 활용해 연료에 불을 붙여 강한 힘으로 지구의 중력을 이기고 위로 날아갑니다.

(내용요약) 양력, 중력
1 ③   **2** 양력   **3** ④

1 4문단을 통해 비행기는 하늘을 날면서 공기 중의 산소를 언제든 공급받을 수 있지만, 우주에는 산소가 없기 때문에 로켓은 액체 산소를 사용한다는 것을 알 수 있습니다. 따라서 효율적인 비행을 위해 비행기가 액체 산소를 사용한다는 설명은 적절하지 않습니다.

(오답풀이)
② 2문단에서는 우리가 종이비행기를 날릴 때 양력이 작용한다고 설명합니다.
④ 3문단을 통해 알 수 있듯이, 우리나라도 2022년에 누리호 발사가 성공하며 독자적인 로켓 발사 기술을 보유한 나라가 되었습니다.
⑤ 4~5문단을 바탕으로 로켓이 날아갈 때 많은 양의 연료를 태우면서 강력한 힘을 낸다는 것을 알 수 있습니다.

2 2문단에서는 비행기의 날개를 활용해 '양력'을 설명하고 있습니다. 비행기의 날개에 바람이 불어오면 날개 위쪽으로는 공기가 빨리 지나가고 아래쪽으로는 느리게 지나갑니다. 그 결과 아래쪽의 공기가 날개를 위로 밀어 올리는데, 이때 발생하는 힘이 바로 '양력'입니다.

3 **보기**에서는 뉴턴의 '작용 반작용의 법칙'을 설명하고 있습니다. 이 법칙은 한쪽으로 작용하는 힘이 있으면 그와 같은 크기의 힘이 반대 방향으로 작용한다는 것입니다. 따라서 이 글과 **보기**를 통해 알 수 있는 내용으로 적절한 것은 로켓 엔진이 지구 방향으로 힘을 가하면, 로켓은 지구 반대 방향으로 힘을 받아 하늘로 날아간다는 것입니다.

로켓의 힘으로 우주로 나간 우주선은 지구 궤도를 따라 움직이면서 여러 임무를 수행하게 됩니다. 이러한 임무에는 지구 밖의 행성이나 천체를 조사하는 탐사 임무와, 우주 정거장에 사람이나 물건을 운반하는 임무 등이 있습니다. 임무를 모두 마친 우주선은 우주를 떠돌거나 지구로 복귀합니다.

내용요약 로켓

1 ③ **2** (2) **3** (3), (4), (2), (1) **4** (1) ○

1 4문단을 통해 우주선은 대부분 지구로 돌아오지 못하고 우주를 떠돈다는 것을 알 수 있습니다. 따라서 임무를 마친 우주선은 모두 지구로 돌아온다는 설명은 적절하지 않습니다.

오답풀이
① 1문단에서 현재까지는 무인 우주선이 더 많다는 설명을 찾아볼 수 있습니다.
② 2문단에서 알 수 있듯이, 우주에서는 아주 적은 힘으로도 움직일 수 있습니다.
④ 지구에서 화성에 가는 데만도 6개월 이상이 걸린다는 것을 1문단에서 확인할 수 있습니다. 따라서 지구와 화성을 왕복하면 1년 이상이 걸릴 것이라고 추측할 수 있습니다.
⑤ 3문단에 우주 정거장에서 사람이 오랜 시간 지낼 수 있다고 나옵니다.

2 ㉠은 외계인을 만날 상황에 대비하는 내용입니다. 이러한 상황과 가장 잘 어울리는 사자성어는 '준비가 되어 있으면 걱정이 없다'는 의미를 가진 '유비무환'입니다.

3 우주선에 로켓을 연결하고 발사 준비를 한 후, 로켓이 연료를 태우며 힘을 얻어 대기권 밖으로 나갑니다. 우주에 도착하면 연료를 다 쓴 로켓은 우주선과 분리되고, 우주선은 우주에서 임무를 시작합니다. 따라서 (3) - (4) - (2) - (1)이 순서로 알맞습니다.

4 **보기**에서는 로켓 재사용 기술과 관련된 내용을 설명하고 있습니다. 로켓 재사용이 가능해진다면 로켓을 만드는 비용과 시간을 줄일 수 있어 더 많은 우주 실험이 가능할 것이라 생각할 수 있습니다.

1

비행기와 로켓의 비행 원리	우주선의 탐사 임무
1 비행기를 날게 만드는 핵심적인 원리는 **양 력**이다.	**1** 연료를 모두 사용한 **로 켓**은 분리되어 지구로 추락하고 우주선만 우주로 날아간다.
2 로켓은 비행기보다 더 많은 연료와 엔진이 필요하다. 또한 우주에는 산소가 없기에 액체 산소를 사용한다.	**2** 우주선의 임무 중 하나는 지구 밖 **행 성**이나 천체를 조사하는 일이다.
3 풍선 속 공기가 빠져나오면서 풍선이 반대 방향으로 날아가는 것처럼, 로켓은 많은 연료와 엔진으로 지구의 **중 력**을 거스르고 위로 날아간다.	**3** 우주선의 또 다른 임무는 우주 정거장에 사람이나 물건을 운반하는 일이다.
	4 임무를 마친 우주선은 가까운 우주를 탐사하고 나서 연료가 남아 있으면 지구로 복귀하기도 하지만 대부분 지구로 돌아오지 못하고 우주를 떠돈다.

2 (2) ○

3 예시답안 비행기가 양력으로 하늘을 나는 것과 달리 우주선이 우주로 올라가기 위해서는 많은 연료와 강한 엔진이 필요하다. 그래서 지구 방향으로 강하게 힘이 작용하면 우주선은 반대 방향인 위로 올라간다. 이렇게 우주에 도착한 우주선은 중력의 영향을 받지 않기에 아주 적은 힘으로도 움직일 수 있다.

채점 Tip
1) 로켓의 비행 원리를 비행기와 비교할 수 있는지 확인해 보아요.
2) 우주선이 지구의 중력을 이기고 우주에 도착할 수 있는 이유를 잘 이해하고 있는지 확인해 보아요.
3) 우주 비행의 원리를 쉽게 설명할 수 있는 예시가 있다면 제시해 보아요.

4 (1) 수직 (2) 탐사 (3) 임무 (4) 방향

5 (1) 분리 (2) 복귀

6 (1) 임무 (2) 탐사

우주 쓰레기는 누가 치울까?

생각글 1 우주 개발의 꿈

60~61쪽

최근의 우주 개발 경쟁은 민간 기업 중심으로 더욱 치열해졌는데, 이러한 우주 개발 방식에는 여러 장단점이 존재합니다. 또한 우주 개발의 가속화로 인해 우주 쓰레기 증가와 우주 자원의 독점과 같은 문제도 발생하고 있습니다.

내용요약 민간, 쓰레기

1 ⑤   **2** ②   **3** ㉠ (1), (4) ㉡ (2), (3)

1 3문단을 통해 민간 주도 우주 개발은 과감하고 도전적인 시도가 가능하다는 것을 알 수 있습니다. 따라서 민간 주도 우주 개발이 기업의 이익을 위해 과감한 도전을 꺼린다는 설명은 적절하지 않습니다.

오답풀이
① 이 글을 읽고 일반인도 우주여행을 할 기회가 생겼음을 알 수 있습니다.
② 이 글에서는 우주 개발 분야에 여러 민간 기업들이 뛰어들고 있다는 것을 설명합니다.
③ 4문단을 통해 알 수 있듯이, 우주 개발 경쟁이 치열해지면서 우주 쓰레기가 증가하였습니다.
④ 3문단을 바탕으로 최근에는 우주 개발이 주체가 정부에서 민간 기업으로 변화하고 있다는 것을 알 수 있습니다.

2 4문단에서 알 수 있듯이, 우주 개발 경쟁이 가속화되면서 우주 쓰레기의 증가와 같은 문제가 발생하고 있습니다. 이러한 문제를 개선할 방법을 마련하는 것은 필요하지만, 우주 개발을 멈춰야 한다는 반응은 적절하지 않습니다.

3 (1)은 미국항공우주국의 프로젝트로 미국이라는 나라가 주도했습니다. 더불어 (4) 역시 러시아와 미국이 주도하여 개발한 방식입니다. (2)는 일반 승객을 대상으로 한 민간 주도이며, (3)은 이 글에 나오는 민간 주도 개발의 사례입니다. 그래서 (1)과 (4)는 ㉠, (2)와 (3)은 ㉡에 해당합니다.

생각글 2 우주 쓰레기의 위협

62~63쪽

우주 쓰레기란 우주에서 사용되다가 고장이 나거나 폐기된 인공위성, 우주선, 발사체 등의 잔해를 말합니다. 이러한 우주 쓰레기들은 지구로 떨어질 위험이 있으며, 다른 우주 물체와 충돌할 위험이 있습니다. 따라서 인류는 우주 쓰레기 문제의 심각성을 인지하고, 해결 방안을 연구해야 합니다.

내용요약 위협

1 ③   **2** ③   **3** (1) ○   **4** 우주 쓰레기

1 1문단에서는 미래를 배경으로 우주 쓰레기를 주워 돈을 버는 사람들의 이야기를 담은 영화 「승리호」를 언급하고 있습니다. 그러나 이 글에서는 실제로 우주 쓰레기로 돈을 벌 수 있는 일이 현실이 되었다고 말하지는 않았습니다. 따라서 이 글의 내용과 일치하지 않는 것은 ③입니다.

오답풀이
① 3문단을 통해 우주 쓰레기가 지구로 떨어진 사례를 알려줍니다.
② 우주 쓰레기의 추락 지점을 예측하기 어렵다는 것을 3문단에서 확인할 수 있습니다.
④ 2문단에서는 우주 쓰레기 증가의 원인을 우주 개발 경쟁이 치열해진 것에서 찾고 있습니다.
⑤ 4문단에서 크기가 작은 우주 쓰레기들은 매우 빠른 속도로 떠다니기 때문에 엄청난 파괴력을 가진다고 나옵니다.

2 이 글에 우주 쓰레기의 활용 방안에 대해서는 나오지 않기 때문에 질문에 답할 수 없습니다.

3 ㉠은 매우 위험한 상황입니다. 따라서 ㉠을 표현하는 데 알맞은 사자성어는 '몹시 위급한 상태'를 뜻하는 '일촉즉발'입니다.

4 레이저 빗자루와 우주에 자석을 보내서 수거하는 방법은 모두 우주 쓰레기 문제를 해결하기 위한 방법입니다.

고전을 읽는 이유는 무엇일까?

익힘학습 자란다 문해력

64~65쪽

1

우주 개발
우주 개발 경쟁의 흐름이 정부에서 민간 주도 우주 개발 방식으로 바뀌고 있다.

↓

우주 쓰레기
지구로 떨어질 위험이 있는데 떨어지는 지점도 예측하기 어렵고, 다른 우주 물체와 충돌할 위험도 있다.

해결 방안
인류는 우주 쓰레기 문제의 심각성을 인지하고 다양한 해결 방안을 연구해야 한다.

2 (2) ○

3 예시답안 최근 우주 개발 경쟁이 치열해지며 민간 기업도 우주선을 발사한다. 하지만 성공하지 못한 인공위성이나 기능을 다한 것들은 우주에 남아 쓰레기가 된다. 이것들은 지구에 떨어지기도 하며 우주에서 기능을 하고 있는 인공위성에 부딪치기도 한다. 이 문제에 대한 심각성을 인식하고 해결 방안을 찾을 수 있도록 전 세계가 노력해야 할 것이다.

채점 Tip
1) 우주 쓰레기의 의미를 잘 이해하고 있는지 확인해 보아요.
2) 최근 우주 쓰레기 문제가 대두된 이유를 잘 알고 있는지 확인해 보아요.
3) 우리가 우주 쓰레기 문제에 대해 가져야 할 자세에 대해 적어 보아요.

4 (1) 개발 (2) 잔해 (3) 주도 (4) 장악

5 (1) 충돌 (2) 잔해 (3) 경쟁 (4) 개발

6 경쟁

생각글 1 이솝 우화

66~67쪽

우화는 어떤 문화권에나 있으며, 가장 대표적인 예로 고대 그리스 시대의 『이솝 우화』를 꼽을 수 있습니다. 이러한 우화는 어린이에게 도덕과 윤리를 가르치는 데에 많이 활용되는데, 우화에는 인간이라면 누구나 마땅히 지켜야 할 도리에 대한 교훈이 담겨 있기 때문입니다.

내용요약 이솝 우화
1 ③　　**2** ③　　**3** (2), (4)

1 5문단에는 이러한 우화의 내용이 언뜻 보면 진부한 것 같지만, 그 속에 세월의 영향을 받지 않는 영원한 진리가 담겨 있다는 설명이 나와 있습니다. 따라서 우화는 진부해서 현대에 읽어도 소용이 없다는 것은 이 글의 내용과 일치하지 않습니다.

오답풀이
① 1문단에 우화는 인류와 함께 역사를 같이한다고 나옵니다.
②, ④ 5문단을 통해 대표적인 우화인 『이솝 우화』는 어린이뿐 아니라 어른에게도 적잖이 교훈을 준다는 것을 알 수 있습니다.
⑤ 4문단을 통해 우화는 어린이에게 도덕과 윤리를 가르치기 위해 초등학교 교과서에 자주 등장한다고 나옵니다.

2 우화는 등장인물의 모습을 통해 재미와 감동, 교훈을 모두 주는 이야기입니다. 그렇기 때문에 우화의 특징으로 어울리는 사자성어로는 감동도 주지만 약점을 찌를 수 있다는 뜻을 가진 '촌철살인'이 알맞습니다.

3 우화는 동물이나 식물을 주인공으로 하여 쓰인 이야기입니다. 따라서 동물들이 주인공으로 등장하는 '(2) 「토끼와 호랑이」'와 '(4) 「별주부전」'이 우화의 사례로 적절합니다.

2 고전에 담긴 지혜

68~69쪽

고전이란 수백 년이 지난 지금까지도 우리에게 지혜와 깨달음을 주는 책입니다. 우리가 이러한 고전을 읽어야 하는 이유는, 고전은 시공간을 뛰어넘는 인간 사회의 보편적 가치와 인간에 대한 깊고 넓은 통찰을 담고 있으며, 삶에 대한 고민과 질문을 던져 주기 때문입니다.

내용요약 고전

1 ② **2** (3), (4) **3** ⑤

1 이 글에서 고전은 시공간을 뛰어넘는 인간 사회의 보편적 가치를 담고 있음을 제시하고 있습니다. 따라서 우리가 동양 고전에서만 교훈을 얻을 수 있다는 설명은 적절하지 않습니다.

2 이 글의 1문단에 따르면, 고전이란 옛날에 쓰인 책임에도 불구하고 지금까지도 우리에게 지혜와 깨달음을 주는 것들을 의미합니다. 따라서 특정 시대나 문화에 국한되지 않고, 인류 보편의 가치를 담아 오랜 시간이 지나도 사랑받는 작품과, 현재까지도 여러 작품에서 재해석되고 있는 「로미오와 줄리엣」을 '고전'이라고 할 수 있습니다.

오답풀이

(1) 시대를 뛰어넘는 인간 사회의 보편적 가치를 담고 있어야 고전이라 할 수 있습니다.

(2) 마녀를 구별하는 법에 대한 내용을 담은 중세 시대의 책은 인류 보편의 경험에 대한 성찰이 담겨 있다고 볼 수 없습니다.

3 이 글의 3문단에 『논어』에는 사람으로서 가져야 할 기본적인 태도가 담겨 있다는 예시를 들고 있습니다. 이를 토대로 **보기**를 읽으면 우리가 가져야 할 삶의 태도에 대해 알 수 있습니다. 하지만 **보기**의 구절에는 우선순위가 나와 있지 않기 때문에 ⑤의 감상 내용은 적절하지 않습니다.

70~71쪽

1

고전을 읽는 이유

인간 사회의 보편적 가치가 담김.	인간에 대한 통찰이 담김.	삶에 대한 고민과 질문을 던져 줌.
당대의 문화를 담고 있어 역사적 가치가 있다. 또 시대를 뛰어넘은 처세법을 전해 주므로 현대적 의미도 있다.	『논어』에서는 사람의 기본적인 태도, 『소크라테스의 변명』에서는 참다운 용기, 『이솝 우화』에서는 교훈을 배울 수 있다.	"어떻게 살아야 하는가?"와 같은 예리한 질문 과 조언을 준다.

이솝 우화
누구나 지켜야 할 도덕과 윤리를 알려 주며 진부한 것 같지만 변하지 않는 진리 가 담겨 있다.

2 (1) ○

이 이야기에서는 곰의 말을 빌려 위기 상황에서 혼자 도망가는 사람은 친구가 아니라는 말을 전하고 있습니다. 그러므로 이 이야기를 통해 믿을 만한 친구는 위기를 함께 겪어 보아야 비로소 알 수 있다는 교훈을 얻을 수 있습니다.

3 **예시답안** 저번에 『이솝 우화』에 수록된 '여우와 신 포도'를 읽고 앞으로 내 앞에 어떤 어려움이 있어도 열심히 노력하여 목표를 달성해야겠다고 다짐했다. 이처럼 우리는 고전을 통해 삶의 지혜와 깨달음을 얻을 수 있기 때문에 고전을 읽어야 한다고 생각한다.

채점 Tip

1) 앞서 읽은 글에 제시된 고전을 읽는 이유들을 잘 이해했는지 확인해 보아요.

2) 고전을 읽어야 하는 이유를 적절하게 제시했는지 확인해 보아요.

3) 고전을 읽고 교훈을 얻은 자신의 경험을 활용하는 것도 좋아요.

4 (1) ㉠ (2) ㉢ (3) ㉣ (4) ㉡

5 (1) 조언 (2) 진리 (3) 내공 (4) 고민

6 우화

서희의 외교 담판

74~75쪽

거란의 침략을 받은 고려는 거란 측의 항복 요구를 받아들이려 했습니다. 하지만 당시 국제 정세와 거란에 대해 잘 알고 있던 서희는 항복에 반대하고, 적진에 사신으로 가 소손녕과의 외교 담판에 나섰습니다. 거란이 만족할 만한 대안을 제시한 서희 덕에 고려는 거란의 침입을 막고, 강동 6주를 획득했습니다.

> **내용요약** 담판
> **1** ④   **2** 강동 6주   **3** (3) ○

1 이 글에서 알 수 있듯이, 소손녕은 서희에게 절을 하라고 요구했습니다. 하지만 서희는 소손녕에게 서로 대등한 위치에서 협상할 것을 주장하며 뜻을 굽히지 않았고, 소손녕이 서희의 요구를 받아들였습니다. 따라서 서희가 소손녕에게 절을 했다는 설명은 적절하지 않습니다.

> **오답풀이**
> ① 글의 초반부에 따르면, 서희는 송나라에 사신으로 간 적이 있어서 당시 국제 정세와 거란에 대해 잘 알고 있는 사람이었습니다.
> ② 서희는 고구려의 옛 땅이 거란의 것이라는 소손녕의 말에 대해 고려가 고구려를 계승했다고 주장했습니다.
> ③ 고려가 거란에 항복할 위기에 처하자, 서희는 항복에 반대하며 적진에 사신으로 갔습니다.
> ⑤ 서희는 고려와 거란이 교류하지 못하는 이유는 여진이 길을 막고 있기 때문이라며, 여진을 몰아내고 고려의 옛 땅을 되찾게 된다면 거란과 교류할 수 있을 것이라고 말했습니다.

2 서희는 여진을 몰아내고 고려의 옛 땅을 되찾게 된다면 거란과의 교류가 가능해진다는 대안을 제시했습니다. 이러한 외교 담판을 통해 고려가 차지한 곳이 바로 '강동 6주'입니다.

3 ㉠에서 서희는 거란이 원하는 바를 파악하고, 이에 관한 대안을 적절히 제시하고 있습니다. **보기**의 엄마는 아이에게 생일 선물로 게임기를 사 주면 오랜 시간 게임에 빠져 있을까 봐 걱정하고 있으므로, 게임 시간과 관련된 대안을 제시하여야 합니다. 따라서 아이가 엄마에게 '하루 한 시간만 게임을 한다는 약속'이 알맞습니다.

설득의 방법

76~77쪽

인간의 심리를 바탕으로 상대를 효과적으로 설득하는 여러 방법이 있습니다. 우선 상대방에게 관심을 가져야 하며, '거절 후 양보의 법칙'이나 '사회적 증거의 법칙'을 활용하는 것도 효과적입니다. 간절한 마음과 진심을 바탕으로 이러한 설득의 방법을 잘 활용한다면 얻고자 하는 것을 보다 쉽게 얻을 수 있을 것입니다.

> **내용요약** 관심, 증거
> **1** ④   **2** ⑤   **3** (1) ㉠ (2) ㉢ (3) ㉡   **4** (1)

1 5문단을 통해 알 수 있듯이, 설득의 방법이 모든 상황에서 통하는 것은 아닙니다. 따라서 설득의 방법을 알면 모든 상황에서 무조건 설득에 성공할 수 있다는 설명은 이 글에서 알 수 있는 사실로 적절하지 않습니다.

2 이 글에서는 인간의 여러 가지 심리를 바탕으로 상대방을 효과적으로 설득하는 방법 세 가지를 소개하고 있습니다. 따라서 이 글의 중심 내용은 '설득에 유용한 방법'임을 알 수 있습니다.

3 ㉠은 적을 알고 나를 알면 싸울 때마다 이긴다는 뜻으로, 상대방에 대한 관심과 어울립니다. ㉡은 남이 했던 방식으로 하면 중간 정도는 할 수 있다는 말로, 사회적 증거의 법칙과 어울립니다. ㉢은 두 걸음 더 나아가기 위해 한 걸음 물러선다는 뜻으로, 거절 후 양보의 법칙과 어울립니다.

4 다른 사람에 대한 관심이나 거절 후 양보, 사회적 증거의 법칙 등을 활용한 설득의 방법을 찾아봅니다. 무조건 떼를 쓰는 것은 설득의 방법을 알맞게 사용하지 못한 것입니다.

> **오답풀이**
> (2) '사회적 증거의 법칙'을 잘 활용한 설득의 말입니다.
> (3) 상대방에 대해 관심을 갖고 공약을 제시한 설득 방법입니다.

익힘학습 자란다 문해력

78~79쪽

1

서희의 외교 담판	설득의 방법
1 거란은 군사를 이끌고 고려를 침략하여 항복을 요구하였다.	**1** 우리는 살면서 다른 사람을 설득할 때가 있는데, 잘 설득하는 방법이 있다.
2 서희는 성종 임금에게 거란과의 협상을 제안하였다.	**2** 1설득의 방법은 상대방에 대한 관 심 이다.
3 서희와 만난 소손녕이 신하의 예를 요구하였으나 서희는 거절하였다.	**3** 2설득의 방법은 '거절 후 양보의 법칙'이다.
4 서희는 외교 담판에서 거란이 만족할 만한 대안을 제시했다.	**4** 3설득의 방법은 '사회적 증거의 법칙'이다.
5 서희는 외교 담판으로 강 동 6 주 를 획득하였다.	**5** 설득의 방법보다 중요한 것은 간절한 마음과 진심이다.

2 (3) ○

3 예시답안 다른 사람을 잘 설득하는 방법에는 상대방에게 관심을 가지는 것, '거절 후 양보의 법칙'이나 '사회적 증거의 법칙'을 활용하는 것이 있다. 이러한 방법들을 활용해 원하는 것들을 보다 쉽게 얻을 수 있다는 장점이 있다. 다음 학기 학급 반장 선거에서는 이러한 방법들을 잘 활용해 친구들에게 나를 뽑아 달라고 이야기할 것이다.

채점 Tip
1) 다른 사람을 잘 설득하는 방법에 대해 잘 이해하고 있는지 확인해 보아요.
2) 설득하는 방법을 활용했을 때 얻을 수 있는 장점을 제시해도 좋아요.
3) 설득의 방법과 관련된 자신의 경험이나 앞으로의 계획이 있다면 적어 보아요.

4 (1) 담판 (2) 방법 (3) 관심 (4) 설득

5 (1) 거절 (2) 검증

6 (1) 거절 (2) 방법

생각글 **1** 공정 무역

80~81쪽

공정 무역은 개발 도상국 생산자에게 정당한 대가를 지불하는 무역 형태입니다. 이러한 공정 무역은 아동 노동을 배제하고 친환경 생산을 원칙으로 하는데, 개발 도상국의 생산자와 어린이, 그리고 소비자 모두가 이익을 볼 수 있는 무역 형태이므로 '착한 소비'라 불리기도 합니다.

내용요약 공정 무역
1 ④   **2** ③   **3** ④   **4** (2) ○

1 공정 무역은 아동 노동을 금지하여 어린이의 인권을 보호합니다. 따라서 공정 무역이 아동 노동자에게 더 많은 대가를 지불한다는 설명은 적절하지 않습니다.

2 이 글에서는 바나나, 초콜릿, 축구공을 예시로 공정 무역을 설명하고 있습니다. 따라서 다양한 예시를 통해 주제에 대한 이해를 돕는다는 것이 이 글의 특징으로 알맞습니다.

3 공정 무역이 기업의 자유로운 무역을 방해한다는 점은 공정 무역의 장점에 해당하지 않으며, 이 글에서 찾아볼 수 없습니다. 따라서 이 설명은 적절하지 않습니다.

오답풀이
① 공정 무역은 아동 노동을 금지하기에 어린이의 인권을 지킨다는 의미가 있습니다.
② 공정 무역은 개발 도상국의 생산자와 어린이, 그리고 소비자 모두가 이익을 볼 수 있는 제도입니다.
③ 공정 무역은 경제적 약자가 경제적으로 자립할 기회를 제공하며, 아동 인권을 보호하고, 친환경 생산을 원칙으로 합니다. 따라서 공정 무역과 같은 제도가 더 많아지면 지구촌이 함께 발전할 수 있을 것이라 추측할 수 있습니다.
⑤ 공정 무역은 친환경 생산이 원칙으로 환경에 도움이 됩니다.

4 공정 무역의 한계로 개발 도상국 사람들은 자신들에게 도움이 되는 공정 무역 상품만 생산할 가능성이 있습니다. 그리고 소비자가 더 비싼 돈을 주고 공정 무역 상품을 사더라도 이익이 생산자에게 돌아가는지 확인하기 어려운 측면이 있습니다. 공정 무역은 개발 도상국을 위한 것이지만 일반적인 무역을 할 때 개발 도상국이 선진국보다 무조건 유리하다고 볼 수 없습니다.

생각글 **2** 윤리적 소비

82~83쪽

윤리적 소비란 자신의 소비가 환경이나 사회에 미칠 영향을 고려하여 소비하는 것입니다. 윤리적 소비에는 친환경 소비, 공정 무역, 로컬 소비 등이 포함됩니다. 이러한 윤리적 소비가 증가한 이유는 자신의 소비 행위가 사회에 영향을 줄 수 있다고 생각하는 사람들이 많아졌기 때문입니다.

> **내용요약** 착한 소비
> **1** ⑤   **2** (3)   **3** (2)

1 1문단에서 알 수 있듯이, 윤리적 소비는 비용을 더 지불하는 것으로 나옵니다. 따라서 윤리적 소비를 하면 비용이 적게 들기에 적극적으로 실천하는 사람이 많다는 설명은 적절하지 않습니다.

2 윤리적 소비는 사회적 영향을 생각하며 소비하는 것입니다. 따라서 자신의 현재의 행복을 중시하는 소비는 이에 해당하지 않습니다.

3 자신이 사는 지역 제품을 이용하는 것이 로컬 소비입니다. 로컬 소비를 할 경우 지역 경제가 살아날 수 있으며, 제품이 배송되는 거리도 짧기에 연료 절약과 더불어 환경에도 긍정적인 영향을 줍니다. 따라서 (2)가 로컬 소비가 윤리적인 소비인 이유로 알맞습니다

> **오답풀이**
> (1) 최소의 비용으로 물건을 사는 것은 합리적인 소비입니다. 그리고 살고 있는 지역에서 나온 제품이 가장 저렴하다는 내용은 알 수 없습니다.
> (3) 수익금의 일부를 기부하는 기업의 제품을 사는 것은 윤리적 소비에 해당합니다. 다만 모든 로컬 소비가 수익금의 일부를 기부한다는 내용은 알 수 없습니다.

> **배경지식**
> **합리적 소비**
> 합리적 소비란 물건의 품질과 가격 등을 고려해 가장 적은 비용으로 큰 만족감을 얻을 수 있도록 선택하는 것을 말합니다. 우리가 쓰는 돈은 한정되어 있으므로 미리 계획을 세워서 합리적으로 소비하는 것이 중요하며, 이때 자신에게 필요한 물건인지 판단하고 우선순위를 정해 소비하는 등의 방법을 활용할 수 있습니다. 하지만 이러한 합리적 소비에는 개인의 이익만을 추구한다는 한계 또한 존재합니다.

 익힘학습 **자란다** 문해력

84~85쪽

1

착한 소비 = 윤리적 소비	윤리적 소비 예시
자신의 소비가 환경이나 사회에 미칠 **영향** 을 고려하여 소비하는 행위를 말한다.	친환경 소비, 공정 무역, 로컬 소비 등이 있다. 또한 선한 사회적 영향력을 고려한 소비도 포함한다.

공정 무역	공정 무역 예시
개발 도상국의 **생산자** 에게 정당한 노동 대가를 지불하는 무역이다.	**아동** 노동 없이 생산한 착한 초콜릿과 파키스탄에서 만든 공정 무역 축구공 등이 있다.

2 (2) ○
착한 소비는 사회에 미치는 영향을 고려한 것입니다. 다른 사람의 만족을 먼저 생각하는 것은 해당되지 않습니다.

3 **예시답안** 착한 소비를 실천하는 방법은 다양하다. 우선 환경 보호를 위해 친환경으로 생산된 제품을 사용하는 것이다. 또한 제품을 생산하는 사람에게 정당한 대가를 지불한 기업의 물건을 사는 것이다. 물론 착한 소비를 위해서는 더 비싼 돈을 내고 사는 경우가 많다. 하지만 나의 소비가 사회에 줄 수 있는 긍정적인 영향을 생각하는 것이 필요하다.

> **채점 Tip**
> 1) 착한 소비의 의미를 잘 이해하고 있는지 확인해 보아요.
> 2) 착한 소비를 실천하는 방법에 어떤 것들이 있는지 제시해 보아요.
> 3) 우리가 착한 소비를 실천해야 하는 이유에 대해 적어 보아요.

4 (1) 영향 (2) 유기 (3) 지불 (4) 비용

5 (1) 유기 (2) 유통

6 의향

패스트 패션

86~87쪽

'패스트 패션'은 생산에서 유통까지 걸리는 시간을 크게 줄여, 최신 유행하는 옷을 빠르게 제작하여 값싸게 판매하는 방식입니다. 이러한 패스트 패션은 많은 양의 옷을 만들 때 환경에 부정적 영향을 미치기도 하고, 옷의 가격을 낮추기 위해 가난한 국가의 노동력을 착취하는 등 여러 부작용이 존재합니다.

내용요약 패스트 패션

1 ⑤   **2** ③   **3** (2)

1 이 글을 통해 패스트 패션이 환경에 부정적인 영향을 미치고 있으며, 가난한 국가의 노동력을 착취한다는 것을 알 수 있습니다. 또한 마지막 문단에는 패스트 패션이 사회에 미치는 영향을 생각하여 현명하게 소비하는 자세가 필요하다는 서술이 나옵니다.

2 ㉠은 패스트 패션에 대한 부작용이 많음을 언급하는 의미로 바꾸어 쓸 수 있습니다. 따라서 '무시하는 사람들이 있다.'는 문장은 정반대의 의미이기 때문에 바꾸어 쓸 수 없습니다.

3 **보기**의 A사에서는 친환경 옷감을 활용해 의류를 생산하는 방식을 시도했으며, B사에서는 버려지는 옷을 수거하는 캠페인을 하고 있습니다. 이는 모두 패스트 패션이 환경에 미치는 부정적인 영향을 극복하기 위한 노력이라고 할 수 있습니다.

오답풀이

(1) 패스트 패션 산업은 옷의 가격을 낮추기 위해 가난한 국가의 노동력을 착취합니다. 이러한 문제점이 있는 것은 사실이지만, **보기**에 나타난 노력과는 관련이 없습니다.

배경지식

슬로 패션(Slow Fasion)

슬로 패션은 패스트 패션의 반대 개념으로, 친환경적인 방식의 의류 생산과 소비를 추구하며 빠르게 변화하는 유행에 반대합니다. 친환경적인 생산 과정에서는 환경과 노동자의 권리, 동물 권리를 모두 고려합니다. 소비자들은 이러한 슬로 패션을 실천하기 위해 좋은 소재의 옷을 오래 입고, 수선과 리폼을 통해 옷의 수명을 연장할 수 있습니다.

다국적 기업

88~89쪽

'동인도 회사'처럼 두 개 이상의 나라에서 경영 활동을 하는 기업을 '다국적 기업'이라고 합니다. 이러한 다국적 기업은 경제적으로 긍정적인 역할을 하지만 진출한 나라의 상황보다는 기업의 이익을 위주로 생각합니다. 그래서 해당 지역 사람들이 피해를 입지 않도록 사회적 안전망을 만들 필요가 있습니다.

내용요약 다국적 기업

1 ②   **2** ③   **3** (3), (4)   **4** ③

1 4문단에서 다국적 기업이 진출한 나라의 상황보다 기업 자신의 이익을 우선시한다고 하였습니다. 따라서 다국적 기업이 개발 도상국의 환경 문제 해결에 관심이 많다는 설명은 이 글의 내용과 일치하지 않습니다.

오답풀이

① 최초의 다국적 기업은 17세기 초의 '동인도 회사'로 알려져 있다는 사실을 2문단에서 확인할 수 있습니다.

③ 다국적 기업은 서로 다른 나라의 자원과 기술을 교류할 수 있다고 3문단에 나옵니다.

④ 개발 도상국 사람들은 다국적 기업에서 일하면서 돈을 벌 수 있기에 경제적 안정과 발전에 도움이 됩니다.

⑤ 다국적 기업이 진출한 개발 도상국은 선진국의 생산 기술이나 경영 방법 등을 배울 수 있습니다.

2 이 글의 5문단에서는 오늘날의 다국적 기업의 규모가 점차 커진다고 나옵니다. 하지만 다국적 기업의 규모가 커진 정도는 이 글을 통해 알 수 없습니다.

3 다국적 기업이 의사 결정을 할 때 현지인이 참여하면 기업이 진출해 있는 나라의 입장을 말할 수 있습니다. 또한 환경을 오염시켰을 경우 그 나라에 벌금을 내는 것도 하나의 안전망이 될 수 있습니다.

4 이 글을 통해 다국적 기업은 긍정적인 측면은 물론, 여러 문제점을 가지고 있음을 알 수 있습니다. 따라서 다국적 기업의 부정적인 영향을 고려해야 하기 때문에 무조건 확대해야 한다는 생각은 적절하지 않습니다.

자란다 문해력

90~91쪽

1

패스트 패션	
1	패스트 패션은 최신 유 행 하는 옷을 빠르게 제작하여 값싸게 판매하는 의류 사업 방식이다.
2	소비자는 패스트 패션을 통해 유행에 맞는 옷을 빠르고 편리하며 싸게 구매할 수 있다.
3	패스트 패션은 많은 옷이 생산되고 버려지는 과정에서 환경을 오염시키는 부작용이 있다.
4	패스트 패션은 가난한 국가의 노동력을 착취하는 부작용이 있다.
5	패스트 패션이 사회에 끼치는 영향을 고려한 현명한 소비가 필요하다.

다국적 기업	
1	두 개 이상의 나라에서 경영 활동을 하는 기업을 다국적 기업이라 한다.
2	17세기 초 동인도 회사가 최초의 다국적 기업이다.
3	다국적 기업은 개발 도상국의 경제에 긍정적인 영향을 준다.
4	다국적 기업이 환 경 과 노동자에게 미치는 문제점도 있다.
5	다국적 기업의 활동을 지원하되, 어려운 나라 사람들을 위한 안전망이 필요하다.

2 (2) ○

왼쪽 그림에서는 염색약을 무단으로 바다에 버리는 모습을, 그리고 오른쪽 그림에서는 수많은 옷을 불에 태우는 모습을 보여 주고 있습니다. 이 두 그림에서 공통적으로 설명하고 있는 현상은 패스트 패션 산업이 환경을 오염시키는 모습입니다.

3 (예시답안) 사람들이 옷을 너무 자주 사고 버린다면 새로운 옷을 만들고, 수많은 옷이 버려지는 과정에서 환경 오염이 발생할 것이다. 나도 친구들이 입은 유행하는 옷을 보고 꼭 필요하지 않은 옷을 샀던 경험이 있다. 앞으로는 나에게 꼭 필요한 옷만 사고 그 옷들을 오랫동안 입어야겠다고 생각했다.

(채점 Tip)
1) 옷을 너무 자주 사고 버리는 것에 대한 생각을 적절히 제시했는지 확인해 보아요.
2) 패스트 패션 개념을 알고 장점과 단점을 활용해도 좋아요.
3) 스스로의 경험이나 다짐을 연관 지어 설명하는 것도 좋아요.

4 (1) ㄹ (2) ㄱ (3) ㄷ (4) ㄴ

5 (1) 이익 (2) 이면 (3) 단축 (4) 진출

6 (1) 단축되었다 (2) 진출했다

 단군 신화

92~93쪽

우리 땅에 최초로 고조선이라는 나라를 세운 '단군왕검'은 하늘에서 내려온 환웅과 곰에서 인간이 된 웅녀 사이에서 태어났습니다. 그리고 단군왕검이 종교와 정치를 모두 다스렸음을 알 수 있으며, 우리 민족이 특별한 존재라고 생각했던 자부심을 엿볼 수 있습니다.

(내용요약) 단군왕검, 고조선

1 ③   **2** ②   **3** (2)

1 이 글의 3문단을 통해 인간의 되고 싶은 곰과 호랑이가 환웅을 찾아와 간절히 부탁했다는 것을 알 수 있습니다.

(오답풀이)
① 환웅과 웅녀의 아들인 단군왕검이 최초의 나라 고조선을 세웠습니다.
② 단군왕검은 제사장을 뜻하는 '단군'과 나라를 다스리는 지배자를 뜻하는 '왕검'을 합친 것으로, 단군왕검이 종교와 정치를 모두 다스렸음을 알 수 있습니다.
④ 동굴 속에서 마늘과 쑥만 먹으며 인간이 된 것은 곰입니다.
⑤ 2문단을 통해 땅으로 내려가 널리 인간을 이롭게 하고 싶었던 환웅이 아버지 환인의 허락을 받아 인간 세상으로 내려왔다는 설명을 확인할 수 있습니다.

2 ○의 '다스리다'는 환인이 하늘의 일을 보살피고, 그 구성원을 이끌어 나가는 존재였음을 의미합니다. 따라서 다른 사람에게 어떤 일을 담당하게 하는 의미인 '맡기다'는 말로 바꾸어 쓰는 것은 적절하지 않습니다.

3 호랑이는 참지 못하고 동굴을 뛰쳐나가고, 곰은 참아서 사람이 된다는 이야기를 통해, 고조선이 곰을 숭상하는 부족과의 결합으로 건국되었음을 알 수 있습니다. 곰이 마늘과 쑥을 좋아하고, 호랑이가 마늘과 쑥을 못 먹는다는 것은 사실과도 다르며 적절하지 않습니다.

2 우리나라의 시작, 고조선

청동기 문화를 기반으로 세워진 고조선은 여러 부족이 통합되는 과정을 거쳐 국가로 탄생했습니다. 고조선에는 '8조법'이 있었는데, 지금까지 전해 내려오는 3개의 조항을 통해 고조선의 다양한 생활 모습을 확인할 수 있습니다. 이러한 고조선은 주변 부족과, 여러 나라의 건국과 성장에 큰 영향을 끼쳤습니다.

내용요약 고조선
1 (4)   **2** (3)   **3** ⑤   **4** 8조법

1 마지막 문단을 통해 고조선은 멸망 이후에도 여러 나라의 건국과 성장에 영향을 끼쳤다는 사실을 알 수 있습니다.

오답풀이
(1) 1문단을 통해 고조선이 우리 역사상 최초의 나라라는 것을 확인할 수 있습니다.
(2) 고조선의 '8조법'에 대한 설명을 통해 고조선은 아주 오래된 국가이지만 법을 가지고 있었음을 알 수 있습니다.
(3) '8조법'에는 살인을 금지하는 조항이 있으며, 이를 통해 고조선 사람들이 생명을 중시했다는 것을 알 수 있다는 설명이 있습니다.

2 **보기**를 통해 본래 단군왕검이 세운 나라의 이름은 '조선'임을 알 수 있습니다. 이후 '고조선'이라는 이름을 사용함으로써 위만의 조선, 그리고 태조 이성계가 세운 조선과 구별할 수 있다고 하였습니다.

3 고조선의 '8조법' 중 현재는 3개의 조항만 전해집니다. 나머지 5개의 조항은 지금으로서는 알 수 없는 내용이므로 고조선에 대한 조사 주제를 바르게 설정하지 못했다고 할 수 있습니다.

4 **보기**에서는 현재 3개의 조항만이 전해지고 있는 고조선의 법에 대해 설명하고 있습니다. 즉, 이 글의 3문단부터 등장하는 고조선의 '8조법'에 대한 설명이라는 것을 알 수 있습니다.

1

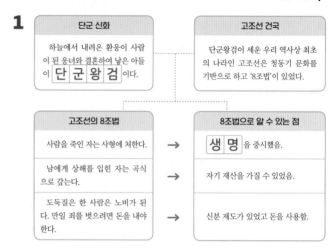

단군 신화	고조선 건국
하늘에서 내려온 환웅이 사람이 된 웅녀와 결혼하여 낳은 아들이 **단 군 왕 검** 이다.	단군왕검이 세운 우리 역사상 최초의 나라인 고조선은 청동기 문화를 기반으로 하고 '8조법'이 있었다.

고조선의 8조법	8조법으로 알 수 있는 점
사람을 죽인 자는 사형에 처한다. →	**생 명** 을 중시했음.
남에게 상해를 입힌 자는 곡식으로 갚는다. →	자기 재산을 가질 수 있었음.
도둑질을 한 사람은 노비가 된다. 만일 죄를 벗으려면 돈을 내야 한다. →	신분 제도가 있었고 돈을 사용함.

2 (1) ○, (2) ○
단군왕검이 우리나라 역사상 최초의 국가인 고조선을 건국했다는 이야기가 단군 신화로 전해집니다. 고조선은 청동기 문화를 기반으로 세워졌으며, 오래전 국가임에도 사람들이 지켜야 할 '8조법'이 존재했습니다.

3 **예시답안** 단군 신화는 고조선의 건국과 관련된 내용을 다루고 있으며, 이를 통해 우리나라 역사의 탄생을 알리고 있다. 이러한 단군 신화는 우리 후손들이 우리나라의 뿌리에 대해 자세히 공부할 수 있는 자료이기 때문에 중요한 가치가 있다고 생각한다. 또한 우리 민족이 긴 역사를 가지고 있다는 측면에서 자부심도 느낄 수 있다.

채점 Tip
1) 단군 신화에 담긴 내용을 잘 이해하고 있는지 확인해 보아요.
2) 단군 신화가 우리나라 역사의 탄생을 알린다는 것이 어떤 점에서 중요한지 적어도 좋아요.
3) 단군 신화가 현재의 사람들에게 어떤 점에서 도움이 되는지 생각해 보세요.

4 (1) ㉠ (2) ㉢ (3) ㉣ (4) ㉡

5 (1) 신화 (2) 역사 (3) 통합 (4) 조항

6 (1) 통합해서 (2) 건국하고

독점은 왜 막아야 할까?

생각글 1 허생전

98~99쪽

가난하고 글 읽기를 좋아하는 선비 허생은 돈을 벌어 오라는 아내의 말에 부자 변씨를 찾아갔습니다. 변씨는 허생의 당당함을 보고 만 냥을 흔쾌히 빌려주었으며, 안성에 내려간 허생은 그 돈으로 과일을 매점매석하여 큰돈을 법니다. 이후 제주도로 건너간 허생은 같은 방법으로 또다시 큰돈을 벌게 됩니다.

> **1** ③ **2** (3) ○ **3** ⑤ **4** 매점매석

1 이 글에서 알 수 있듯이, 변씨에게 빌린 만 냥을 가지고 안성에 내려간 허생은 시장에서 온갖 과일을 몽땅 사들입니다. 이때 파는 사람이 부르는 값대로 사들였으며, 그래도 팔지 않는 사람에게는 두 배의 값을 주고 사들였다는 설명이 나옵니다. 따라서 허생이 과일을 싼값에 사기 위해 안성 시장을 돌아다녔다는 설명은 적절하지 않습니다.

> **오답풀이**
> ① 이 글의 초반부를 통해 허생이 가난했지만 글 읽기를 좋아했다는 것을 알 수 있습니다.
> ② 변씨가 허생의 당당함을 보고 흔쾌히 큰돈을 빌려주었다는 설명을 확인할 수 있습니다.
> ④ 제주도로 건너간 허생이 말총을 몽땅 사들여서 갓과 망건을 만들기가 어려워졌다는 것을 확인할 수 있습니다.
> ⑤ 허생은 과일을 매점매석하여 큰돈을 번 뒤, 조선의 경제가 형편없다는 사실에 탄식합니다.

2 허생이 과일을 모두 사들이자 잔치를 벌이고 제사를 지내기 위해 과일을 사야 했던 사람들은 다른 곳에서 과일을 구할 수가 없었습니다. 그래서 사람들은 허생에게 과일을 구매해야 했습니다.

3 **보기**를 통해 박지원이 조선 시대를 풍자하고 비판하는 내용을 담은 소설을 썼다는 것을 알 수 있습니다. 허생의 매점매석으로 나라의 경제가 흔들리는 모습을 담은 「허생전」을 쓴 이유는 조선의 형편없는 경제를 비판하기 위해서였음을 추측할 수 있습니다.

4 ⊙은 소수의 기업이 시장을 장악하는 독과점을 가리킵니다. 이러한 독과점은 물건값이 오를 것을 예상하여 많은 양을 몰아서 사두는 '매점매석'과 비슷한 의미입니다.

생각글 2 독점이 주는 피해

100~101쪽

시장에서 상품을 공급하는 기업이 단 하나일 경우를 '독점'이라고 합니다. 우리나라는 일반 소비자들이 피해를 입지 않도록 특별한 이유를 제외하고는 독점을 하지 못하도록 규제하고 있습니다. 이러한 독점의 문제점으로는 가격이 끝도 없이 오를 수 있으며, 품질 관리가 제대로 되지 않을 수 있다는 점이 있습니다.

> **내용요약** 독점
> **1** ② **2** (3) **3** ②

1 3문단을 통해 독점이 품질 관리의 문제를 발생시킬 수 있다는 것을 알 수 있습니다. 따라서 독점으로 얻은 이익이 품질 관리에 사용된다는 설명은 적절하지 않습니다.

2 ⊙ 독점 시장에서는 소비자가 어쩔 수 없이 비싼 값에 물건을 사야 한다는 것이므로, 싫은 일도 마지못해 한다는 의미를 가진 '울며 겨자 먹기'가 들어가는 것이 적절합니다.
　ⓒ 소비자는 가격이 같으면 더 좋은 물건을 사려고 한다는 것이므로, 값이 같은 경우 품질이 더 좋은 것을 택한다는 뜻의 '같은 값이면 다홍치마'가 들어가는 것이 적절합니다.

> **오답풀이**
> (1) '수박 겉핥기'는 사물의 속 내용은 모르고 겉만 건드린다는 의미이며, '꿩 대신 닭'은 쓰려는 것이 없을 때 그와 비슷한 것을 대신 쓴다는 의미입니다.
> (2) '우물 안 개구리'는 아는 것이 없어서 세상 형편을 잘 모르는 사람을 뜻하며, '가재는 게 편'은 서로 잘 어울리거나 형편이 비슷한 사람끼리 감싸 주기 쉽다는 의미입니다.
> (4) '고양이 목에 방울 달기'는 이러지도 저러지도 못하는 난감한 상황을 뜻하는 말이며, '금강산도 식후경'은 아무리 재미있는 일이어도 배가 부르고 난 뒤에야 즐길 수 있다는 것을 뜻하는 말입니다.

3 **보기**에서는 미국 법원이 스탠더드 오일 회사의 석유 독점을 막기 위해 회사를 여러 개로 분리했음을 보여 줍니다. 이 글을 통해 우리나라가 특별한 경우 외에는 독점을 규제한다는 사실을 알 수 있으므로, 이 글과 **보기**를 통해 알 수 있는 것은 ②가 적절합니다.

자란다 문해력

102~103쪽

1

독 점

시장에서 상품을 공급하는 기업이 단 하나인 경우.

독점의 예 - 허생전	독점의 피해
허생은 나라의 **과 일**과 말총을 독점하여 비싼 값에 팔아 큰돈을 벌었지만 조선의 경제가 흔들리게 되었다.	물건의 **가 격**이 적정한 시장 가격보다 높아지게 된다. 또한 물건의 **품 질** 관리가 어렵게 되어 일반 소비자들이 피해를 입게 된다.

2 (2) ○

3 예시답안 독점은 시장에서 상품을 공급하는 기업이 단 하나인 경우를 의미한다. 이러한 독점은 가격이 끝도 없이 오르거나, 품질 관리가 안 되는 문제점으로 이어질 가능성이 있기에 막아야 한다. 만약 스마트폰을 공급하는 기업이 단 하나였다면 우리는 가격이 매우 비싸고, 성능이 별로 좋지 않은 스마트폰을 사용해야 했을 것이다.

채점 Tip
1) 독점의 의미에 대해 잘 이해하고 있는지 확인해 보아요.
2) 독점이 가져올 수 있는 문제점에는 어떤 것들이 있는지 제시해 보세요.
3) 독점을 막아야 하는 이유와 관련된 적절한 예시를 활용하는 것도 좋아요.

4 (1) ㄹ (2) ㄴ (3) ㄱ (4) ㄷ

5 (1) 공급 (2) 품질

6 (1) 가격 (2) 규제

한정판은 왜 매력적일까?

생각글 1 한정판 마케팅

106~107쪽

한정판 마케팅은 제품을 소량 생산하여 조금씩 시장에 풀어서 입소문을 내거나, 특정 기간에만 굿즈를 발매하는 방식으로 활용됩니다. 또한 래플 마케팅이라는, 당첨된 소비자에게만 제품을 판매하는 방식도 있습니다. 이러한 한정판은 구하기 어렵기 때문에 소비자에게는 더 매력적으로 느껴진다는 장점이 있습니다.

내용요약 한정판

1 ③ **2** ② **3** ⑤ **4** ㉠ (1), ㉡ (2)

1 3문단을 통해 소비자는 한정판을 구하기 어렵기 때문에 더 매력적으로 생각한다는 것을 확인할 수 있습니다. 따라서 소비자는 구하기 어려운 제품을 매력적으로 생각하지 않는다는 설명은 일치하지 않습니다.

오답풀이
① 2문단에 특정 기간에만 굿즈를 발매하는 한정판 마케팅의 예가 등장합니다.
② 4문단을 통해 래플 마케팅의 효과를 확인할 수 있습니다.
④ 소비자가 한정판 제품을 SNS에 올리면 자연스럽게 홍보가 되기에 기업은 적극적으로 활용하고 있습니다.
⑤ 글의 초반부에서 알 수 있듯이, 최근에는 제품을 소량 생산하여 조금씩 시장에 풀어 입소문을 내는 한정판 마케팅이 유행입니다.

2 이 글은 최근 유행하는 한정판 마케팅과 관련하여 스타벅스와 나이키, 그리고 삼성과 같은 브랜드의 구체적인 예시를 들어 한정판 마케팅을 설명하고 있습니다.

3 이 글을 통해 소비자는 구하기 어렵기 때문에 한정판에 매력을 느낀다는 것을 알 수 있습니다. 한정판 마케팅은 이러한 소비자의 심리를 활용하여 제품 수량이나 판매 시간을 한정하는 마케팅 기법입니다.

4 ㉠의 사례로 적절한 것은 제품 수량이나 판매 시간을 한정하여 소비자의 구매 욕구를 자극하는 방식이 활용된 볼펜 회사의 사례 (1)이 해당됩니다. ㉡의 사례로 적절한 것은 추첨을 통해 당첨된 소비자에게만 제품을 판매하는 방식이 활용된 스포츠 브랜드 A사의 래플 마케팅 사례 (2)가 해당됩니다.

희소성은 사람들의 욕구에 비해 충족시켜 줄 물건이나 자원이 상대적으로 부족한 상태입니다. 희소성은 시장에서 제품의 가격을 좌우하는 요소 중 하나인데, 한정판 마케팅은 이러한 희소성의 특성을 이용한 것입니다. 한정판은 원하는 사람들이 많지만 실제로는 구하기 힘들기 때문입니다.

> **내용요약** 희소성
>
> **1** ③　　**2** (2)　　**3** ⑤　　**4** (1) ○

1 5문단에서 한정판은 희소성이 높기에 시간이 지날수록 가치가 올라가기도 한다고 나옵니다. 따라서 ③은 이 글의 내용과 일치하지 않습니다.

> **오답풀이**
> ① 다이아몬드와 물의 희소성 비교를 통해 희소성이 높을수록 가격이 올라간다는 것을 알 수 있습니다.
> ② 추운 나라에는 에어컨을 원하는 사람이 거의 없기에 희소성이 낮습니다.
> ④ 4문단에서 한정판은 수량이 제한되어 있어서 특별한 가치가 있다고 나옵니다.
> ⑤ 2문단을 통해 자원의 절대적인 양이 아닌 상대적인 양이 중요함을 알 수 있습니다.

2 이 글의 3문단에서는 에어컨을 예로 들어 희소성 개념을 설명하고 있는데, (2)의 반응을 보면 정반대로 잘못 설명하고 있음을 알 수 있습니다. 즉, 이 글을 바탕으로 난로는 더운 나라보다 추운 나라에서 희소성이 더 높을 것임을 짐작할 수 있습니다.

3 '바다는 메워도 사람 마음 못 메운다'는 인간의 욕심이 끝이 없다는 것을 의미하는 속담입니다. 인간의 욕구에 비해 충족시켜 줄 수 있는 물건이나 자원이 상대적으로 부족한 상태를 의미하는 '희소성' 개념에서는 이러한 인간의 끊임없는 욕구를 확인할 수 있습니다.

4 ㉡은 희소성이 높아지면 가격도 높아진다는 내용입니다. 따라서 셋 중 희소성이 가장 높은 (1)이 가장 비싸다고 추측할 수 있습니다.

1

한정판 마케팅	희소성	래플 마케팅
제품 수량이나 판매 시간을 **한정**하여 소비자의 구매 욕구를 자극하는 것이다.	사람의 욕구에 비해 충족시킬 수 있는 물건이나 자원이 부족한 상태를 뜻한다.	사람들이 응모를 하면 추첨을 통해 당첨된 사람에게만 제품을 판매하는 방식이다.

> **희소성으로 본 한정판의 인기 이유**
>
> • 한정판은 수량이 제한되어 있기에 특별한 가치가 있어서 다른 사람에게 없는 물건을 소유했다는 만족감을 느낄 수 있다.
> • 일반적인 제품과 차별화된 한정판 제품을 통해 자신의 개성을 표현하고 스스로 특별하다고 느끼게 만든다.
> • 한정판은 시간이 지날수록 가치가 올라가기도 해서 구매 가격보다 더 비싼 가격에 사고팔기도 한다.

2 (2) ○
 한정판은 수량이 제한되어 있어서 원하는 사람들 모두가 가질 수 없기 때문에 희소성이 있습니다. 또한 래플 마케팅은 추첨을 통해 당첨된 소비자에게만 제품을 판매하는 방식으로, 희소성의 특성을 이용한 마케팅 기법입니다.

3 **(예시답안)** 한정판은 내가 가지고 싶어도 갖지 못할 수 있기 때문에 매력적이라고 생각한다. 저번에 좋아하는 가수의 앨범이 한정판으로 발매되었는데, 결국 구하지 못했다. 이때 비슷한 처지의 사람들이 웃돈을 주고 한정판 앨범을 구매하려는 모습을 보고 구하기 어렵기 때문에 사람들에게 매력적으로 느껴진다는 것을 알 수 있었다.

> **채점 Tip**
> 1) 한정판과 희소성의 개념을 잘 이해하고 있는지 확인해 보아요.
> 2) 한정판이 매력적인 이유를 적절히 제시했는지 확인해 보아요.
> 3) 한정판과 관련된 자신의 경험을 예시로 들어 생각을 써 보아도 좋아요.

4 (1) ㉠ (2) ㉢ (3) ㉣ (4) ㉡

5 (1) 공평 (2) 책정 (3) 가치 (4) 욕구

6 한정

생각글 1 레 미제라블

112~113쪽

　장 발장은 가난한 집에서 태어나 할 수 있는 일이라면 무엇이든 하면서 열심히 일했습니다. 하지만 장 발장의 수입으로 누이와 일곱 명의 조카를 부양하는 것은 쉽지 않은 일이었고, 결국 장 발장은 조카들에게 먹일 빵을 훔치다가 잡혀 오 년 간의 노역형을 선고받게 됩니다.

> 1 ③　　2 ①　　3 ⑤　　4 (3) ○

1 장 발장은 자신을 길러 준 누이와, 누이의 자식 일곱 명을 부양하며 살았습니다. 따라서 장 발장이 자신이 낳은 자식 일곱 명을 부양해야 했다는 설명은 알맞지 않습니다.

2 ㉠의 '치다'는 날이 있는 물체를 이용하여 어떤 것을 자른다는 의미로 사용되었습니다. 따라서 밑줄 친 부분이 ㉠과 같은 의미로 사용된 문장은 '미용실에서 머리를 짧게 잘랐다'는 뜻을 담은 ①입니다.

오답풀이
② 팔이나 다리를 힘 있게 저어서 움직인다는 의미입니다.
③ 몸이나 몸체를 떨거나 움직인다는 의미입니다.
④ 날개나 꼬리 등을 세차게 흔든다는 의미입니다.
⑤ 점괘로 길흉을 알아본다는 의미입니다.

3 2문단을 통해 장 발장에게는 일거리가 없었고, 식구들에게 먹일 빵이 다 떨어졌다는 사실을 확인할 수 있습니다. 이후 3문단에서 장 발장이 조카들에게 먹일 빵을 훔치는 모습을 확인할 수 있습니다.

4 ㉡에서는 형법 제도가 관용과 자비를 베풀지 않고, 무조건 가혹한 형벌을 내리는 것을 비판하고 있습니다. 따라서 ㉡의 관점에서 장 발장에게 할 말로 알맞은 것은 (3)입니다.

작품읽기

레 미제라블
글 빅토르 위고
비룡소

책 소개
　빵을 훔친 후 억울한 감옥살이를 마치고 나온 장 발장은 자신을 재워 준 신부의 집에서 도둑질을 합니다. 하지만 신부는 장 발장을 사랑으로 감싸 주고, 장 발장은 이 일로 인해 새사람이 됩니다. 장 발장은 어려운 집의 코제트를 딸처럼 돌보고, 폭동 속에서 여러 사람들을 도와주기도 합니다.

생각글 2 법과 도덕 사이

114~115쪽

　사람들은 안전하고 조화롭게 살아가기 위해 규범을 만들어 지키고 있으며, 대표적인 규범에는 법과 도덕이 있습니다. 이러한 법과 도덕은 유사하지만, 강제성의 유무에 따른 차이점이 있습니다. 법은 국가 기관이 만들어 지키도록 하는 규범으로 강제성이 있지만, 도덕은 강제성이 없는 규범입니다.

> **내용요약** 법, 도덕
> 1 ③　　2 ②　　3 ㉮ 도덕 ㉯ 법

1 2문단과 3문단 끝부분에 도덕과 별개인 법, 법과 별개인 도덕이 있다고 나옵니다. 그리고 마지막 문단에 물건을 훔치면 안 된다는 법과 도덕의 비슷한 점을 말합니다. 이와 같은 내용을 근거로 법과 도덕의 관계를 추론하면 법과 도덕은 각자의 영역도 있지만 공통점도 있다는 것을 알 수 있습니다. 그러므로 알맞게 표현한 것은 ③입니다.

2 1문단에 따르면, 사람들은 어릴 때부터 신호등에 파란불이 들어왔을 때 횡단보도를 건너야 한다는 규범을 배웠기 때문에 그에 맞게 행동한다는 것을 알 수 있습니다. 따라서 ㉠에 바르게 답한 사람은 '영하'입니다.

오답풀이
① '윤희'의 말은 올바르지 않으며, 따라서 ㉠에 대한 대답으로도 적절하지 않습니다.
③ 사람들이 자유롭게 길을 건너면 교통질서가 유지되지 않습니다.
④ 파란색이 사회적으로 금지의 의미를 가진다는 것은 사람들이 파란불일 때 횡단보도를 건너는 이유로 적절하지 않습니다.
⑤ 파란불일 때 건너는 것이 옳기 때문에 비난받지 않습니다.

3 **보기**의 장 발장이 굶주린 가족을 먹여 살려야 한다고 생각한 것은 인간으로서 가져야만 하는 마음에서 우러난 것으로 ㉮는 '도덕'입니다. 또한 남의 물건을 훔치는 행동은 도덕규범에도 어긋나지만, 법을 위반하여 처벌을 받는 행동입니다. 따라서 ㉯는 '법'입니다.

자란다 문해력

1

레 미제라블
장 발장은 누나와 조카들을 부양했다. 추운 겨울 빵이 떨어지자, 장 발장은 가족을 먹여 살려야 한다는 도덕적 생각으로 빵을 훔치지만 결국 도덕과 법을 모두 어기게 된다.

법의 특징	도덕의 특징
• 사람들의 권리를 **보호** 하기 위해 국가 기관이 만들어 지키도록 하는 규범. • 국가가 강제로 지키도록 함. • 예시: 저작권법, 교통 규칙, 출생 신고 등.	• 인간으로서 가져야만 하는 마음이나 행동의 규범. • **강제성** 이 없으며 스스로 지키도록 함. • 예시: 버스나 지하철에서 자리를 양보하는 일.

2 (1) ○

3 (예시답안) 법은 사람들을 보호하기 위해 국가 기관이 만들어 지키도록 하는 규범이다. 우리 사회에 규범이 존재하는 이유는 사람들이 안전하고 조화롭게 살아가기 위함이며, 그중에서도 법은 강제성을 지닌다. 이를 통해 법은 지켜지지 않았을 때 사회적으로 더 큰 문제를 발생시키는 규범임을 알 수 있으며, 그렇기에 법을 꼭 지켜야 한다고 생각한다.

(채점 Tip)
1) 법이 가지는 특징에 대해 잘 이해하고 있는지 확인해 보아요.
2) 사회적 규범인 법과 도덕의 차이에 대해 잘 이해하고 있는지 확인해 보아요.
3) 법을 꼭 지켜야 하는 이유를 적절히 제시했는지 확인해 보아요.

4 (1) ⓒ (2) ㉠ (3) ㉡ (4) ㉣

5 (1) 공경 (2) 선고 (3) 신념 (4) 강제

6 혼란

---

1 **너의 운명은**

아이는 바느질감을 가지고 일하러 가는 엄마를 따라 안 부잣집에 갔습니다. 안 부잣집은 매우 으리으리했으며, 엄마를 기다리던 아이는 기와지붕과 대청마루, 넓은 마당 등을 구경했습니다. 그러던 중 젊은 사내가 아이에게 말을 걸었고, 부엌으로 데려가 시루떡을 주었습니다.

1 ①	**2** ②	**3** 초가집	**4** ㉯

1 아이는 안 부잣집에서 일 때문에 잠시 자리를 비운 엄마를 기다리며 기와지붕과 대청마루, 넓은 마당 등을 구경했습니다. 이러한 점을 바탕으로 아이의 호기심이 많다는 것을 알 수 있습니다.

2 아이의 배 속에서 꼬르륵 소리가 난 것으로 보아 아이의 집은 먹을 것이 풍족하지 않았으리라 추측할 수 있습니다.

(오답풀이)
① 젊은 사내가 아주머니를 '어멈'이라 부르고, 떡을 하나 가져오라고 말하는 모습에서 계층이 나누어진 사회임을 알 수 있습니다.
③ 아이는 초가집에 살고 안 부잣집은 으리으리하다고 표현했습니다. 계층에 따라 사는 집의 크기가 달랐음을 알 수 있습니다.
④ 글을 통해 아이의 엄마는 바느질감을 들고 안 부잣집의 일을 도우러 왔다는 것을 알 수 있습니다.
⑤ 아이가 젊은 사내를 따라 부엌에 갔을 때 부엌 안팎으로 여러 아주머니들이 일하고 있는 것을 보았습니다.

3 아이는 안 부잣집 대문을 보며, 대문 하나가 자신이 사는 초가집보다 더 크게 느껴진다고 생각합니다. 솟을대문과 기와지붕, 그리고 대청마루는 모두 안 부잣집에 있는 것들입니다. 따라서 **보기**에서 성격이 다른 낱말은 '초가집'입니다.

4 이 글을 읽고 당시 사회에서는 계층에 따라 사는 집의 크기가 달랐으리라 추측할 수 있습니다. 따라서 아이가 돈을 많이 벌더라도 기와집에서 살 수 없기에 ㉯는 알맞지 않습니다.

유교 중심 사회였던 조선 시대의 신분 제도는 매우 엄격했습니다. 부모의 신분에 따라 자손의 신분도 정해졌으며, 신분에 따라 삶의 모습이 크게 달랐습니다. 조선 시대의 신분은 양반, 중인, 상민을 포함하는 양인과, 가장 천한 신분인 천민으로 구분되었습니다.

내용요약 양인, 천민

1 ① **2** 중인 **3** (3)

1 3문단을 통해 부유한 양반은 방이 여러 칸인 기와집에서 살았으며, 양반 가문의 여자는 비단옷을 입고 바느질과 요리를 익혔다는 것을 확인할 수 있습니다. 따라서 ①은 양반집에서 볼 수 있는 모습으로 알맞지 않습니다.

오답풀이

② 양반 가문의 남자는 과거 시험을 준비하기 위해 어려서부터 글공부한다는 것을 알 수 있습니다.

③ 부유한 양반은 쌀밥을 먹으며 호화로운 생활을 했다는 설명을 확인할 수 있습니다.

④ 아주머니는 양반집에서 일하는 사람이고, 비단옷을 입은 남자는 양반이기에 이러한 모습은 양반집에서 충분히 볼 수 있습니다.

⑤ 일하는 사람을 여럿 두었다는 설명을 바탕으로, 하인들이 일하는 것을 지켜보는 남자의 모습을 양반집에서 볼 수 있습니다.

2 조선 시대 중기 이후에 등장한 중인은 주로 전문 지식이나 기술을 보유하고 있었습니다. **보기**에서 설명하고 있는 '허준'은 병든 사람들을 치료했던 의관이므로 중인의 신분에 해당합니다.

3 **보기**는 부자가 가난한 양반의 나랏빚을 모두 갚아 주는 대신 양반 자리를 사들였다는 내용입니다. 이를 통해 「양반전」이 쓰인 당시에는 계층 간에 구분이 약해지고 신분을 사고팔 수 있게 되었음을 짐작할 수 있습니다.

1

조선 시대의 신분 제도		
조선 시대 신분에 따른 삶의 모습		
양인	· **양반** : 비단옷을 입고 쌀밥을 먹으며 호화로운 생활을 했다. · 중인: 조선 중기에 등장한 신분으로 전문 지식이나 기술이 있었다. · 상민: 삼베나 무명으로 만든 옷을 입었으며 전쟁이나 큰 공사가 있으면 나라에 동원되었다.	
천민	최하층 신분으로 노비 생활을 했다. 신분은 세습되었고 결혼도 마음대로 못 했으며 개인 재산도 가질 수 없었다.	
너의 운명은		
양반집	· 아이는 안 부잣집의 번듯한 **기와지붕** 과 번들거리는 대청마루, 깨끗한 넓은 마당에 감탄했다. · 부엌에서는 여러 아주머니가 일을 하고 있었다. 기름 냄새, 음식 냄새가 났고, 아이는 하얀 시루떡을 얻었다.	

2 (1) 노비 (2) 양반 (3) 중인

3 **예시답안** 조선 시대의 신분 제도는 굉장히 엄격했으며, 계층의 구분이 매우 뚜렷했다. 현대인의 시각에서 보았을 때 이러한 신분 제도에는 여러 문제점이 있다고 생각한다. 특히 부모의 신분에 따라 자식의 신분이 정해지는 것과, 천민의 인권이 제대로 보장되지 않았던 것이 가장 큰 문제점인 것 같다.

채점 Tip

1) 조선 시대의 엄격한 신분 제도에 대해 제대로 이해하고 있는지 확인해 보아요.

2) 당시 사회에서 신분 제도가 어떤 의미였을지 생각해 보세요.

3) 현대인의 시각에서 조선 시대 신분 제도가 어떻게 느껴지는지 적어 보세요.

4 (1) 계층 (2) 신분 (3) 대청마루 (4) 근대화

5 (1) 엄격 (2) 세습

6 (1) 세습했다 (2) 신분

홍부네, 제비와 박씨 이후

124~125쪽

이 글에는 제비의 박씨 덕분에 부자가 된 홍부네가 어떻게 살고 있는지 상상한 이야기가 그려져 있습니다. 돈이 많아진 홍부네 가족은 가난하던 시절보다 더 편한 삶을 살 수 있었습니다. 그렇지만 그러한 풍요로움에 익숙해지자 행복한 삶에서는 멀어진 모습을 보여 주고 있습니다.

내용요약 행복

1 ③   **2** (4)   **3** ⑤   **4** (2) ○

1 홍부네 가족이 부자가 된 후로 가족끼리 멀어지는 등, 새로운 문제를 겪게 되었습니다. 따라서 홍부네 가족이 부자가 된 후로 해결하지 못하는 문제가 없었다는 것은 이 글의 내용과 일치하지 않습니다.

오답풀이
① 3문단에서 동생 중 하나는 글공부를 시작했습니다.
② 3문단에 놀부가 박씨를 얻어 보려고 제비 다리를 부러뜨렸다는 소문이 나옵니다.
④ 2문단을 통해 홍부네 가족은 가장 먼저 땅부터 사고 대궐 같은 큰 집을 지었다는 것을 확인할 수 있습니다.
⑤ 4문단을 통해 제비가 홍부네 집에 물어 온 박씨는 금화가 든 박이 열리게 한다는 것을 확인할 수 있습니다.

2 제비 사건으로 홍부네 가족은 부자가 됩니다. 홍부네 가족은 부자가 되기 전 열두 개의 구멍을 뚫은 가마니 한 장을 뒤집어쓰고 잠을 잤습니다. 그러므로 알맞은 것은 (4)입니다.

3 이 글은 부자가 된 홍부네 가족은 더 이상 행복하지 않다는 내용을 담고 있습니다. 그래서 행복과 돈의 관계에 대한 고민이 글의 중심 내용으로 알맞습니다.

4 **보기**는 기본적인 욕구가 해결되면 행복은 돈과 연관이 없다고 말합니다. 홍부네 가족은 처음 부자가 되었을 때는 행복했지만 이 글과 **보기**를 통해 현재는 행복하지 않음을 알 수 있습니다.

한국인의 행복 지수

126~127쪽

한국은 나날이 부유해지고 있지만, 한국의 행복 지수는 낮은 편입니다. 한국인은 다른 사람과 자신을 비교하는 경향이 강하기 때문에 행복하지 않다고 설명합니다. 한국과 달리 행복 지수가 높은 북유럽 나라에서는 모두가 평범하고 평등하다는 의식을 바탕으로 자기 인생을 가꾸기 때문에 행복하다고 말합니다.

내용요약 부유

1 ④   **2** ⑤   **3** (2) ○   **4** ②

1 세계 행복 보고서와 행복 지수에서 한국인은 그다지 행복하지 않다고 나옵니다.

2 이 글에는 입장이 상반되는 두 전문가의 의견을 비교하여 설명한 부분이 존재하지 않습니다.

오답풀이
① 한국인이 행복하지 않은 이유와 행복 지수가 높은 나라의 특징을 설명할 때 묻고 답하는 형식을 활용했습니다.
② 2문단에서는 한 정신건강의학과 전문의의 의견을 인용하여 한국인이 행복하지 않은 이유를 설명했습니다.
③ 행복 지수가 낮은 한국과, 행복 지수가 높은 북유럽 국가들의 사례를 근거로 제시하고 있습니다.
④ 이 글에서는 국제통화기금과 국제연합에서 발표한 통계 자료를 근거로 제시하고 있습니다.

3 '얀테의 법칙'은 사람들은 모두 평범하고 평등하다는 의식이 담겨 있는 북유럽 지역의 관습적 규범입니다. 따라서 다른 사람을 도와주지 말라는 것은 ㉠과 관련이 없습니다.

4 '남의 손의 떡은 커 보인다'는 속담은 같은 물건이더라도 남의 것이 왠지 더 좋아 보인다는 의미를 담고 있습니다. 따라서 남과 비교하는 경향을 의미하는 ㉮와 관련이 있습니다.

익힘학습 자란다 문해력

128~129쪽

1

```
행복과 부의 관계
```

흥부네, 제비와 박씨 이후	한국인의 행복 지수	
돈이 많아진 흥부네는 크고 좋은 집에서 맛있는 것을 먹고, 유람을 다니며 가난할 때 못 했던 일들을 마음껏 한다. 하지만 시간이 지나고 돈으로 해결할 수 없는 문제가 발생하면서 '나'는 `행 복` 과 `돈` 의 관계가 무엇인지 생각하게 된다.	한국의 경제력과 행복 지수	한국은 부유하지만 한국인의 행복 지수는 낮은 편에 속한다.
	한국인의 행복 지수가 낮은 이유	다름을 인정하기 싫어하고 남과 자꾸 `비 교` 하여 행복하지 않다.
	행복 지수가 높은 북유럽 국가	'얀테의 법칙'처럼 모두 평범하고 평등하다고 생각한다. 그리고 돈, 권력, 명예를 좇는 대신 자기 인생을 살기 때문에 행복 지수가 높다.

2 (2) ◯

왼쪽 그림에는 다른 사람과 똑같은 경험을 하기 위해 해외여행에 갔지만 만족하지 못하는 상황이 나타나 있으며, 오른쪽 그림에는 물질적으로 풍요롭지 못하지만 직업에 대한 만족도가 높은 상황이 나타나 있습니다. 따라서 스스로 중요하다고 생각하는 가치를 좇아야 삶이 행복해질 수 있다는 말이 두 상황을 공통적으로 설명해 줍니다.

3 (예시답안) 나는 원래 돈이 많으면 많을수록 더 행복해질 수 있다고 생각했다. 하지만 내 삶에서 지켜나갈 소중한 가치가 없고, 다른 친구들과 계속해서 비교하는 삶을 살아간다면 행복해질 수 없다는 것을 알게 되었다. 따라서 앞으로는 행복을 위해 나의 인생을 잘 살아가야겠다고 생각하게 되었다.

(채점 Tip)
1) 행복과 부의 관계에 대한 이해가 적절한지 확인해 보아요.
2) 스스로의 삶에서 행복과 부를 어떻게 생각하고 살아갈 것인지 생각해 보세요.
3) 부유하지만 행복하지 않은 상황에 대한 적절한 사례가 있다면 제시해도 좋아요.

4 (1) ㉠ (2) ㉢ (3) ㉡ (4) ㉣

5 (1) 경향 (2) 지표 (3) 비교 (4) 관습적

6 지표

생각글 1 만파식적, 거센 물결을 재우는 마술피리

130~131쪽

신문왕은 바닷가로 나가면 큰 보물을 얻을 것이라는 점괘를 듣습니다. 바다 위의 섬을 살펴보러 간 신문왕은 여러 신비한 현상을 경험합니다. 그러던 중, 용이 나타나 왕에게 옥띠를 바치고 신비한 대나무를 가져다 피리를 만들어 보라는 이야기를 전합니다. 그렇게 만들어진 피리가 바로 물결을 잠재우는 피리 '만파식적'입니다.

1 ①   **2** 감은사   **3** ⑤   **4** 만파식적

1 용이 왕에게 다가와 선물로 준 것은 검정색 옥띠였습니다. 용은 왕에게 옥띠를 건네며 대나무를 가져다가 피리를 만들어 보라고 이야기했습니다.

(오답풀이)
② 신문왕은 즉위 직후 동해 바닷가에 감은사라는 절을 창건하였다고 1문단에 나옵니다.
③ 글의 후반부에서 태자의 행동을 통해 알 수 있습니다.
④ 이야기의 끝부분에서 만파식적은 신성한 힘 때문에 신라의 국보가 되었음을 알 수 있습니다.
⑤ 이야기에 등장하는 산 위의 대나무는 낮에는 둘로 떨어져 있다가 밤에는 하나로 합쳐졌습니다.

2 용은 왕에게 옥띠를 바치며 대나무로 피리를 만들어 보자고 합니다. 이렇게 만들어진 피리는 바로 만파식적입니다. 그러므로 ㉮와 거리가 먼 것은 신문왕이 즉위하자마자 지은 감은사입니다.

3 ㉯은 피리를 월성의 천존고에 잘 간수하여 두었음을 의미합니다. 따라서 어떤 뜻깊은 일이나 훌륭한 인물 등을 오래도록 잊지 않고 마음에 간직한다는 의미인 '기념하다'는 말로 바꾸어 쓰는 것은 알맞지 않습니다.

4 **보기**에 등장한 '천부인'은 환웅이 하늘의 자손임을 증명하며, 세상을 다스리는 데에 필요한 힘을 상징합니다. 따라서 신성한 힘을 가진 보물인 '만파식적'이 **보기**의 설명과 관계 깊은 이 글의 중심 소재입니다.

삼국유사의 가치

132~133쪽

고려 중기에 편찬된 『삼국유사』는 『삼국사기』와 달리 한 개인이 집필했으며, 편찬자가 승려이기 때문에 불교적인 색채를 강하게 띤다는 특징이 있습니다. 이러한 『삼국유사』는 문학서로서의 가치가 크며, 단군 신화에 관한 기록이 있어 우리 민족이 점차 주체 의식을 드러냈음을 확인할 수 있습니다.

내용요약 민담

1 ④　　**2** ㉠ (1), (4) ㉡ (2), (3)　　**3** ⑤

1 5문단에서 『삼국유사』는 역사서보다 문학서로서의 가치가 크다고 나옵니다. 『삼국사기』의 문학적 가치에 대한 내용은 나오지 않습니다.

오답풀이
① 4문단에서 알 수 있듯이, 『삼국유사』에는 신라 향가 14편을 비롯한 고대 시가와 같은 문학 작품이 담겨 있습니다.
② 6문단을 통해 『삼국유사』에 단군 신화에 대한 내용이 나온다는 것을 알 수 있습니다.
③ 『삼국사기』는 국왕의 명령을 받은 사관들이 편찬했다는 설명이 2문단에 있습니다.
⑤ 이 글을 통해 유교에 물들어 있는 사람들이 편찬한 『삼국사기』는 유교적 색채를 띠며, 편찬자가 승려인 『삼국유사』는 불교적 색채를 띤다는 것을 알 수 있습니다.

2 (1)과 (4)의 사례는 모두 왕의 명령에 따라 편찬되었기 때문에 ㉠에 해당합니다. 이와는 달리 (2)와 (3)의 사례는 책을 쓴 사람이 알려지지 않았거나, 개인이 쓴 경우이기 때문에 ㉡에 해당합니다.

3 이 글에서 『삼국유사』는 민담, 신화, 전설 등을 풍부하게 싣고 있으며 이런 이야기들은 감동을 준다고 나옵니다. 이러한 내용을 바탕으로 『삼국유사』는 역사서보다 더 재미있게 읽을 수 있음을 짐작할 수 있습니다.

1

삼국유사	
편찬	고려 중기에 승려 **일 연** 이 편찬하고 제자 무극이 가필했다.
특징	• 연대에 따라 사건을 기술하는 방식을 피하고 인물 위주로 기술했다. • 편찬자가 승려인 탓에 불교적인 색채를 강하게 띤다. • 역사적 사건보다는 민담이나 이야기를 주로 기록했다.
담긴 내용	신라 향가를 비롯한 고대 시가, 신화, 전설, 설화, 민담 등
가치	• 역사서보다는 문학서로서의 가치가 크다. • **단 군** 신화를 처음 다루어 민족의 주체 의식을 드러냈다.

> **『삼국유사』 속 이야기 -**
> **「만파식적, 거센 물결을 재우는 마술피리」**
>
> 신라 시대 신문왕이 감은사 앞 바다 위에 떠 있는 섬에서 신기한 대나무를 발견한다. 용이 나타나 신문왕에게 옥띠를 선물로 주고 그 대나무로 피리를 만들라고 한다. 신문왕은 용의 말대로 피리를 만들었는데, 그 피리는 신기한 힘이 있었다. 그 피리가 바로 **만 파 식 적** 이다.

2 (2) ○

3 **예시답안** 『삼국유사』에는 풍부한 문학 유산이 실려 있으며, 딱딱한 역사적 사실보다 재미있는 이야기가 많이 담겨 있다. 이러한 『삼국유사』를 통해 당시 있었던 일을 이야기처럼 공부할 수 있으며, 사람들의 생활 모습을 엿볼 수 있다는 점에서 문학적 의미를 가진다고 생각한다.

채점 Tip
1) 『삼국유사』의 특징을 잘 이해하고 있는지 확인해 보아요.
2) 『삼국유사』에 실린 문학 작품들을 제대로 알고 있는지 확인해 보아요.
3) 『삼국유사』가 가지는 문학적 의미에 대한 자신의 생각을 적절히 제시해 보세요.

4 (1) 서술 (2) 즉위 (3) 창건 (4) 국보

5 (1) 민담 (2) 징조 (3) 즉위 (4) 서술

6 (1) 창건 (2) 징조

66

하나의 생각주제로
연결된 2개의 생각글을 읽으면
생각이 자란다곰~~

99

달곰한 문해력 초등독해

학년별 시리즈 안내

추천 학년	단계	생각주제 영역
초 1~2학년	1단계	생활, 언어, 사회, 역사, 과학, 예술, 매체
	2단계	
초 3~4학년	3단계 Ⓐ	인문, 사회, 역사, 경제, 과학, 환경, 예술, 미디어
	3단계 Ⓑ	
	4단계 Ⓐ	
	4단계 Ⓑ	
초 5~6학년	5단계 Ⓐ	인문, 사회, 역사, 경제, 과학, 환경, 예술, 고전, IT
	5단계 Ⓑ	
	6단계 Ⓐ	
	6단계 Ⓑ	

NE능률의 모든 교재가 한 곳에 - 엔이 북스

NE_Books

www.nebooks.co.kr ▼

NE능률의 유초등 교재부터 중고생 참고서,
토익·토플 수험서와 일반 영어까지!
PC는 물론 태블릿 PC, 스마트폰으로 언제 어디서나
NE능률의 교재와 다양한 학습 자료를 만나보세요.

✓ 필요한 부가 학습 자료 바로 찾기
✓ 주요 인기 교재들을 한눈에 확인
✓ 나에게 딱 맞는 교재를 찾아주는 스마트 검색
✓ 함께 보면 좋은 교재와 다음 단계 교재 추천
✓ 회원 가입, 교재 후기 작성 등 사이트 활동 시 NE Point 적립

건강한
배움의 즐거움

NE 능률

영어교과서 리딩튜터 능률보카 빠른독해 바른독해 수능만만 월등한 개념 수학 유형 더블
NE_Build & Grow   NE_Times   NE_Kids(굿잡, 상상수프)   NE_능률 주니어랩   아이챌린지